彩鳳迎春

5

風文創 463

芳菲 著

目錄

第四十一章

這會兒天才剛剛亮，街坊們都還沒起床，趙彩鳳推開門，擼了袖子走到翠芬家門口，一個勁兒地拍著大門道：「郭老四你給我出來！你這個人渣，你給我滾出來！」趙彩鳳火氣冒上來，這聲音大得整條街都能聽見了。

不一會兒，對門的余奶奶便出來了，道：「彩鳳，這是怎麼回事啊？」

趙彩鳳還沒來得及開口，裡頭就傳來了翠芬應門的聲音。

翠芬一邊開門，一邊把身上的小襖子套上，一臉不解地問道：「彩鳳，這是怎麼了？這一大早的，找老四什麼事？」

趙彩鳳這會兒急得心都亂了，一邊哭一邊道：「妳家郭老四人呢？讓他出來！」

翠芬見趙彩鳳急成這樣，也知道一準出事了，愣怔怔地回道：「老四他昨晚就走了，他說他跟幾個同窗約好了今兒一起去貢院，所以就不從家裡頭過去了。」

趙彩鳳聽了這話，心口一涼，可瞧著翠芬這一臉懵懂的表情，也知道她定然是不知情的，氣得一腳踢在門板上道：「妳家郭老四給我相公下藥了，我相公如今拉得都直不起身子來了！我就說了，狗改不了吃屎，他算個什麼東西！」

正這時候，宋明軒也從屋後的茅房裡頭出來了，聽見前頭的動靜，就知道是趙彩鳳找人理論去了，扶著牆出來道：「彩鳳，我不打緊，妳熬一碗止瀉湯我喝一下就好了。」

宋明軒原本就生得清瘦，這會兒又在茅房拉了好一會兒，整個人臉色蒼白，跟脫了一層皮一樣，眾人見了，急忙上前扶著他道：「宋舉人，你沒事吧？」

宋明軒強忍著難受點了點頭。

趙彩鳳往宋明軒那邊瞧了一眼，忍不住抹了一把淚，扶著宋明軒開口道：「我先扶你進去，還是先請個大夫來看一眼。」

這時候楊氏和錢木匠也過來了，他們兩個本說好了今天一起來送宋明軒去貢院，瞧見門口窩著一群人，忙就擠了進去，見趙彩鳳扶著宋明軒往家裡來，忍不住開口問道：「彩鳳，明軒這是怎麼了？」

趙彩鳳這會兒也是說不出的惱恨，有句老話說，寧願相信這世上有鬼，也不要相信男人的臭嘴。像郭老四那樣連自己媳婦都要毒死的人，鬼才相信他是真心悔改！

「我和相公著了郭老四的道了！」趙彩鳳說完，抬頭看了一眼錢木匠，開口道：「叔，麻煩你去請個大夫過來給相公瞧一瞧。」

錢木匠應了一聲，瞧見宋明軒臉色不好，便開口道：「先回去好好歇著，春闈的事情放一放，這一科考不成，還有下一科呢！」

宋明軒這會兒實在難受，雖心裡還念著春闈，可也知道這樣子怕是進不去了只得擰眉點了點頭。

趙彩鳳扶了宋明軒上床躺下，低頭就瞧見他額頭上溢出的冷汗，遂捏著帕子擦了擦道：「你別太難過，我原本也沒想著你這一科就能中的，是你自己放不下，如今既出了這個事情，索性就好好養著，咱三年後再戰也是一樣的。」

宋明軒閉上了眼睛，伸手握住了趙彩鳳的手，一直不曾說話，過了良久，才開口道：「是我的不是，以為郭老四真的浪子回頭了，我這也算是吃一塹長一智了。」

趙彩鳳按著他的手背揉了揉，見宋明軒自己也想通了，鬆了一口氣。「難為你也能想明白。那郭老四是什麼人？人家在京城裡頭可不是混了一年半載而已，你才來多久，被人家幾句恭維就誇得找不著北了。」宋明軒這會兒是又懊惱、又難受，也只能任由趙彩鳳數落。

沒過多久，錢木匠請了廣濟路上寶善堂的大夫過來，趙彩鳳瞧著大夫撚鬍子蹙眉地把過了脈搏，這手指還沒離開宋明軒的手腕呢，宋明軒已經扛不住，又要起身去茅房了。

大夫鬆開了鬍子，看著宋明軒搖搖晃晃出去的背影，開口道：「依老夫看，這位相公是被人下了瀉藥，大約是巴豆、番瀉葉一類的，今兒怕是有得折騰了。我先開一副止瀉的湯劑，喝一碗下去，要是壓住了，明兒不拉了，就繼續喝兩日；要是明兒還拉，你們再派人請我過來，我看看是不是要換個方子。」

楊氏千恩萬謝地送了大夫出門，又問道：「大夫，這藥喝了，是不是立時就不拉了呢？我女婿今兒還要參加春闈的，這再不走就要耽誤時辰了！」

那大夫聞言，笑著道：「小嫂子，妳瞧瞧他那樣子，哪裡還能參加春闈呢？這會子腿都站不直了，若進去了，可是九天出不來的啊！」

楊氏見大夫這麼說，也知道宋明軒這一科必定是沒有希望了，呆呆地應了一聲，跟著他出門抓藥去了。

楊氏拎著藥從外面回來時，錢木匠已經扶著宋明軒又上了幾回的的茅房。趙彩鳳看了一眼天色，開口道：「叔，這會兒趕考的人怕都已經進場子了，麻煩叔去劉家跑一趟，就說相公今天沒能進得去場子，也省得劉家在外頭看著的小廝上心了。」

宋明軒見趙彩鳳這麼說，心裡又是一陣失落，方才強忍著沒落淚，這會兒聽了這話，忍不住紅了眼角，撐起了身子道：「不行，我和八順兄弟約好了一起進場子的，我得進去！」

趙彩鳳聽了這話，一把將宋明軒按倒在床上道：「進什麼場子啊？跑進去卷子還沒領呢，就急著滿場地找茅房，你省省吧！」

宋明軒聞言，胸口一痛，怯生生地看了一眼趙彩鳳，深切認同一句話——不聽老婆言，吃虧在眼前啊！從郭老四的事情可以看出，女人的直覺那可真不是一般的準，可如今再說什麼也沒有用了……宋明軒垂頭喪氣地躺在床上，搗著肚子難受。

錢木匠見楊氏熬起了藥，也知道宋明軒這一次是去不成了，跟楊氏說了一聲，就往劉家捎口信去了。

錢木匠剛到劉家門口，就瞧見劉家送了劉八順的馬車正好回來，錢木匠雖不認識劉家人，但瞧見一位姑娘從馬車上扶了李氏下來，也猜出這大約是劉家夫人，便上前拱手招呼道：「這位是劉夫人吧？我是宋舉人家的親戚，他們家讓我來說一聲，宋舉人身子不適，這一科沒進去考，請府上的小廝不必掛心了。」

扶著李氏下車的正是錢喜兒，聽錢木匠這麼說，擰眉道：「怪不得今兒在門口沒遇上宋大哥，原本他和八順說好了要一起下場子的，我們還當是錯過了。」錢喜兒想起前幾日宋明軒來劉家時，還是精神奕奕的模樣，便忍不住開口問道：「宋大哥怎麼了？是不是病了？」

這事情一時半會兒也說不清，且錢木匠自己也還沒問清楚，便只開口道：「早上起來有些鬧肚子，家裡人便不准他去了，省得到了裡面再出些意外。」

李氏聽錢木匠這麼說，也點了點頭道：「是該如此，功名雖然重要，但身子自然是更重要的。」

錢木匠見話也傳到了，正想著回去跟趙彩鳳說一聲，讓她放寬心，就見劉家府上有個僕婦跑了出來道——

「太太回來了怎麼還沒進門呢？王家小子來送菜了。」

李氏聞言，納悶道：「昨兒才來送過，怎麼今兒又來了？」

那僕婦上前扶了李氏，擰眉道：「說是宋舉人的娘沒了，村裡人讓他來京城捎口信的，怕沾了晦氣，所以不進門了，在後院門口等著，讓我來跟太太回一聲，這就要去討飯街上給宋舉人捎信呢！」

錢木匠就站在不遠處，且他耳力又好，如何沒聽見那僕婦說了什麼？擰眉道：「妳說什麼？明軒的娘沒了？這到底是怎麼一回事？」

那僕婦也不知道錢木匠是什麼來路，看他那一臉絡腮鬍子，就覺得有幾分害怕，見李氏朝著她點了點頭，這才開口道：「這個奴婢也不清楚，王家小子沒說。他這會兒人就在我們後角門，這位大爺不若自己過去問一聲？」

錢木匠正要繞道去後角門，就被李氏喊住了。

「這位大爺跟著我們從裡面走吧，雖說這宅子不大，卻也要繞半條街的。福媽，妳把這位大爺帶過去，告訴王家小子，辦正事要緊，不用向我回話了。」

被喊作福媽的僕婦聞言，點了點頭，鬆開李氏的手，帶著錢木匠往後角門那邊去了。

王鷹駕著馬車、載著錢木匠，往討飯街去了。原本這一趟他是不想帶東西的，可想著宋大娘沒了，村裡頭的年輕人少不得要在宋家幫忙，到時候短了劉家的吃食倒是不好了，所以才急急忙忙地去莊子上裝了些東西，先送了過來，只等和李氏回了話，就往討飯街上送信的。

說起來，許氏死得也真夠冤枉的，她從京城回去的時候，趙彩鳳和宋明軒買了好些小玩意兒，讓她帶給寶哥兒去，所以許氏便抽空去方廟村走了一趟。

許氏去了方廟村才知道，據說那個死了很多人的煤窯裡頭，下雨天時會從裡頭沖出銀子來，方廟村裡好些人都去撿銀子了。許氏本就是過慣了苦日子的人，便也跟著那群人湊熱鬧去了，幾個四、五十歲的婦人想著等下雨天時一起撿銀子去。可偏偏這次老天爺沒讓她們遇上好運氣，這頭一場春雨就下得太大了些，那煤窯原本就建在山坡底下，大雨一沖，泥石流翻滾一樣地坍下來，許氏雖拉著人飛跑，最後仍給埋在了裡頭。

聽說許氏被挖出來的時候氣還沒斷呢，瞪著灰濛濛的天空說了一句話。我的兒啊……兒……

錢木匠聽王鷹說完這些，臉色越發地沈重了，原本炯炯有神的目光似乎都帶著幾分迷茫，開口道：「那個煤窯裡頭，哪裡會有什麼銀子啊？那些村民怎麼就那麼好騙呢？天底下哪有白白掉下來的銀子……」

王鷹聽錢木匠這麼說，也蹙眉道：「叔，不管裡頭有沒有銀子，可宋大娘是真沒了。我聽說今兒是明軒下場子，可這樣的事由不得他不回去，若真的等九日後才回去，那可就不孝了。」

錢木匠聞言，略略抬眸道：「明軒沒有下場子，他在京城也出了一點岔子，只是……只是這個時候要是讓他知道他娘沒了，不知道他能不能扛得住……」

王鷹聽說宋明軒沒下場子考科舉，也很是疑惑，問道：「明軒又出了什麼岔子？宋家前一陣子才雙喜臨門的，怎麼最近這幾天卻這樣不順？我聽說宋家老爺子也快不行了，還不知道是不是真的呢！」

錢木匠簡短地把宋明軒的事情跟王鷹說了一聲，又道：「一會兒你就在門口等著，看這架勢，明軒和彩鳳是肯定要回去的。」

王鷹將馬車停了下來，一個勁兒地點頭道：「叔，你放心，我過來就是想帶明軒回去的，這馬都餵足草料了。」

錢木匠拍了拍王鷹的肩膀，跳下車去，急急忙忙地就往討飯街的小院進去了。

楊氏剛熬完了一碗藥，趙彩鳳端著給宋明軒喝了下去，宋明軒心中卻還是惴惴不安得很，額頭上的虛汗一直都沒斷過。

趙彩鳳見他躺著也不安生，小聲安慰道：「你放心，這郭老四跑得了和尚跑不了廟，早晚要他好看！我過幾天就在貢院門口守著他，讓他有命進去，沒命出來！」

趙彩鳳說的是氣話，但她確實是抱了這個心思的。郭老四這一科想中進士，少說也要在裡頭熬上個九天，九天之後出來，是人是鬼都還不知道呢！要讓趙彩鳳逮著了，上前給他兩拳都還算便宜他了。趙彩鳳這時候頭一次感覺到蕭一鳴的好，這事情若是蕭一鳴知道了，肯定二話不說就把郭老四給教訓了。

宋明軒聽了趙彩鳳的話，也是哭笑不得，偏生他肚子又難受，便皺著臉不發話。

在外面的楊氏見錢木匠回來了，笑著迎了上去，見錢木匠神色肅然，頓時心下一冷，湊過去小聲問道：「當家的，你這是怎麼了？怎的黑著一張臉？」

錢木匠壓低了聲音道：「宋大嫂……明軒的娘沒了……」

楊氏聞言，嚇了一跳。

錢木匠把她拉到了一旁，小聲道：「王鷹的馬車正在門外等著呢！這事到底該怎麼跟明軒說？他現在怎麼樣了？」

楊氏一下子也沒了主意，看著錢木匠道：「剛喝過了藥，心裡估計還難受著，這讓我怎麼開口呢！」

錢木匠見楊氏這樣，嘆了一口氣道：「妳去把彩鳳喊出來，我讓她說去。」

楊氏聽見許氏遇難的噩耗，早已經嚇呆了，這會子聽錢木匠讓她去把趙彩鳳喊出來，忙不迭拿帕子壓了壓眼角道：「好，你等著。」

楊氏到了房門口，卻不敢進去，深怕瞧見宋明軒就忍不住哭了出來，只壓抑著情緒，小聲道：「彩鳳，妳出來一下。」

趙彩鳳鮮少見到楊氏這樣心神不寧的樣子，因此也顧不得宋明軒，挑起布簾子便跟著走了出來，就見錢木匠蹲在門口的小院裡抽著旱煙，一臉嚴肅的模樣，她頓時覺得似乎有什麼事情發生了，後背沒來由地就生出一層冷汗來，還沒等開口發問呢，那邊錢木匠已抬起了眼睛看著她。

「彩鳳，明軒他娘沒了，外頭王鷹的馬車等著呢，妳趕緊跟明軒說一聲，讓他別太難過了。」

錢木匠說到這裡的時候，楊氏已經忍不住哭了起來。兩人都是年輕守寡的婦人，平常在村裡也常互相幫扶，這麼些年的情分，如今又做了親家，這好好的人怎麼就走了呢？

趙彩鳳一時沒反應過來，許氏怎麼可能沒了呢？沒了是什麼意思？她強忍著不往最壞的方面想，追問道：「叔，你說我婆婆沒了？是怎麼個沒了，我怎麼就聽不懂了呢？她才從我這兒回趙家村沒幾日啊！」

錢木匠開口道：「沒了就是死了。妳婆婆跟著別人一起去撿銀子，被山上滾下來的泥石流給埋了。」

趙彩鳳還沒來得及把這一句話聽明白，就聽見身後忽然傳來一聲哀嚎，她急忙轉身，只見宋明軒睜大了眼珠子，身子直挺挺地往後倒了下去！趙彩鳳瘋了一樣地跑過去，拉扯著宋明軒的身子，一個勁兒地喊道：「相公、相公！你快醒醒啊！你別嚇唬人啊！」

宋明軒很快就醒了過來，睜開眼的時候就瞧見趙彩鳳陪在自己身邊。

趙彩鳳握著他的手道：「相公，別怕，還有我在呢！」

宋明軒呆呆地看著趙彩鳳，伸手摸著她的臉頰，似乎片刻之間就成熟了幾歲，強撐起了身子道：「走，我們一起回家，給娘盡孝去。」

趙彩鳳擦了擦臉上的淚痕，扶著宋明軒下了床。

外頭楊氏早已經準備好了行李，見宋明軒醒了，勸慰道：「明軒，你別太傷心了，保重自己的身子要緊。」

宋明軒勉力點了點頭，由趙彩鳳扶著出了院子。

楊氏和錢木匠也一起跟著車回去，一家人先去了廣濟路和楊老頭、楊老太打了一聲招呼，便快馬加鞭地往趙家村去了。

許氏生前培養出一個舉人來，這就夠讓趙家村的人敬重了，因此雖然宋明軒他們人還沒回來，但是村裡頭已經派人給安置好了靈堂。宋家大姑奶奶帶著孩子在門口迎客，李奶奶等幾個村裡的老婆婆都在房裡陪著陳阿婆。

陳阿婆一邊哭，一邊道：「我這個老不死的偏偏死不了，叫我一輩子白髮人送黑髮人……這好日子還沒開始過呢，怎麼就走了呢！」

李奶奶也跟著抹了抹眼角的淚，嘆息道：「前幾個月還跟明軒他娘說，如今妳可以享福了，家裡頭要地有地，又娶了這樣能幹的媳婦，等過個兩、三年，明軒中個進士，彩鳳再給添個孫子，這日子就齊全了，誰能想到竟會出這樣的意外呢！」

陳阿婆也抹著眼淚道：「我這媳婦樣樣好，就一點不好，要強，像我。可她年紀輕輕就守了寡，若是不要強，如何能拉扯著這兩個孩子長大了？誰能想到，這好日子才開始，她就撒手去了……」

李全媳婦聽了，忍不住插嘴道：「陳奶奶，我聽人說，那方廟村的煤窯邪乎著呢，十幾年前死的冤魂都在裡頭，上回山洪又死了人，那麼不吉利的地方，嫂子怎麼也敢去啊？她真當她是寡婦，百無禁忌啊？」

李奶奶聽了，立即喝斥道：「妳怎麼說話的！這能怪妳嫂子嗎？那是那些人瞎訛的，這要是煤窯裡頭真能跑出銀子，那方廟村早就偷著發財了，還能告訴妳嫂子一個外鄉人？我看明軒她娘八成是被騙了！」

眾人七嘴八舌地嘮叨著，眼見著天色都晚了，才聽見門外有孩子一路小跑著從村口回來，一個勁兒地喊道——

「宋舉人和彩鳳姊姊回來了！馬車都到村口了！」

陳阿婆聽了這話，擦了擦眼角的淚，拄著楞杖站起來。

李奶奶忙上前扶了她道：「這下好了，明軒回來了，大嫂子妳也別難過了，咱好歹還要保重身體啊！」

陳阿婆聽聞，一個勁兒地搖頭道：「我是沒臉見他啊！當初我和他娘一起從城裡回來，這才幾天呢，他娘就沒了，我……」陳阿婆一邊說，一邊拄著楞杖往外走，才到門口，就瞧見馬車已經停在了院子外頭。

趙彩鳳這一路上都沒怎麼說話，靠在宋明軒的懷裡，兩人難得如此的沈默。

直到馬車在門口停了下來，車廂狠狠地晃動了一下，楊氏才開口道：「明軒、彩鳳，到家了。」

趙彩鳳愣了愣，抬起頭看了宋明軒一眼，見他神情也有些呆滯，輕輕地撫過了他青筋突起的手背，小聲道：「相公，我們到家了，咱下車看看娘吧！」

說起來也幸好宋明軒走之前喝了那一碗中藥，這一路上倒是沒再鬧肚子，可一想到前幾天還在城裡有說有笑的許氏眨眼就沒了，誰的心裡都不好受。大抵是一個姿勢坐得太久了，宋明軒的身子難免有些僵硬，趙彩鳳見他沒有動靜，便讓楊氏和錢木匠先下了馬車，自己再起身扶宋明軒。

宋明軒僵直著身子站起來，腳步有些蹣跚。他一撩起馬車的簾子，就瞧見家門口掛著一溜的白幡，那刺目的白色灼得他眼睛生疼。宋明軒膝蓋一軟，差點兒就要跌下車去，幸好有錢木匠一把將他給扶住了。

趙彩鳳這時候卻是擔心起了宋明軒。他年少時就失去了父親，這麼些年來可以說是和許氏及陳阿婆相依為命，原本以為好日子已經開始了，卻不想又突生變故。趙彩鳳想到這裡，眼裡已經止不住地落下了淚來，啞著嗓子對宋明軒道：「相公，你要哭就哭出來吧，不要憋著了，你這樣我怕。」

宋明軒卻是鬆了一口氣一樣，輕輕拍了拍趙彩鳳的手背，然後一步一搖地往裡頭去。

宋家大姑奶奶身穿重孝，頭上裹著白布，瞧見宋明軒進來，跪在地上大聲地哭著，一時間嗩吶聲響了起來，幾個村婦也都跟著哭了。這時，有人拿著孝衣上前替宋明軒穿上，拉著他一路往裡頭走。

趙彩鳳這也是頭一次參加古代的葬禮，她站在客堂的門外，看著許氏躺在客廳的門板上，音容笑貌猶在的樣子，可人卻是再也回不來了，趙彩鳳搗著嘴就哭出聲來。

李奶奶上前，給趙彩鳳穿上了孝衣，在她耳邊小聲提醒道：「彩鳳，妳別光落淚，這要哭出點氣勢來，外頭弔唁的客人都看著呢！」

趙彩鳳這時候正傷心，忽然聽李奶奶說要哭出點氣勢來，頓時就有些迷茫了，愣愣地看了一眼李奶奶。

李奶奶便指著宋明軒的姊姊道：「聽見了沒有？不能光哭，還要唸白的，得把妳婆婆這輩子好的地方都說一遍，閻王爺聽見了，她才能早登極樂，下輩子投個好胎……」

趙彩鳳這下真懵了，這樣的習俗在現代她還真沒遇上過。人死了傷心落淚那是正常的，默哀悼念那也是必然的，可像這樣一邊唱白一邊哭她還真的不會。但是，從李奶奶的神情來看，要是她不這麼做，似乎還會落了許氏的面子，死後沒有後輩這樣為她唸白，宋家也會沒面子的。趙彩鳳沒轍，一邊抹淚一邊道：「李奶奶，您說要怎麼唸？您告訴我，我試著唸唸成嗎？」

李奶奶知道年輕人裡頭會這些的不多，因此也不怪趙彩鳳，拉著她的手道：「妳一會兒坐到妳大姑奶奶邊上，聽見她唸什麼，妳只要依樣畫葫蘆就行了。記得，哭大聲點，要讓村裡的大家夥兒都知道你們的孝心。」

趙彩鳳點了點頭，跟著李奶奶往裡頭去，這時候有村民拉著趙彩鳳和宋明軒一起上去磕頭。宋明軒全身披麻戴孝，一雙眼睛早已經通紅，只是臉色蒼白得厲害，趙彩鳳便有些擔憂地站在他的身邊，由李奶奶扶著上前，兩人一起跪在了奠桌前。宋明軒彎著腰把頭磕了下去，卻沒見他起來，過了片刻，趙彩鳳覺得有點不對勁了，伸手輕推了一把宋明軒，卻見宋明軒的身子輕飄飄地往一邊倒了下去！

趙彩鳳驚得尖叫了一聲，急忙去扶宋明軒，扯著嗓子喊道：「相公暈倒了！」

宋明軒今兒一早被折騰了半日，身子早已經虛了，這一路上又舟車勞頓，他雖然強忍著不讓自己倒下去，可眼下瞧見許氏貞的穿著壽衣躺在自家客堂裡，宋明軒再也堅持不住了。

大家夥兒聽見趙彩鳳這麼一喊，忙都圍了過來，幸好錢木匠力氣大，一把將宋明軒從地上抱了起來，送到了隔壁的房間裡頭。

趙彩鳳連忙跟了進去，見楊氏也跟了進來，忙問道：「娘，寶善堂裡頭抓的藥帶了嗎？相公這還病著呢，我們先把藥熬上。」

陳阿婆也跟著進來了，瞧見宋明軒這臉煞白的，也疑惑地問道：「彩鳳，明軒這是怎麼了？我們才回來幾日，妳婆婆沒了，怎麼連明軒也病了呢？」

趙彩鳳一時也不知道怎麼跟陳阿婆解釋，咬著牙道：「阿婆妳別擔心，自己注意身體要緊，我們的事情我們自己能解決。等婆婆的喪事辦好了，明軒身上的事情，我總也要替他討回公道的！」趙彩鳳在看見宋明軒倒下的那一刻赫然明白，現在可不是她趙彩鳳能倒下的時候。這樣的雙重打擊下，宋明軒還能不能重新振作起來，就全靠自己了。

陳阿婆聽了她的話，也不敢再細問下去，但她心裡明白，這兩個孩子必定是遇上什麼事了。

這時候李全正好從外面回來，見一群人在房間裡圍著，開口道：「明軒也回來了嗎？我還想著今兒是春闈的日子，王鷹未必能把明軒給帶回來呢！」

陳阿婆這才反應過來，忙拉著趙彩鳳的手問道：「彩鳳，這是出什麼事了？怎麼明軒今兒沒下場子嗎？咱走之前，不是把下場子的東西都準備得七七八八了嗎？」

趙彩鳳這時候也憋不住了，擰眉道：「還不是那個郭老四，昨兒晚上也不知道餵相公吃了什麼東西，相公從五更天就開始鬧肚子，今兒怎麼可能下得了場子呢？這才喝了藥稍好一些，就又聽說娘沒了，他在城裡就已經急得暈了一回了……」她一邊說，一邊忍不住落淚。前世她解剖過無數的屍體，可從來沒有像現在這樣傷心難過過。趙彩鳳這一哭，邊上圍著的一群人也都跟著哭了起來。趙彩鳳擦了擦臉頰上的淚，握著拳頭道：「相公還年輕，便是這一科沒考也無所謂，不就是三年時間嗎？我們還等得起。如今只盼著相公的身子能早些好，這就夠了。」

正說著，外頭王鷹已經找了隔壁村的郎中進來，那郎中雖然不是什麼神醫，但這一帶的百姓都請他看病，總也有些本事。

郎中探了一下宋明軒的脈搏後，開口道：「怒傷肝、思傷脾、悲傷肺、恐傷腎，宋舉人現在是肝脾肺腎四大皆傷啊！只怕這得養上個一年半載的了。我先開一副藥調理調理，這幾日他若是神情呆滯、不思飲食，你們也別著急，等他心情稍微好一些了，這些都會跟著好的。」

趙彩鳳聽他絮絮叨叨地唸了一串什麼傷、什麼傷的，她也知道這次宋明軒必定是傷得厲害了，遂一面道謝，一邊喊了楊氏付銀子送了郎中出去。她伸手摸了摸宋明軒的額頭，終又心疼地落下淚來。

這大家夥兒還沒散開呢，外頭就有村裡人進來喊道——

「快來個小輩哭靈堂啊！弔唁的人來了，連個哭聲都沒有，成什麼樣子？」

趙彩鳳聞言，擦了擦眼淚，託付錢木匠好好看著宋明軒，自己往靈堂裡頭哭去了。

趙彩鳳學著宋家大姑奶奶的樣了，一邊哭一邊唸著許氏平日裡的好，一直哭到了酉時末刻，村裡的百姓和客人們都散了，這才作罷。

楊氏畢竟心疼趙彩鳳，端了兩碗小米粥過來，遞給趙彩鳳和宋家大姑奶奶喝。

趙彩鳳這時候嗓子早已經哭啞，都要冒出煙來了，接了楊氏的小米粥喝了一口後，才小聲問道：「我相公醒了沒有？」

「醒了，藥也吃了，還想來靈堂裡頭守夜呢，被妳叔給攔住了，讓在床上好好躺著，要盡孝也不是這麼個盡法的，橫豎先把身子養好了再說。」

趙彩鳳點了點頭，神情也略略有些呆滯，又道：「我剛才想了想，相公眼下這光景，必定是要好好養一養的，等娘的喪事辦好了，我們先不回城裡了，就在這鄉下住一陣子，等他身子好些了，咱再出去。妳和叔就搬到咱那小院去住，還寬敞一些。」

趙彩鳳心疼宋明軒，楊氏又豈有不知道的道理？看宋明軒如今這光景，連那郎中都說了，少不得要養上個一年半載的。幸好下一科春闈要在三年之後，到那個時候，宋明軒的身子總該好些了。

楊氏接了趙彩鳳遞過來的碗，嘆息道：「妳婆婆也是福薄，好日子還沒過上幾日呢，竟就走了。唉，這世上哪裡會有掉銀子下來的事情？人人都能撿著銀子了，那誰還幹活呢？」

趙彩鳳對撿銀子這件事情也很是不明白，嘆息道：「如今家裡比以前不知好了多少了，何苦還要去撿銀子？白白搭上一條性命了。」

那邊宋家大姑奶奶也把一碗小米粥給喝光了，聽趙彩鳳這麼說，開口道：「這不是假的，是真有，就連我們那邊村子裡的人也聽說了。只是路太遠，沒人願意去，又說那裡頭死過人不吉利，膽小的也不敢去。」

趙彩鳳見宋家大姑奶奶這麼說，忍不住多問了一句。「那官府有沒有人來查過這事情？」

宋家大姑奶奶搖搖頭道：「沒聽說有官府的人去過，死了人才會來的，聽說今兒先去方廟村那幾戶人家了。」

趙彩鳳想了想，也覺得這位大姑說的有道理，梁大人雖然不至於昏庸無能，但也算不得愛民如子，不過就是和和稀泥，等著年底的升遷。這會子怕是明旨都拿到了，就等著捲鋪蓋去江南了，忽然發生這樣的事情，也算他倒楣了。

趙彩鳳嘆了一口氣，擰眉道：「明兒等梁大人來了，我倒是要好好問問，我婆婆這條命，要算在誰身上。」

宋家大姑奶奶聽趙彩鳳這麼說，又忍不住哭了起來。

第二天天才亮，趙彩鳳睜眼便瞧見自己靠在宋明軒的懷裡睡著。昨晚要守夜，趙彩鳳以前在現代精通的熬夜技術，全在這幾個月的古代生活中還回去了，才到了下半夜，眼皮就忍不住打起了架來，大姑奶奶憐她舟車勞頓，便讓她直接在草垛上睡了。趙彩鳳也是睏極了，倒在草垛上一晃眼就睡著了，等醒來的時候，就瞧見宋明軒抱著自己，靠著身後的牆頭，看著許氏的棺材板發呆。

趙彩鳳揉了揉眼睛，見宋明軒眼睛紅紅的，便伸手摸了摸他瘦削的臉頰，小聲道：「相公，你好些了沒有？別靠著牆，後頭冷。」

趙彩鳳起身，拿了一個蒲團墊到了宋明軒的後背，讓他稍微坐好，見他仍舊還是呆呆傻傻的表情，終究是放心不下，搜腸刮肚地想了半天，這才開口道：「天將降大任於斯人也，必先勞其筋骨、苦其心志、空乏其身、行不亂其……亂其……」

作為現代語文教過的為數不多的古文，趙彩鳳還是成功的背不出來了，宋明軒瞧著她那張擰著眉頭拚命思考的小臉，終究有些不忍心，開口道：「故天將降大任於斯人也，必先苦其心志，勞其筋骨，餓其體膚，空乏其身，行拂亂其所為，所以動心忍性，曾益其所不能……」

趙彩鳳聽見宋明軒滔滔不絕地背了出來，忙拉著他的袖子道：「好了好了，別背了，知道你學問好成了嗎？」趙彩鳳說到這裡，又忍不住落下了淚來，把身子靠在宋明軒的肩頭道：「相公，娘走了，可咱的日子還要繼續過下去。這次春闈沒考成，咱還有下一科，我倆的好日子還在後頭呢，何況還有阿婆要指望著我倆呢，你好歹給我振作一點。」

宋明軒見趙彩鳳這麼說，背了一半的書也不背了，呆呆地看著許氏的棺材板，一個勁兒地落淚。

趙彩鳳瞧見他這副樣子，心裡頭便生出一股氣來，站起來指著宋明軒道：「宋明軒，天還沒塌下來呢！娘是死了，可她還看著你呢！她還指望你金榜題名、光宗耀祖呢！你就這樣呆坐著，你能幹什麼？我知道你傷心難過，可傷心難過的也不只你一個人，這裡誰不傷心、誰不難過的？」

宋家大姑奶奶正在對面打瞌睡呢，忽然聽見這裡吵了起來，忙過來勸架道：「怎麼了這是？娘還沒入土呢，你們小夫妻倆鬧什麼彆扭？」

趙彩鳳罵也罵過了，心裡頭也爽快了，瞧見外頭又有人來弔唁，便走到外面迎客去了。來的人正是梁大人和秦師爺，兩人知道這次死了的五個村婦裡頭還有一個是宋明軒的娘時，也很是震驚。昨天去過方廟村之後，今兒一早就來了宋家弔唁。

梁大人瞧見趙彩鳳迎了出來，還以為宋明軒正在參加春闈，所以沒回來，蹙眉道：「等宋解元出了場子，若是知道先妣去世，還不知道要怎麼傷心呢。」

趙彩鳳嘆了一口氣，福了福身子道：「梁大人，我家相公這一科沒有下場子，他就在靈堂裡頭待著呢！」

梁大人聞言，也不由得驚訝了，擰眉道：「怎麼？沒有下場子？可是出了什麼意外？」

郭老四的事情如今一時半會兒也說不明白，趙彩鳳想了想，開口道：「相公前幾日身子不大舒服，所以我想著還是等養好了身子，下一科再考。」

梁大人見是這個緣故，也不覺得意外了，笑著道：「還是宋夫人知道心疼宋解元。」

趙彩鳳還沒領著梁大人進門，宋明軒已迎了出來。趙彩鳳再看他的時候，雖然依舊是瘦削的身子，但眸色中已有了點點的精光，並不像方才那樣失魂落魄的。

宋明軒上前，向梁大人行過了禮數，遞過了香給梁大人，待梁大人向許氏上過了香，宋明軒這才引了梁大人到東裡間說話。

這時候時辰尚早，村裡頭幫忙的百姓還沒過來，趙彩鳳便親自沏了茶送到了房裡頭，聽見宋明軒在和梁大人說話。

「那煤窯是誠國公府的私產，縣衙也沒辦法插手，只是因為十幾年前出了這等大事，那一塊地方似乎誠國公府也不怎麼管了，就這麼丟在那裡，平常讓一個瘸腿的老漢看著，方廟村的那些村民欺負他跑不快，所以就經常偷偷地闖進去，想看看裡頭有什麼好東西。幾年前那一回山洪死了不少人，縣衙賠了好些銀子，為了這事，我又請了人去誠國公府打探，最後裡頭的管家帶了消息出來，說那些村民都是自己私闖進去的，死了也是活該，若是我再去找他們的麻煩，就要把我給打出來。我就一個九品芝麻官，胳膊擰不過大腿啊……」

宋明軒聽到這裡，倒是有些奇怪了，疑惑地問道：「據我所知，這京郊有些莊子都是太祖開國的時候賞下來的，方廟村過去的那幾座山，應該都是誠國公府的私產吧？這些年就算礦洞開不了了，可那些山頭上若是種些瓜果蔬菜的，也有不少收入，我聽說誠國公府如今也不如往日了，京城正鬧著要削爵，難道他們不想賺銀子花？」

梁大人見宋明軒這麼問，也嘆了一口氣，擰著眉頭，偷偷湊到宋明軒耳邊道：「怎麼不想賺銀子？我聽說誠國公府一直在找買家，想把那幾個山頭給賣了，但是價格談不攏。他說自己這山裡頭藏著金銀財寶呢，可人家瞧著不過就是挖了幾個破煤窯，如何能談上價格出來？」

趙彩鳳聽到這裡，忽然就眉梢一動，微微抬起頭來，竟和宋明軒不約而同地道：「那若是這礦洞裡面有銀子流出來，是不是肯定能賣出好價格呢？」

趙彩鳳說完，扭頭看了一眼宋明軒，沒想到兩人的思維居然如此一致，忍不住對視了一眼，等著梁大人回答。

「這好端端的，礦洞裡能漂出銀子來？況且這荒廢了十幾年都沒漂出銀子來，就這幾個月漂出銀子了？你們一個是解元，一個也是聰明的小媳婦，咋就要信了這種謊話呢？」梁大人瞧著這兩人數落道，可話才說完，忽然就愣住了，指著宋明軒問道：「等等，你方才說什麼來著？賣個好價錢？」

趙彩鳳見梁大人一時還沒完全反應過來，急忙開口道：「梁大人，這不是你說的嗎？你說誠國公府這麼多年都沒把那幾座山給賣了，就是因為賣不出好價錢，可要是外頭的買家聽說這山裡頭能出銀子，那還能賣不出好價格來嗎？」

梁大人聞言，拍了拍腦門子道：「小媳婦，妳說的有道理啊，我怎麼沒想到！可……好端端的，洞裡怎麼就能漂出銀子來呢？」

這個問題倒是把趙彩鳳給難住了，一時也不知道如何解釋。

宋明軒開口道：「只怕是有人故意把銀礦石給運了過來，想坐地起價賣山頭，結果因為下大雨，礦沙給沖了出來，被村裡的百姓給瞧見了，所以才會有人傳言說裡頭有銀子漂出來的。」

趙彩鳳聽宋明軒分析到這一步上，也明白了大半了，接著道：「誠國公府應該是想利用傳聞，把這幾個山頭賣掉，沒想到村裡頭的百姓們信以為真，都進去撿銀子了，最後又釀成了大禍。」

梁大人聽到這裡，一拍桌子，從凳子上站了起來道：「怪不得我昨天去方廟村時，說是誠國公府已經派了人來守山頭了，還給死了的百姓家裡頭每戶二十兩銀子的撫恤金呢！他們大概不知道這裡還有一個外村人，所以沒過來送銀子。」

宋明軒的神色嚴肅，眉心緊緊皺了起來，低著頭咬牙切齒道：「又是誠國公府！」宋明軒說完這句話，忽然就抬起了頭來，看著梁大人，開口道：「不知道梁大人升遷的明旨到手了沒有？有沒有想過，在離開河橋鎮之前，再做一番大事？」

梁大人看著宋明軒，只覺得手心微微冒汗，又想起去年宋明軒在縣衙公堂上的那番表現，忍不住開口問道：「宋解元說的一番大事，到底是指什麼大事？」

宋明軒垂下眉頭，原本的傷心、痛苦、懦弱似乎在一瞬間都消失不見了，有的只是鎮定、嚴謹和眼裡偶爾透露出來的精明神色。

「皇上意主削爵，但是以誠國公為首的保爵派一直都反對削爵。去年在京城發生了一起南風樓小倌被強姦致死的案子，人犯就是誠國公府的六少爺，只是這個案子畢竟苦主只有一人，且後來多方查證了之後，人犯也已經伏法，但是誠國公府藐視國法的行為，刑部都已經有所耳聞了，這時候若是能證明誠國公府利用假銀礦的事情禍及百姓，只怕這誠國公府離削爵的日子也就不遠了。」

梁大人聽宋明軒說完這一席話，額頭上的汗珠早已經冒了出來，擰著眉毛道：「這件事情本官不是不想管，而是實在管不著啊！這胳膊擰不過大腿，誠國公府如今雖然式微，可他仍舊是老牌的勛貴之家。前幾年皇帝因為貪腐才削了景國公府，這些年這些老牌的勛貴誰不是縮著脖子過日子？這次就算挖出了誠國公府造謠假銀礦的事情，可畢竟百姓們是自己闖進了他們家的山頭，和誠國公府沒有關係啊！」

宋明軒也知道梁大人雖然是個好官，但他素來行事中庸，這件事情他未必會首肯，聽他這麼說，也只是搖了搖頭道：「此事確實有些為難梁大人，梁大人升遷在即，馬上就要去江南赴任，這時候想要明哲保身也是人之常情，是晚生唐突了。」

梁大人見宋明軒這麼說，臉頰微紅，嘆了一口氣，正想解釋幾句，卻聽門外傳來了一個聲音——

「梁大人，若是造謠作假銀礦算不上重罪，那十幾年前，在方廟村私開煤礦、謀取不義之財，在事發後又不顧礦工生死、棄井逃離，任由礦工自生自滅的事，算不算一宗罪？」

「什……什麼？私開煤礦？這是怎麼一回事？大雍所有的礦藏都要經工部查核無誤，符合開採標準之後，才可以動土開工，十幾年前，我雖然只是一個小小的師爺，也知道當時誠國公府這些程序是一樣也沒少的，動土當日，我還過來參加過他們的開工儀式呢！」梁大人說完，抬起頭就看見一個五大三粗的漢子從門外走了進來，那一臉的絡腮鬍子尤為明顯。

還沒等梁大人開口，錢木匠便對著梁大人拱了拱手道：「不知道梁大人還記不記得我？」

「你……你……你是當年在礦上第一個下井的工頭啊，我怎麼不記得你，原來你沒死？」梁大人當了十幾年的縣太爺，頭一次瞧見自己以為早已死了的人竟又站在自己跟前，越發就興奮了起來。

宋明軒見錢木匠進來說了這麼一番話，也驚訝了，開口問道：「叔，那礦藏到底是怎麼回事？你跟我們好好說說。」

錢木匠的神色瞬間變得凝重了起來。

趙彩鳳忙搬了一張凳子請他坐下。

錢木匠閉上眼回想了片刻後，睜開眼睛，眸中帶著淚光道：「這煤礦折了太多人的性命在裡頭了，這件事要是再不公諸於眾，只怕以後還會有更多人死在裡頭。」錢木匠說完，深深地嘆了一口氣，繼續道：「那時候我帶著你們錢大嬸跑出來，不但沒錢，又不認識人，正巧認識誠國公府裡頭的一個家奴，說是方廟村這邊要開煤礦，想招幾個工頭，我那時候渾身力氣，又想著方廟村離京城遠，好歹可以躲上一陣子，所以就帶著你們錢大嬸去了方廟村，就住在誠國公府設在那邊的礦棚裡頭。一開始請的都是外鄉人，好些人是專門從晉城請過來的，那些人都是挖煤的老手，挖了幾天就說那裡頭煤少，且那一帶地勢低，若是遇上下雨天，礦井容易淹著，明擺著就是不能繼續挖下去。結果誠國公府的人知道了，就把那些人都給弄走了，只留了我們幾個不大懂的繼續在裡頭挖。我們挖了好些天，終於看見煤了，可那煤太少了，只一星半點的，所以他們叫我們繼續挖，後來又挖了兩天，忽然就從底下滲出了好些水來……」

眾人都緊張地聽著，只有錢木匠一個人淡然地繼續講下去，那些場景似乎就像剛剛發生在他眼前一樣。

「後來，下面的水越來越大，我雖然不懂行，但是之前聽那幾個晉城來的人說過，這挖煤也不是隨便就能挖的，少不得要通過朝廷頒布的政令，若是有礦洞淹水這樣的事情，就代表這邊地勢低窪，很容易引起坍方，這樣的地方是不允許挖礦的。我那時候老實，便把這些事情說了出去，誰知道那些百姓也都是有脾氣的，便說等出去了，要去尋了誠國公府的管事鬧事去，若是不給銀子，他們就把這事情給捅出去。後來，也不知道是誰走漏了風聲，第二天下礦的時候，忽然就下起了大雨，那一夜沒坍方，但是從礦洞上頭卻有源源不斷的泥水流下來，是誠國公府的那群奴才想要把我們都活埋了……」

梁大人聽到這裡，嚇得嘴唇都顫抖了起來……忍不住開口道：「那年礦難，死了三、四十個礦工啊！難道不是因為礦洞坍方了，而是、而是……」

錢木匠眼裡落下淚來，點了點頭道：「我逃出來之後，偷偷地回去瞧過，若真是坍方，裡頭一個人都不可能出得來的，就是因為泥是他們自己填的，所以才叫我們挖開了一處洞口跑了出來。那時因為進礦井的人太多了，誠國公府也沒派人清點人數，後來我便連夜帶著我媳婦逃走了。」

「青天白日之下，居然會有這種事情？三、四十個礦工的命，就這樣沒了！」

「主要也是因為那裡頭實在挖不出什麼煤來，那些人又怕真的鬧起來，牽連太大，所以才……」錢木匠說完，用大掌按住了眼睛，深吸一口氣道：「當年從那個礦裡頭跑出來的，就只有我和趙老大，後來我們兩個怕被人發現，便說從來沒去過礦裡頭。」

不知何時，楊氏也站在了門口，見錢木匠說完這句話，只低頭哽咽道：「怪不得三年前鬧山洪，彩鳳他爹非要過去救人，說什麼他認識那邊的路！我沒攔住，誰知道他去了竟就沒回來了……」楊氏說完，早已經泣不成聲了。

「誠國公府這一筆血債，我一定要讓他血還！」宋明軒霍然起身，身子微微搖晃，轉頭對趙彩鳳道：「娘子，幫我磨墨，我要寫狀書，告御狀！」

春闈失機又接連著喪母之痛，趙彩鳳最怕的就是宋明軒從此一蹶不振，如今見他這樣說，心中也有一腔熱火燃燒著一樣，忙站起來道：「相公，你等著，我這就磨墨去！」

趙彩鳳從後院的大缸裡頭接了水，倒入宋明軒書桌上的那一塊石硯中，梁大人還在那邊繼續勸慰宋明軒。

「宋解元，告御狀你可得想清楚啊！你現在已經是解元了，就算這一科未中，下一科想考個進士也不是難事，可若是御狀沒告成，被誠國公府的人抓住了把柄，這輩子還想再入仕就難了啊！那些人有的都已經死了十幾年了，你就算替他們伸冤了，有沒有人來謝你都不知道呢！再者，你娘便是泉下有知，也不想你丟了自己的仕途，去討這樣一個公道吧？」

趙彩鳳知道梁大人愛才心切，宋明軒在他心中是可造之材，可她也明白，宋明軒更有一片赤子之心，他如何會畏懼強權，只為了自己的功名呢？

「相公，這御狀我們告定了，便是下半輩子跟著你吃糠嚥菜，我也認了！娘的公道不能不討回來；那些死了的礦工，還有我爹，他們的公道也不能不討回來！」趙彩鳳拿起了筆，蘸飽了墨水，遞給宋明軒。

宋明軒艱難地往前走了兩步，接過趙彩鳳手中的筆墨。

趙彩鳳彎腰取了一頁宣紙，攤在宋明軒的面前，拿鎮紙壓實了，抬起頭看著宋明軒。

宋明軒亦低下頭，和趙彩鳳四目相對，兩人的眸中都含著熱淚，而後咬牙落筆。

半晌後，梁大人拿著宋明軒寫好的狀書一路看下來，一個勁兒地點頭稱讚道：「簡直是淋漓盡致、大快人心啊！我多少年沒看過這樣好的狀書了，真是一氣呵成，簡直讓人拍案叫絕！」梁大人看完狀書後，帶著幾分驚嘆，抬起頭看著宋明軒道：「宋解元，我梁某這些年和稀泥習慣了，雖說沒有做什麼對不起老百姓的事情，但也明白自己有幾斤幾兩重，這次升遷，怕也是到頭了。宋兄弟既然有如此氣魄，那我也就跟著你這樣的年輕人走一遭，幹出一番大事來！」梁大人說完，把那狀書摺了起來，拿出一個錦囊裝好了，開口道：「明兒我就寫一封摺子，連同這狀書一起遞送到順天府尹去，看看趙大人打算怎麼辦這件事！」

宋明軒見梁大人肯幫忙，自然是心中欣喜，遂開口道：「有梁大人幫忙，這次必定事半功倍。」話才稍稍說完，身子又無力地往後靠了靠。

趙彩鳳連忙把宋明軒給扶住了。

梁大人見宋明軒羸弱至此，心中也是疑慮，忍不住又問道：「宋兄弟到底是什麼毛病，怎麼看著比之前回京城的時候瘦了好些？」

趙彩鳳正要回話，宋明軒卻攔住了，道：「梁大人不必擔憂，晚生的身體沒什麼大礙，三年之後必定還能重回考場、杏榜留名。」

梁大人聽宋明軒這麼說，也點了點頭，見外頭弔唁的賓客越來越多了，便起身告辭。

第四十二章

許氏的棺槨在家裡擺了三日，入了宋家的祖墳，和宋老大合葬在了一起。宋明軒在墳前磕了幾個響頭，聽見身後宋家的那幾個嬸子嘰嘰喳喳地開口道——

「上回讓他去祠堂祭祖，他不肯就算了，還大鬧祠堂，這下好了吧？老祖宗生氣了，喊了他娘去下面伺候了！」

宋老二媳婦聽了，也跟著開口道：「依我看，未必是因為那個事情，沒準是因為娶了個望門寡，這才沾了晦氣，剋死了婆婆，妳們說是不是？」

幸好下葬時並沒有外人在場，這些話也傳不出去，可即使如此，宋明軒聽在耳中仍覺刺耳，略略皺了皺眉。

趙彩鳳只當沒聽見一般，扶著宋明軒起來，湊到他耳邊道：「相公，不要理那些人。」

宋明軒原本以為趙彩鳳會難過，卻不想趙彩鳳反倒先安慰起了自己，一時間感動得眼眶都紅了。

兩人在墳地裡頭拜祭完之後回到家中，楊氏和錢木匠已經收拾好東西打算回京城去了。因為事發突然，臨走時把三個孩子都交給了楊老頭夫婦，這兩日只怕也是有得他們忙的了。

王鷹的車停在門口，趙彩鳳親自送了兩人出門，跟楊氏開口道：「娘，回去之後只要把相公的書打包起來，讓王大哥帶回來就好了。眼看著天就要熱了，冬天裡的衣服也不用帶了，隨便捎幾塊素色的布料回來，我替相公再做幾件守孝的衣服。」

楊氏瞧著趙彩鳳這兩日熬夜熬紅的眸子，心疼道：「閨女，這些日子妳可要好好照顧著明軒，娘知道他心裡不好受，如今能幫他的只有妳了。娘不求你們大富大貴，只求你們能平平安安的就好了。」

趙彩鳳點點頭，臉上擠出一絲笑來，開口道：「娘妳放心吧，我不會丟下他的。他窮得渾身上下沒一個銅板的時候我都沒丟下他，如今自然是更捨不得了。」

楊氏也跟著點了點頭，又道：「妳年紀輕不懂事，有些事情我要跟妳說一說的，這頭一百天是熱孝，妳和明軒不能行房事，妳可要記住了。萬一鬧出些笑話來，可是要被人說道的。」

趙彩鳳聞言，一個勁兒地點頭。她和宋明軒兩人雖然少年夫妻，確實對那事挺熱衷的，可是經了這些事情，只怕兩人一時半會兒也難提起興趣來。

楊氏見趙彩鳳應了，又嘆了一口氣道：「這次妳婆婆去了，我心裡那個怕啊，生怕有人又怪到妳是個望門寡這上頭來。幸好這村裡都是明白人，沒拿這個說事，不然妳跳進黃河也洗不清了。一想起我做的那混帳事情，偏偏要報應到妳身上，我心裡就難受。妳和明軒千萬要好好的，知道不？」

趙彩鳳見楊氏這麼說，也勸慰道：「娘，嘴長在別人身上，若是他們非要說，那咱也沒有辦法。好在村裡人都明白著呢，況且那方廟村礦洞的事情，梁大人已經說了會報上去的，若是有一天水落石出，大家自然就知道是怎麼一回事了。」

聽到這裡，楊氏忍不住扭頭看了錢木匠一眼，終究沒再開口，見王鷹的車等了有一會兒了，兩人便一起上了車。

趙彩鳳目送著楊氏和錢木匠離開，這才關上了門，回了小院。

王鷹的馬車裡頭，楊氏低著頭，偶爾抬眸看一眼錢木匠，卻不敢說話。

兩人這樣冷了半日後，錢木匠一把將楊氏圈在懷中，低頭在她的鬢邊磨了兩下，開口道：「我昨晚去方廟村那邊看了一眼，那幾個礦洞門口已經被圍了起來，裡頭住著誠國公府的人，想來是最近就要把那裡賣了，怕還會生出什麼變故來，所以讓人守著了。」

「你要去我不怪你，只是下次你好歹說一聲，白白讓我一晚上沒合眼。」楊氏抬起頭，有些嗔怪地看了錢木匠一樣。

錢木匠擰眉道：「我瞧著妳睡了才走的，怎麼妳沒睡？」

「你一走，我就覺察出來了。你這麼大一個人不在身邊，被窩都冷了不少。」

楊氏不過隨口一語，錢木匠聽了，卻帶著幾分笑意道：「明白了，那以後一定給娘子焐熱被窩。」

楊氏聞言，頓時就面紅耳赤了起來。

錢木匠又帶著幾分嚴肅道：「回了京城，我得打聽一下這誠國公府把方廟村的礦山賣給誰了？要是這筆生意真成了，那買家只怕就成了冤大頭了。」

「怎麼打聽？京城裡頭都是高門大戶的，咱連人家門檻都進不去呢，如何還能打聽到事情？依我看，倒不如等等，看梁大人那邊怎麼說吧。」

錢木匠見楊氏擔憂，也只點了點頭，不再發話了。

卻說劉八順那日進了場子後並沒有遇上宋明軒，只當是考生太多，一時走散了，也沒有刻意去尋。劉八順考過一次鄉試，如今也稍有些經驗，找到了自己的號場，領了卷子便做了起來。那題目看著眼熟，劉八順卻一時沒想起來在哪裡見過，只順著思路答了，這一路下來考得倒也順暢。

再加上劉家給劉八順準備的東西也齊全，那幾日晚上用雨布蓋著，劉八順身上又裹著皮毛，在號子裡將就著幾個晚上，倒是出乎意料地沒有染上風寒。

直到最後一場的時候，劉八順領了題目，拿紙鎮壓著，翻開題頭的時候，「東南海禁」幾個字落入眼簾，劉八順後背頓時就嚇出了一身冷汗來，再回想一下之前那兩場的題目，分明就是宋明軒那日抄給他的那一張紙上的內容啊！

外頭鑼鼓咚咚地敲了起來，眼看著巷口又要上鎖，劉八順急忙捣著肚子，一邊裝作肚子疼，一邊揹上了自己的書簍子就往外頭去。

監考的還是上回的那幾個侍衛，有人認出了劉八順，知道他是杜太醫的小舅子，見他跑了出來，便好奇地問道：「劉公子，這都最後一場了，你怎麼不考了呢？」

劉八順捣著肚子道：「不……不行了，熬了好幾宿了，實在熬不過去了，再熬下去，小命就要交代在這裡了！」

這時候劉八順已經考了六天，臉上鬍子都長出來了，看著實在是狼狽得很，又見他一邊這麼說，一邊腿抖得站都站不穩了，也忙上前扶著他道：「劉公子，下回讓杜太醫給你好好補補了再來，你看這都最後一場了，堅持一下，沒準過幾天你就是進士了呢！」

劉八順一邊應著，一邊又道：「進士雖好，也要有命當去！」

那幾個侍衛聽了，哈哈大笑了起來，挖苦他道：「杜家大少奶奶開的寶育堂，賺得盆滿缽滿的，照你這麼說，你還唸什麼書啊？直接在家裡頭享福去得了！」

劉家的奴才早已經在貢院外頭等了好幾日了，幾個小廝熬了一宿，正有些睏頓，便圍坐在馬車裡頭聊了起來道：「你們說這宋舉人倒楣不倒楣？先是身子不好沒進得了貢院，後來又聽說自己老娘死了，這可不是要人命的嗎？」

「我倒是覺得算不得倒楣，最倒楣的是人進了貢院，還不知道自己老娘死了，生生連下葬都沒趕上，那才倒楣呢！要真那時候從裡面出來，有人上前去告訴他說『宋舉人，你娘死了』，我瞧那時候沒準宋舉人一聽，自己也跟著去了呢！從裡面熬了九天出來，都沒個人樣了，還被這麼一嚇唬，可不得沒命了？」

眾人聽那人說得好笑，都哈哈笑了，這時候卻聽見不遠處有侍衛衝著外頭等著的人喊——「劉八順！劉八順家的下人來領人！」

幾個人正笑呢，並沒聽見。

忽然有人敲了敲他們的馬車門道：「還笑呢，你們家少爺給送出來了！」

車上那幾個小廝已經輪流在這邊等了五、六天了，都以為這一科劉八順算是十拿九穩的了，畢竟一般能堅持到這會子的人，咬著牙也要把最後三天給熬下去，如今聽說劉八順出來了，都嚇了一跳，急忙就跳下了車，瞧見兩個侍衛正架著劉八順出來，趕緊迎了上去，把劉八順給扶住了，小聲問道：「少爺，您哪兒不舒服？咱這是先去寶善堂找大姑爺，還是先回家？」

劉八順臉上鬍茬一片，看著還真有點人不像人、鬼不像鬼，見家裡人都迎了上來，強打起了幾分精神道：「你們先送我回家，派個人去朱雀大街等著，瞧見大姑爺下值了，讓他趕緊上我們家來一趟。」

那幾個小廝也不知道劉八順哪兒不舒服，見他這麼說，著急道：「少爺不如就直接去寶善堂等著吧，這樣大姑爺沒下值，那邊還有別的大夫可以瞧病的！」

劉八順一拍那人的腦袋道：「讓你去你就去，別囉哩囉嗦的，我還死不了！」

劉八順回家後，先洗了一個熱水澡，把鬍子刮了一下，又吃了一頓飽飯，雖然看著神情還有些憔悴，可比起上次秋闈回來直接睡了一整天，都不知道好了多少。

錢喜兒見他也沒說身上哪裡不舒服，吃了一大碗飯，又喝了一碗雞湯，還滿滿地打了一個飽嗝，心裡便覺得有些奇怪，趁著李氏不在，開口問道：「八順，你有什麼事瞞著我？」

劉八順抬眸看了錢喜兒一眼，越發覺得她比以前貼心，可這些事情終究是不能對她說的，便開口道：「哪有什麼事瞞著妳？我方才在貢院裡頭忽然腹痛難忍，所以才出來的，我能有什麼事瞞著妳呢？」

錢喜兒見劉八順這麼說，笑著道：「還說沒有什麼事瞞著我，我又沒問你為什麼出來，你解釋這麼一大籮筐，不是心虛又是什麼？」

劉八順擰眉道：「隱約有些知道為什麼宋兄這次沒有進考場了。」

「劉家來的人說，是因為他身子不適，所以沒進去。」

「只怕沒那麼簡單。這事情妳先當不知道，一會兒等姊夫來了，我還要跟他商量商量。」

錢喜兒見劉八順說得神神秘秘的，也知道必定是什麼大事，便沒再開口問，又給他添了一碗雞湯，遞過去道：「喏，再喝一碗吧。這雞湯是我親手熬的，上頭的肥油都去掉了，多喝一碗也不肥膩的。」

劉八順接過碗又喝了幾口後，忽然抬起頭看著錢喜兒道：「喜兒，這科沒中，不好意思，又要讓妳等三年。」

錢喜兒見劉八順這麼一本正經的樣子，還以為他要說什麼正經話呢，沒想到竟是這麼一句不害臊的，頓時就羞紅了臉，起身道：「你自己一個人吃吧，我進房裡繡花去。」

劉八順吃飽喝足，便回了自己的書房，他的書房素來不輕易讓人進來，便是錢喜兒沒有他的首肯，也不會進來亂動他的東西，畢竟有些東西是男人看得、女人看不得的。

劉八順翻了一下凌亂的桌面，果然在幾疊紙頭下面找到了那日宋明軒抄來的那幾道題目，而最後這一題時政，寫得明明白白就是東南沿海海疆貿易，這與這一科最後的時政題東南海禁分明就是同一題！

劉八順心下有些後怕了起來，又想起宋明軒沒進考場，雖然這一科高中無望，卻好歹躲過了一劫。科舉舞弊是重罪，若是查了出來，大多數考中的進士都會受到牽連，很有可能會因此失去步入官場的最後機會。

眼見著外頭天色已晚，從太醫院下值後的杜太醫匆匆趕往了劉家，聽說劉八順考到最後一場時熬不住出來了，杜太醫急得火燒火燎的，生怕是劉八順身上熬出什麼毛病來了。待進了劉八順的書房，瞧見他正坐在那邊氣定神閒地喝著茶，這才鬆了一口氣。

瞧劉八順這樣子，身子必然是無礙的，杜太醫遂開口問道：「到底出了什麼事情？都最後幾天了，你怎反倒出來了？」

劉八順沒有說話，親自替杜若斟了一杯茶，而後從書桌上將那張紙條拿起放在了茶几上，繼續道：「姊夫，這次科考有人舞弊。」

杜太醫聞言也嚇了一跳，擰眉問道：「你從哪裡知道的？這種事情可不能亂說，無憑無據，不能信口開河。」

劉八順指著桌上那張紙條，開口道：「這上面有幾道題目，是前幾日宋兄帶來的，因為時政題向來是我的短處，所以跟宋兄一起研究了一下這道題目，可誰想到第三場開考的時候，我一領到題目，上面寫的就是這一題……」

劉八順說到這裡，還有些後怕，坐下來捧著茶杯看著杜太醫道：「我當時心裡忽然就害怕了起來，又想起進場子的時候沒瞧見宋兄，也不知道會不會是他出了什麼事情，因為前幾日，宋兄說有人曾拿著這幾道題向他請教過。」

杜太醫拿起桌上的那張紙片，上頭用蠅頭小楷寫了幾道題目，看似並沒有任何的不妥，可誰又能想到，這張紙上寫著的卻是如今貢院裡頭考生們做的考題！

「除了這時政題，其他題目呢？」

「都在這裡頭！還有這先天下之憂而憂，後天下之樂而樂的策論，都一模一樣。我當時只覺得眼熟，且又常做這些題目，並沒想起來，直到看見那一題時政，簡直猶如天打雷劈！」

杜太醫雖然驚訝，可如今瞧見劉八順安然無恙地站在自己面前，終究還是放下了心來，拍了拍他的肩膀道：「你急流勇退，明哲保身，這一次做得非常好。科考舞弊，大雍有史以來，也不過就出了兩回，第一回是太祖年間，那時候科舉剛剛復興，很多人想趁亂摸魚，導致那一期的科舉試題洩漏，所有考生成績全部作廢。而第二回，則是韃靼攻打大雍南下的前一年，邊關戰亂，有人乘機賣題發財，結果導致那一次試卷大幅洩漏，連帶著趙辰明趙先生也被牽連其中，蒙受不白之冤，終生鬱鬱不得志。」

劉八順聽杜太醫將這些事情娓娓道來，不禁紅了眼眶，擰眉道：「趙先生是我的啟蒙恩師，他說他一生的志向，只想做一個乾乾淨淨的讀書人，我這一次若沒從裡面出來，如何對得起他的教誨？」劉八順說完，抬起頭看著杜太醫道：「姊夫，那這事情你覺得應該怎麼辦？禮部尚書和你家還是姻親，這事難免牽連甚廣。我出了貢院沒關係，可我還不清楚宋兄為何沒進去貢院？萬一宋兄也知道了這其中的貓膩，投說無門，若是被牽連了，又要怎麼辦？」

杜太醫見劉八順這樣緊張，開口勸慰道：「你放心，宋解元剛剛喪母，想必還沒有心情細想這些，眼下我們還是以靜制動，等這次科考結束，禮部放榜再說。」

劉八順見杜太醫這麼說，也只得點了點頭，又道：「宋兄喪母，只怕百日之內回不了京城，改日我再派小廝送些東西過去，順便打聽打聽他的境況。」

時光飛逝，一晃又過去了一個多月。劉八順也派了小廝去宋家探望過了宋明軒，小廝帶了宋明軒的信回來，請劉八順代為向韓夫子說明情況，等他一年重孝之後，再回書院就讀。

外頭杏花已放，京城中一片春意盎然，遠處的小巷裡傳來噼哩啪啦的鞭炮聲，劉八順喊了一個小廝，問道：「去外頭看看，到底是什麼事情這麼熱鬧？」

那小廝從外頭進來，早已經遇上過那一撥人，如何不知道原因？聽劉八順問起，支支吾吾答不上來，見劉八順就要動氣了，這才小聲道：「奴才說了爺可不准生氣啊，這聲音是從巷口郭舉人家傳來的，郭舉人中了這一科二甲頭名，這是禮部來給他放榜呢！」

劉八順動了動眉梢，問道：「郭舉人？哪個郭舉人？」

「奴才也不清楚，只是那宅子原先是誠國公府的宅子，也不知道什麼時候成了郭府了。」

劉八順一聽誠國公府，猛地就想了起來，問道：「那個郭舉人是不是叫郭躍？」

「好……好像是叫這個名兒，奴才也不清楚啊！」

劉八順聞言，一時怒火中燒，將桌上的一台端硯給推下了地，一時間金石碎裂，墨汁濺得滿地都是。劉八順提筆道：「我寫一封信，你馬上幫我送到驛站去，送給趙家村宋舉人！」

劉八順才想蘸墨水落筆，就瞧見硯臺被自己砸了，不禁瞪了那小廝一眼道：「還站著幹什麼？給我重新找個硯臺來磨墨！」

那小廝聽聞，急急忙忙地點頭出去，就瞧見錢喜兒手裡捧著一方硯臺從外頭走了進來。

錢喜兒將那硯臺放在了劉八順的書桌前，瞧著滿地的碎片，嘆息道：「這地也不知道遭了什麼罪了，白白的就被你砸出一個坑來。」

劉八順聽了，頓時面紅耳赤了起來，想了想開口道：「那郭老四偷了宋兄的答案，如今還考上了二甲頭名，我一定要替宋兄討回公道！」

宋明軒在趙家村這一住便是一個多月，他平常就是喜靜的性子，如今守了孝，性子更是沈靜了幾分。以前趙彩鳳逗他的時候還有些小孩的心性，如今瞧著倒是越發老成了。

趙彩鳳站在宋明軒的身側，跟著他一起讀完了劉八順的書信，兩人雖然心中都有怒意，卻也似乎隨著時間的推移而淡去了。

宋明軒看完信，淡淡地放了下來，淡然道：「郭老四果真中了，只是沒想到，還能讓他中了二甲頭名。」

趙彩鳳知道宋明軒對這件事已經看淡了，可她心裡如何出得了這一口惡氣？挑眉想了想道：「相公，你素來記性好，不如就把當日你寫給郭老四的文章默出來，也好留個證據。」

宋明軒聞言，笑著道：「這我也想過，只是如今憑妳我之力，恐怕還不能上達天聽，而且這科舉舞弊案牽連甚廣，禮部的那些官員也是參差不齊，我們要是貿然上告，只怕也會連累無辜。」

趙彩鳳見宋明軒這麼說，略略擰眉，在一旁的凳子上坐了下來道：「怕連累無辜？依我看，像你這樣白白被郭老四騙了的才叫無辜！還有那些個原本可以中個進士，結果卻被那些有答案的人給奪了原來名次的人，更無辜！」

宋明軒見趙彩鳳有些生氣，忙上前勸慰道：「好好，娘子，我寫！」

趙彩鳳抬起頭略略看了宋明軒一眼，見他臉頰依然清瘦，便又有些不捨地道：「你也別著急，想到多少寫多少，到時候寫完了，你謄抄一份出來，我們送去劉家。劉公子這一科不是考了一半就出來了嗎？他心裡自然也是有氣的。劉家身後好歹還有一個杜家，興許劉公子會想出什麼辦法來，讓你這冤屈公諸於世。」

宋明軒聞言，低低嘆了一口氣，又道：「我實在欠劉兄弟太多了，若不是他認出了題目，明哲保身地退場了，後果還不知如何呢！」

趙彩鳳便勸慰道：「幸好劉公子是個有福的，你也不要多想了。倒是梁大人上次說的礦洞的事情，如今可有消息沒有？」趙彩鳳最近每日無事，跟著陳阿婆學學針線，張羅著全家的一日三餐，還在門口小河邊的菜地上種了幾畦小菜，倒是沒怎麼問那誠國公府礦洞的事情。

「前幾日梁大人託人送了信來，他升遷的明旨已經下來了，不日就要啟程，這件事情也交接給了順天府尹的人，只是牽扯甚廣，所以順天府的人正在暗中查探，在沒有證據之前，只怕還不能把誠國公府送上公堂。」自古都是官告民易，民告官難。況且誠國公府這次的事情如若屬實，又處在這削爵的當口，沒準還真的會讓皇帝殺雞儆猴，奪去爵位。

趙彩鳳瞧了一眼宋明軒略略蹙起的眉宇，開口道：「相公，等婆婆七七之後，我想回一趙京城。」趙彩鳳想得很清楚，她可不是這裡土生土長的古代人，受了委屈，字典裡只有「忍讓」兩個字。她要是不把這兩件事情弄個清楚明白，她就不姓趙！

宋明軒如何不知道趙彩鳳的心思？抬起頭看著趙彩鳳，兩人的視線微微一碰，宋明軒便伸手拉了趙彩鳳入懷，眉梢擰得緊緊的，過了片刻忽然抬起了頭來，開口道：「娘子，等過了七七，我們帶上阿婆，帶上我娘的牌位，一起回京城去。」

趙彩鳳抬眸，看見宋明軒的眼中露出灼灼的光芒來，和他以前溫文爾雅的眼神不同，帶著幾分成長的犀利光芒。

過了許氏的七七，便是四月分的天氣。宋明軒在趙家村養了一個多月，雖然身子還有些虛弱，但是氣色已經好了不少。

楊氏和錢木匠把討飯街巷口的房子給退了，帶著孩子搬了過來，聽說宋明軒和趙彩鳳他們要回來了，便特意把正房的兩間屋子給收拾了出來，東廂房讓陳阿婆住、西廂房讓趙彩鳳和宋明軒住，自己和錢木匠則帶著孩子住在新蓋的倒座房裡頭。

陳阿婆知道他們是一番好意，也不好意思推拒，便抱著趙彩蝶道：「那以後彩蝶就跟著我睡吧，我一個老太婆，一個人睡一間房，怪冷清的。」

趙彩蝶也一個勁兒地點頭道：「我也不想跟哥哥睡，也不想跟娘和爹一起睡，哥哥和爹都打呼嚕！」

小孩子童言無忌，哄得大人們都笑作了一團。

趙彩鳳便玩笑道：「那小蝶跟我和妳姊夫一起睡吧？我倆都不打呼嚕。」

趙彩蝶噘嘴想了想後，搖頭道：「不行，小蝶要是跟大姊和姊夫睡一起，大姊和姊夫就生不出小娃娃了！」

因為還在熱孝之中，宋明軒和趙彩鳳都沒有想過那件事情，這時候聽趙彩蝶提起，兩人倒是都略略有些眼紅了。

楊氏見宋明軒如今看著比回去之前好了很多，心下也放心了幾分，開口道：「一會兒我去店裡頭跟你們姥姥、姥爺說一聲，讓他們今兒早些關門，一起過來吃一頓團圓飯。」

趙彩鳳進房間去幫宋明軒整理書籍，聽見外面有嘰嘰喳喳的聲音，便放下了書往門口看了一眼，卻瞧見是翠芬正帶著旺兒跪在自己家門口，翠芬消瘦得厲害，臉色蠟黃，渾身上下好似骨頭架起來的一樣。

呂大娘站在一旁勸慰道：「翠芬，妳這是何苦呢？那都是郭老四那個畜生幹的事情，和妳也不相干的。」

眾人見趙彩鳳走了出來，只都抬眼看著趙彩鳳。

呂大娘開口問道：「彩鳳，郭老四中了進士，這事你們聽說了沒有？」

趙彩鳳冷冷答道：「聽說了，據說還是二甲頭名呢！我原以為翠芬姊這會子肯定做官太太去了，怎麼，郭老四沒來接妳嗎？」趙彩鳳對翠芬也並不是恨，只是有些怨而已，怨她當時不聽自己的勸告，如今這一切也是她咎由自取，可再怎麼說，她也是受害者，甚至是比宋明軒更可憐的受害者。

「彩鳳……妳要打我罵我，我都沒有怨言，我真後悔當初沒聽妳的話，老四他就是個畜生啊！他是畜生……」翠芬說到這裡，渾身都顫抖了起來。

趙彩鳳看著翠芬，眉梢微微一挑，抬起眼皮道：「妳現在也知道他是畜生了？那我問妳，妳現在敢不敢去順天府尹告他，說他當年想下毒害死妳！妳敢不敢？」

翠芬聞言，身子一震，軟軟地倒在地上，眸中一片死寂。

趙彩鳳冷笑道：「妳不敢！人家要殺妳了，妳不敢去告人；人家中了舉人，妳跪到我家門口來！妳這是要為他贖罪嗎？這件事錯的是他，不是妳，妳做什麼都沒用！收起妳的懺悔，抱著孩子走吧！妳要是有些血性，我現在就讓我相公寫了狀書給妳，妳把那郭老四告上衙門，告他一個拋妻棄子、毒殺元配！」

跪在地上的翠芬六神無主地哭了起來，身子顫得厲害。

邊上圍觀的人群聽了，也義憤填膺地道：「告他、告他！翠芬，妳別怕，他就算當了官老爺又怎麼樣？他就是從我們討飯街出去的，我們都替妳作證！」

趙彩鳳冷笑了一聲，抬起頭對周圍看熱鬧的人群道：「街坊們別逼她了，她不會去告的，因為她還想著郭老四有朝一日能想起她來，想起她和孩子，她的夢還沒清醒過來！」

翠芬呆呆地坐在地上，一旁的旺兒哇地一聲哭了起來。

趙彩鳳聽見孩子的哭聲，多少也有些心酸，原本滿肚子挖苦的話還是嚥了下去，只變軟了聲線，開口道：「翠芬姊，妳走吧，好歹給孩子留些臉面。」

翠芬抬起頭看了一眼趙彩鳳，伸手把旺兒摟在了懷中，放聲大哭。在眾人的指指點點中，她抱起了孩子，離開趙家的門口。

余奶奶擔憂地往翠芬那邊看了一眼，又瞧了一眼趙彩鳳，笑著道：「彩鳳，這大約兩個月沒見，妳又精神了？」

趙彩鳳笑著道：「可不是？做人嘛，誰不會遇上一些糟心事？關鍵還是要把心態給調整好了，這樣才能再開開心心地過下去。」

呂大娘如今有了八寶樓這個穩定的客源，連晚上的攤子也不開了，人都胖了一圈，只看了一眼翠芬，又道：「彩鳳，郭老四中了進士就沒回來過，後來聽說在富康路有了宅子，翠芬去了幾回，都被轟出來了。我們也勸過她好幾回，讓她去告那郭老四，可她就是不肯，也不知道她心裡怎麼想的。」

經歷了之前的事情，趙彩鳳也算是想明白了，讓翠芬去告郭老四，基本上是不可能的，因為她本質裡對郭老四還保有希望。

趙彩鳳嘆了一口氣道：「我知道翠芬姊也不容易，可這夢也總有醒的一天，郭老四是個什麼樣的人，難道她還看不清嗎？」

呂大娘點了點頭，嘆息道：「就是苦了孩子，這麼小也沒個爹。」說完，往小院裡頭看了一眼，又小聲問道：「明軒的身子怎麼樣，好全了沒有？你們倆好歹年輕，也禁得起，這若是年紀大的，這樣連番打擊下來，只怕真是扛不住。」

趙彩鳳在外頭又跟幾位街坊嘮嗑了幾句，便轉身回了院子。

宋明軒這時候剛從床上起來，聽見外頭的聲音，便問道：「外面怎麼了，好像圍著好些人？」

宋明軒病了以後，趙彩鳳便規定他每日中午小睡一會兒，今兒回來時趕得有點急，所以吃過了午飯便讓他小憩了一下，此時見他起了，便把方才的事情說給他聽。

宋明軒嘆了一口氣道：「翠芬姊也是一個可憐人，妳何必還要拿話去激她？」

趙彩鳳一邊幫宋明軒繫上衣服帶子，一邊道：「你也知道她是個可憐人，她到現在都還想著沒準郭老四哪天能回心轉意了呢！你說可能嗎？我要是不狠一些把她罵醒，只怕她還要陷在其中呢！」趙彩鳳說完，嘆了一口氣道：「不過我覺得，似乎我罵得還不夠狠，她沒準還是沒醒悟過來。」

宋明軒見趙彩鳳那一臉惋惜的模樣，笑著道：「妳這還不夠狠啊？」

兩人正在裡頭有說有笑，門外傳來了一陣敲門聲，只聽敲門那人開口喊道——

「宋舉人在家嗎？我家公子和小姐過來看你們了！」

宋明軒早先寄了信給劉八順，透露了回京的時間，沒想到他們這麼快就來了。

趙彩鳳急忙去開門，迎了劉八順和錢喜兒進來。

這四月分天氣已經暖和了許多，趙彩鳳便在外頭的石桌上擺了清茶、水果，讓宋明軒和劉八順在外頭聊著，自己則拉著錢喜兒進了房裡。

「彩鳳，這麼幾個月沒見妳，感覺妳又長個子了。」錢喜兒拉著趙彩鳳的手，上下打量了一眼，又嘆息道：「只是這臉頰似乎又瘦了好些呢！」

「出了那麼多的事情，不瘦也不成了。」趙彩鳳嘆了一口氣，深深覺得汗顏。身為穿越女，她可真是丟人，讓宋明軒吃了這樣大一個暗虧，實在是太小看了那郭老四的心計了！

「郭老四的事情，我也聽八順說了，聽說他殿試時寫的那篇文章稀巴爛的，皇帝就是因為讚賞他春闈時寫的那一篇海疆以稅養兵的文章，這才給了他一個二甲頭名的。這文章是宋大哥寫的吧？」

趙彩鳳聞言，心下也是一肚子火冒了起來，開口道：「如今連殿試都考了，三甲也都出來了，這時候再說這些也晚了。」

錢喜兒見趙彩鳳有些生氣，也不想再提這個事情了，開口道：「咱還是不說這些了，這些事情也不是我們能管得著的。八順過完了端午就要回書院去了，這一走又要好幾個月，我找了幾個花樣要給他做鞋面子，妳來幫我挑挑……」

卻說小院裡頭，劉八順看完宋明軒遞給他的那份默出來的卷子後，擰眉道：「若是把你這份卷子交給湯大人，必定能知道這裡頭的貓膩，可科舉舞弊是重案，到現在為止下頭還沒有一個人鬧起來，可想而知這次範圍極小，可能知道這卷子的人只有幾個，且都已經高中了，不然也不至於沒有一點風聲。」

宋明軒聽劉八順這麼說，也點了點頭道：「這事情若是鬧出來，少不得又是滿城風雨。題目一旦洩漏，那春闈的成績就不能作數，多少考生都要被牽連其中，還有禮部官員，也不知要牽連多少。」

「宋兄……你……你這是什麼意思？」劉八順看見宋明軒眸中帶著淡然。

「我是在想，告上去，到底值不值？」

劉八順見宋明軒這麼說，站起來道：「怎麼不值？就算只能絆倒一個郭躍，至少也給天下學子一個警戒，這世上不可能有不勞而獲的事情，宋兄你也並不是不能上達天聽的！」

劉八順說完，便將那謄抄的卷子收了起來，擰眉想了想道：「或許，我可以跟我姊夫商量商量，看看他有什麼辦法？」

趙彩鳳和宋明軒將劉八順他們送到了巷口，兩人一邊走一邊閒聊了起來，趙彩鳳見宋明軒神色淡然，很顯然對郭老四的事情已經看淡了，便故意拉了拉宋明軒的袖子問道：「相公，郭老四的事情，你當真打算這麼算了？上回讓你把卷子給劉公子，你還不肯呢！」

宋明軒低下頭，眉宇微蹙。經過郭老四的事情後，宋明軒也越發沈穩內斂了，淡淡開口道：「不是想算了，只是沒想好主意。雖說我和劉兄弟情同手足，但有的事情他能做，我卻不一定能做，而我亦不能要求他應該怎麼做。科舉舞弊畢竟不是小事，要是上告無門，只怕還會禍及他人。」

「什麼能做不能做的？我都被你弄糊塗了……」趙彩鳳擰著眉頭想了片刻，也沒弄清楚宋明軒的意思。

劉八順回了劉家之後，心急如焚地請了杜太醫過來，對於郭老四中了進士這件事情，當真是皇帝不急，急死太監。今兒劉八順瞧見宋明軒那副淡然的樣子，心裡便想著，一定是宋兄剛剛喪母，所以心情鬱結，連帶著這樣的大事都變得優柔寡斷了起來。科舉舞弊那是何等嚴重？作為泱泱學子，難道不應該拿出一點氣魄來，把這件事情捅出來，以正視聽嗎？

杜太醫一邊看著宋明軒的卷子，一邊聽著劉八順的絮絮叨叨。

「姊夫，你說說看，宋兄是不是給整傻了？他居然還說要考慮值不值得上告？那我們這些讀書人還唸什麼書？只等著去找人買卷子，然後請大儒們好好寫一篇文章背出來，不就個個都是進士了？」劉八順越說，情緒越發激動，又瞥了一眼宋明軒的文章，鬱悶道：「這麼好的文章，竟被一個人渣給盜用去了，真是替宋兄不值！」

杜太醫畢竟比劉八順年長了許多，且常在朝中行走，對這裡頭的利害關係自然是明白得很，聽劉八順這麼說，笑著放下了卷子，慢慢開口道：「宋舉人擔心的問題都很實際，如今別說春闈，連殿試都已經過了，這時候再鬧出春闈舞弊的事情，那些沒中的舉子必定會大肆鬧事，而那些中了進士的舉子，不管是舞弊的還是沒舞弊的，必定會惴惴不安，更有跳進黃河也洗不清的嫌疑。你別忘了，當初趙先生是為了什麼事情，連狀元也不肯做的。」

劉八順原本只是氣急，可被杜太醫這麼一勸，忽然就有些明白了。

杜太醫繼續道：「這些還只是舉子們之間的事情，更別提朝堂中了。一粒老鼠屎壞了一鍋粥，事情若鬧大了，整個禮部只怕都要遭殃。咱們這個皇上最是愛面子了，一定要以德服人，這樣一來，禮部的堂官恐怕都要被一窩端了。」

劉八順聽到這裡，已是無話可說了，憋著一股氣問道：「那……宋兄的冤屈就白受了？就任由那個郭老四逍遙法外了？」

杜太醫這時候才微微笑了起來，伸手拍了拍劉八順的肩膀安撫道：「我方才說的那些事情，那是從下面鬧上去才會發生的，這若是從上面查下去，自然就不會有這麼多事情了。若偷偷地查訪，不讓那些舉子知道，暗中把郭老四處置了，或許還有些可能。」

「姊夫，這話怎麼說？」劉八順急忙問道。

「皇上這幾日偶感風寒，我每日都會去御書房診脈，到時候找一個機會偷偷地把宋舉人這一篇文章呈上去，並將宋舉人心中所想一併告知皇上，皇上愛才心切，肯定不會委屈了宋舉人。這樣一來，既給了朝廷顏面，又能讓宋舉人討回一個公道，豈不是一舉兩得？」

劉八順見杜太醫這麼說，頓時就有些汗顏了，低頭道：「我真是錯怪宋兄了，還以為他是懼怕權貴，不敢伸張，沒想到他竟然想得這樣周到。若不是姊夫你跟我說個明白，只怕我還蒙在鼓裡呢！」

杜太醫見劉八順紅了臉頰，點了點頭道：「你畢竟年輕，這世上的事情並不是非黑即白的，而涉及朝廷的事情，也並非是以正壓邪的。這份卷子，若是不能直接呈到皇上的面前，就算是給了禮部尚書湯大人，怕湯大人也會為了保全整個禮部，把這事情給壓下去。」

劉八順驚得睜大眼睛。

杜太醫繼續道：「這算不得同流合污，只是權衡利弊而已，便是日後揭了出來，皇上也不會重責於他的。」

劉八順聞言，深深地嘆了一口氣，臉上更是多了一些無奈，開口道：「如今看來，還是趙先生說得對，只願這輩子做一個乾乾淨淨的讀書人。」

杜太醫見劉八順老氣橫秋地說出這樣一句話來，笑著道：「馬上就要回玉山書院去了，那裡最是研究學問的好地方，由你乾淨去！」

劉八順笑著道：「那姊夫，這件事情你也要多加小心，幫宋兄是我義不容辭的事情，可若是姊夫為難，還請姊夫三思而後行！」

杜太醫見劉八順關心起了自己，也越發覺得自己這位小舅子長大了，笑著道：「你放心，皇上那裡，你姊夫和你姊姊還有幾分面子。宋舉人是難得的賢才，我本來也不是愛管閒事之人，但憑你方才對我說的那幾句話，這樣識大體、懂進退、又能屈能伸的性子，我若不幫他，只怕將來便是大雍的損失了！」

四月過完便是端午，這其間八寶樓裡頭也出了一點小事情。謝掌櫃年紀大了，下樓時不當心，摔斷了腿，黃老闆一時請不到放心可靠的掌櫃，又聽說趙彩鳳回了京城，便帶著禮找上門來了。

黃掌櫃上門的時候，趙彩鳳正在準備宋明軒去玉山書院的行李。

雖然宋明軒一心想在家裡頭守滿了一年再去書院，可趙彩鳳還是堅持讓他跟著劉八順一起去。畢竟書院裡頭都是同窗，大家學習起來氣氛都不一樣，況且如今兩人又守著孝，彼此也不能逾越，可小夫妻兩人在一起時間久了，難免身上就有了火氣，就連趙彩鳳的腦門上都多了幾顆青春痘，趁著這個機會，索性讓宋明軒去了書院裡頭來得清靜。

黃老闆見趙彩鳳在收拾東西，還以為他們又要回鄉，急得腦門上冒汗道：「小趙，妳這是怎麼了？才回來沒幾天，怎麼又要回鄉去了？」

趙彩鳳不知道黃老闆的來意，只請他坐了，又喊了宋明軒從房裡出來陪著，笑著道：「哪裡啊，明兒過完端午，我相公就要去玉山書院裡頭了，我在給他整理行李呢！」

黃老闆聽趙彩鳳這麼說，放下了心來，開口道：「原來是這樣。」

趙彩鳳眼見著黃老闆的眉宇又鬆開了，便問道：「東家，您是有什麼難處嗎？店裡頭生意不景氣？」

「那倒沒有，店裡生意好著呢，只是謝掌櫃年紀大了，前陣子摔斷了腿，這……」黃老闆說著，皺眉繼續道：「我家在城裡也有幾個別的鋪子，可那些掌櫃的沒經營過酒樓，一時半會兒也接不上手。正好我聽小順子回樓裡串門時說妳回京城了，這不就立即過來請妳了，打算讓妳在我店裡頭做個女掌櫃，妳看成不成？」

趙彩鳳倒是沒想到黃老闆第一個就想到了她，可這年代，女的在外頭拋頭露面的畢竟還少，雖然她心裡頭已經有些心動了，但還是低著頭，小聲道：「這事還是得讓我相公作主才行。」

宋明軒最知道趙彩鳳的性子了，這段日子他生病在家，她雖然每日也跟著在家，但那顆心早已經飛到外頭去了，還曾在他耳邊唸道：「前兩個月瞧見菜市口那邊的鋪子，又給人搶先了。」這哪裡是能在家安心做針線的性子？

「妳要是想去，那就去吧，在家閒著也是閒著。如今姥爺那邊有小順子和娘幫襯著，也用不著妳天天去。」

趙彩鳳聞言，笑著在宋明軒的臉上親了一口道：「知我者相公也！」

黃老闆又坐在院子裡和宋明軒聊了幾句，黃老闆向宋明軒保證，每日都會派夥計親自把趙彩鳳給安然送回家，每月三次休沐，一個月五兩銀子。

趙彩鳳掰著手指算了算，五兩銀子雖然只相當於人民幣三千塊，當然比起她在現代當法醫的工資少了一些，可這古代的購買力差，東西便宜，五兩銀子已足夠一般窮人家過上好幾個月了！趙彩鳳一下子便覺得自己成了小富婆，這要是狠狠地攢一攢，一年沒準還能攢出個三十兩銀子來呢！

宋明軒抬起頭看了趙彩鳳一眼，心裡默默嘆息。朝廷對未入流的京官，月俸大約在三石，按現在的米價，也不過不到三兩銀子一個月，看來他這啃妻一族還要當些年頭了。

趙彩鳳和黃老闆約定了上工的日子後，和宋明軒一起送了黃老闆出門，回來的時候正巧遇上了從外面過來的伍大娘。

伍大娘瞧見趙彩鳳，笑著說道：「彩鳳，好消息啊！好消息！」

趙彩鳳也算是許久沒聽到好消息的人了，見伍大娘這神采飛揚的樣子，便忍不住問道：「大娘，什麼好消息，讓妳笑得都合不攏嘴了？」

伍大娘笑得眉飛色舞的，湊到趙彩鳳的耳邊道：「郭老四被抓了！也不知道是因為什麼事，我方才去富康路上串門，瞧見郭老四家門口上著大鎖、貼著封條，一時好奇，就去隔壁人家問了問，這才知道昨兒晚上半夜來了一群人，把郭老四給抓走了！」

趙彩鳳聞言，稍稍挑了挑眉，扭頭往宋明軒那邊看了一眼，見他還是神色淡淡的樣子，便又問伍大娘道：「大娘，妳知道是什麼人抓的嗎？」

「我聽他隔壁鄰居說，看著不像是順天府尹的人，且押走的時候沒往順天府衙去，好像是去了那個方向。」伍大娘伸著手指，小心翼翼地往皇城的方向指了指。

趙彩鳳又抬頭看了一眼宋明軒，見他雖然垂下了眉宇，但嘴角微微抿著，看著遠處的視線似乎更堅定了幾分。

「大娘，那妳有沒有問過他鄰居，郭老四到底犯了什麼罪責？到底是為什麼被抓進去的？」趙彩鳳又好奇地問了兩句。

伍大娘便搖了搖頭道：「一問三不知的。反正郭老四不是好人，被抓就被抓了唄，他活該！」

趙彩鳳噗哧地笑了，到門口的時候，身後有人喊住了他們，趙彩鳳回頭看了一眼，一時沒認出那人來。

那人開口道：「宋舉人，我家大爺請宋舉人一起到裡頭走一趟。」

趙彩鳳被嚇了一跳，什麼裡頭不裡頭的？進了裡頭，這還出得來嗎？

「你家大爺哪個呀？要帶著我相公去哪裡頭？」趙彩鳳急得開口問道。

那小廝笑著道：「宋夫人放心，我家大爺是寶善堂杜太醫。我家大爺說，他是奉了上頭的意思，來請宋舉人一起進去的，保證宋舉人有去有回！」

趙彩鳳一聽是杜太醫派來的人，便鬆了一口氣，轉頭見宋明軒的眼中也透出了半分喜色。

宋明軒抓著趙彩鳳的手道：「娘子，劉兄弟他做到了……」

趙彩鳳一時沒弄明白宋明軒的意思，但腦子也轉得飛快，這世上能讓杜家馬首是瞻的，除了皇帝還能有誰？趙彩鳳覺得胸口一熱，抓著宋明軒的手也越發緊了起來，激動道：「相公，郭老四被抓了，有人要還你清白了！」

宋明軒重重地點了點頭，片刻之後便又恢復了以往的平靜，開口道：「娘子，妳等著我回來！」

趙彩鳳見宋明軒這就要轉身離去了，掃了一眼宋明軒身上的衣服，忙開口道：「你等等！穿成這個樣子，怎麼見人啊？」

宋明軒也低頭看了一眼自己身上的衣服，最近天氣漸熱，他便拿了去年的衣服來穿，身上這一件正好是當初給趙彩鳳做了手套的那件。

宋明軒頓時也臉紅了半分，正躊躇著要不要進屋換一件衣服時，那小廝又催促了起來。

「宋舉人，我家大爺就在外面車上，咱還是快點，別耽擱了。」

宋明軒咬牙想了想，甩了一下身上短了一截的袍子，開口道：「笑娼不笑貧，穿成這樣也無所謂了，我跟你走！」

趙彩鳳瞧見宋明軒臉上露出那種久違的自信，抿唇笑著道：「相公，你去吧！我在家等你！」

趙彩鳳站在門口目送宋明軒離去，晌午的陽光將她整個人曬得暖融融的。越過了冬天的嚴寒，她和宋明軒的生活，也終於迎來了春的氣息。

第四十三章

卻說宋明軒被皇帝叫走之後，趙彩鳳心下還是有些擔憂，便和陳阿婆說了一聲，往富康路上的劉府等消息去了。

劉八順並不知道此事，聽趙彩鳳這麼說，便派了人去朱雀大街的寶善堂打探消息，心下倒是有些沾沾自喜。宋明軒才學兼備，寫得一手好文章，但凡是愛才之人，誰不想著和他結識？雖說劉八順從未有機會面見天顏，但是杜太醫經常會跟自己說起一些當今聖上的事情來，劉八順早已經認定了皇帝是個愛才惜才之人。

「嫂夫人儘管放心好了，沒準宋兄從裡頭出來後，皇帝就點了他一個狀元呢！」

趙彩鳳可沒打這種心思，她如今只求宋明軒安安穩穩的便好了，至於中狀元、探花的，三年之後未必就沒這個機會。

「那種地方，他又是頭一次去，還穿得不倫不類的，我只求他直著進去、直著出來罷了。」

錢喜兒便笑著道：「彩鳳妳放心好了，還有大姑爺呢！大姑爺做事素來有計較，若是沒有完全的把握，也不會把宋大哥給帶進去的。」

趙彩鳳稍稍點了點頭，對著門外又看了幾眼。

一旁的劉八順勸道：「人已經去寶善堂等著了，只要宋兄一回來，馬上就有消息的，嫂夫人別著急。」

趙彩鳳笑了笑道：「你和我相公情同兄弟，你就喊我一聲『大嫂』吧，這一聲聲『嫂夫人』的，聽著當真彆扭得很呢！」

錢喜兒也跟著笑了起來。

馬車裡的宋明軒雖然臉色淡然，但心裡依舊有著幾分惴惴不安。他有著文人的傲氣，雖知依靠劉八順的關係，請杜家人直面天顏是唯一的辦法，可是……宋明軒不能那樣做。他不能因為一己的私利，將其他人拉下水。這種事情，若是心甘情願，那以後便是過命的朋友。

杜太醫看著坐在自己眼前的清瘦男子，神情自若，臉上雖然一臉的謙遜，難得的是那雙清澈的眸中還帶著幾分淡然的自信。能經歷這樣的事情還不磨滅意志的，杜太醫也從心中由衷地敬佩起宋明軒。

「宋舉人，這次是皇上想請宋舉人進宮。昨夜皇上的特使已經將郭躍捉拿歸案，但是那人拒不承認，所以皇上便提出了一個辦法，要讓你和郭躍兩人單獨寫一篇文章，誰的文章好，他就信誰。」

宋明軒微微挑眉，問道：「皇上看過我的文章了？」

「看過了，不過那個郭躍很狡猾，雖然文風主旨都一模一樣，遣詞造句卻也略加修飾過了，大抵是怕你萬一能進考場，和你撞卷被人發現。」

宋明軒倒是沒想到那郭老四狡猾至此，聽杜太醫這麼說，也只躊躇滿志地點了點頭道：「好，公平比試，若是晚生輸了，這件事情就讓它這樣煙消雲散了，後面的路還長著呢，總有他郭躍窮途末路的時候。」

杜太醫見宋明軒這麼說，伸手拍了拍宋明軒的肩膀道：「怪不得八順這樣敬重你，宋舉人果然人品貴重，杜某這一次也算是沒幫錯人了。」

宋明軒聞言，倒是有些不好意思了，低著頭謙遜道：「杜太醫謬讚了。常聽八順提起你，聽說你是九歲中童生的神童，晚生慚愧！」

杜太醫見宋明軒提起這個，哈哈大笑了起來。「那是哪一年的老黃曆了，也值得八順說出來。不過說實話，我娘子確實喜歡有學問的人，當初嫁給我，還一直抱怨應該嫁個狀元爺好些的！」杜太醫說起杜夫人，眉宇中便多了幾分溫情。

兩人從嚴肅的科舉舞弊話題，換到了討論自己媳婦上頭，時間一下子就過得飛快，不多時，便到了宮門口。

看門的侍衛見是杜家的馬車，查過裡面的人之後，便放了他們進去。

宋明軒順著馬車簾子撩起的縫隙往外頭看了一眼，那高聳巍峨的宮殿連綿不斷，寬闊冗長的宮道連結著瓊樓玉宇一般的宮殿，在這裡住著的人，便是大雍的天子。宋明軒想到這裡，心情便有著莫名的敬畏，連神色也都凝重了幾分。

馬車到了第二道門口，便不准再往裡頭去了，杜太醫從馬車上下來，對宋明軒拱了拱手道：「宋舉人，從這裡進去，便是皇上的御書房，由這位公公領了你去吧，在下也要回太醫院了。一會兒我的小廝春生會在宮門口等著你，後面的路，就看你自己怎麼走了。」

宋明軒雖說心性沈穩，但畢竟沒有見過大世面，此時掌心已經微微有些汗濕，聽杜太醫這麼說，只拱手謝道：「多謝杜太醫出手相助，晚生沒齒難忘！杜太醫請。」

杜太醫走後，來迎宋明軒進去的太監上下打量了一眼宋明軒，見他穿的那件袍子下面還短一截，偷偷地笑了笑，操著一口公鴨嗓道：「這位公子，裡面請，萬歲爺還在御書房裡頭等著你呢！」

宋明軒見那太監長相陰柔得很，說話的語調都拐了幾個彎，不過方才對自己這身上的衣服打量之後，那笑意也是片刻就壓了下去，看著並不像無禮之人，便朝著他拱了拱手，小心翼翼道：「有勞公公帶路了。」

那太監微微一笑，轉身在前頭引路，一路繞過了抄手遊廊，在大殿的門口停了下來後，回頭吩咐道：「你等著，咱家進去回個話。」

宋明軒點頭稱是，目送了那太監進去，隱約聽見裡頭有一道沈著渾厚的聲音響起，不怒自威——

「那姓宋的舉人如今就在外面，你自己好自為之吧！朕本是愛才心切，卻不想你這等下作，如今便給你一個機會，和他公平比試一場。」

宋明軒還沒來得及聽清跪在地上那人期期艾艾地說了些什麼，便聽見皇帝大聲道——

「宣宋明軒進來！」

片刻之後，老太監便來傳了話，引了宋明軒進去。

宋明軒低垂著頭，跟在老太監的身後，直到老太監停下了腳步，這才跪了下來道：「去科鄉試解元宋明軒叩見皇上，吾皇萬歲萬歲萬萬歲！」

宋明軒彎腰跪拜，聲音洪亮，雖然有一點微微顫抖的尾音，但通身透著讀書人儒雅之下不卑不亢的氣節。

皇帝聽完宋明軒自報身分之後，擰了擰眉頭，伸手拍打著自己的額頭道：「去年鄉試的解元……怎麼聽著有些耳熟……」

這邊皇帝的話還沒說完，另一個一直候在御書房裡頭、眉毛有些發白的老太監笑著道：「皇上忘了嗎？去年的解元是您欽點的，當時湯大人說，有幾個人的文章，他也品評不出來。」

皇帝聞言，拍了一下案桌，忽然就想了起來，道：「泰山不讓土壤，故能成其大；河海不擇細流，故能就其深。朝廷不遺良言，故能安其邦……」皇帝一口氣將這幾句話背了出來，視線帶著幾分驚喜和淩厲地看向宋明軒。

宋明軒眼波微微一轉，抬起頭，迎上皇帝的目光，開口接道：「天子不以世家獨大，故能順民心、扶清流、納寒士、唯才是用。故此不為削爵，只為納賢。」

「這果真是你寫的？」皇帝看向宋明軒的眸光多了幾分柔和，臉上也微微帶著笑意，開口道：「宋愛卿平身。看來杜太醫說你有不世之才是真的了。朕原本以為不過就是一個毛頭小子罷了，如今看來你確實有些見地。」皇帝說完這句話，擰了擰眉，忽然想起了些什麼，又開口道：「這麼說來，那一篇海疆以稅養兵的文章果真是出自你的筆下？」

宋明軒起身，稍稍低著頭，見皇帝這麼說，便開口道：「那篇文章乃是正月二十九那日，晚生在家中所作，當時郭進士也在場。郭進士很喜歡晚生的文章，所以拿去研讀了幾日，直到二月初三才歸還。晚生並不知道這題目有什麼問題，故而帶去跟杜太醫的小舅子、劉家公子一起研究了一番。」宋明軒說到這裡，稍稍看了一眼郭老四，繼續道：「直到春闈前一日，郭進士請晚生一起用晚膳，當夜晚生便身感不適，故而並沒有參加此次春闈。」宋明軒字字句句說得明白，卻從沒有提一句春闈舞弊的事情。想來皇上為了朝廷的顏面和舉子的心緒，必定不想把這件事情鬧大。

皇帝聽完宋明軒的話，眉梢略有讚許之意，卻還是開口道：「你和郭進士各執一詞，朕也很難抉擇，朕向來愛才，不想誣陷了誰，所以請你們來御書房，親自考核一番，若是誰的文章好，那朕就信誰！」其實皇帝如今心中早有判斷，只是不知道為什麼，就是還想考一考這位年輕的舉人。

一旁的郭老四聞言，早已經嚇得有些魂不附體，額際的汗珠一個勁兒地滑落下來。反觀宋明軒卻依舊神情自若，聞言低下頭，朗朗道：「但憑皇上出題。」

皇帝略略一笑，倒是覺得這宋舉人有意思得很，也很沈得住氣，還帶著幾分傲骨，便開口道：「既然問題出在這道時政題，那朕就再出一道時政。眼下韃靼壓境，邊關告急，群臣有主戰的，也有主和的，你們倆看看，朕到底是應該戰呢，還是應該和？」接著又對周公公說：「給他們兩人準備筆墨紙硯，限時一個半時辰。你和我去後宮走一趟，看望看望太后娘娘。」

那姓周的公公點頭遵旨，片刻便有小太監搬了兩張矮几進來，備上了筆墨紙硯，皇帝便領著周公公往後宮去了。

皇帝坐在龍輦之上，周公公候在一側，瞧見皇帝臉上露出高深莫測的笑來，小心揣測著皇帝的心思，開口道：「萬歲爺明明已經信了那宋舉人，為什麼還要讓他們兩個再作一篇文章呢？老奴倒是有些不明白了。」

皇帝瞥了周公公一眼，笑道：「你又知道朕的心思了？」

「這……」周公公低下頭，不好意思再說下去。

皇帝便笑著道：「你又不是不知道，那些個朝廷大臣，有幾個不是科舉上來的？那唇槍舌戰的，朕哪裡就能說得過他們？朕想要打，一群人攔著不讓打，這怎麼辦呢？好不容易來了一個厲害的後生，寫的文章那叫一個犀利，朕就指望著他能幫朕說服了那些老頑固了。」

「皇上怎麼知道那個宋舉人就一定會主戰呢？」周公公有些疑惑。

「頭一次朕要削那些功勛貴的爵位時，一幫人攔著，他不是寫了文章主張削爵的嗎？第二次，朝臣要禁海，朕捨不得，他就想出了以稅養兵的辦法，又跟朕不謀而合。所以朕想著，這第三次，他肯定也是主戰的。若是他都說不戰，那朕倒也要好好看看，他是怎麼想的？」

周公公聽了，笑著道：「還是皇上想得周到，只是這宋舉人怪可惜的，明明這一科能中的，如今卻被別人給……」

皇帝聞言，擺擺手道：「玉不琢不成器，宋明軒畢竟年輕，不然也不會吃這個暗虧。好在他並沒有因此自暴自棄，便是讓他在外頭再磨個三年，到時候朕再用他也不遲。」

「皇上說得是，這天底下的人，還不都是皇上的人，這再聰明的人，那也得聽皇上您的。老奴瞧著這宋舉人是個聰明人，沒準過個三年，狀元爺便給他中了呢！」

皇帝聽周公公這麼說，笑著道：「你這老東西，說話一套套的！」皇帝說完，又嘆了一口氣道：「這要打仗，免不了要銀子，如今銀根吃緊，錢還真是不好賺啊！」

皇帝的話才說完，周公公便略略躬身道：「皇上有些日子沒去錦繡宮了。」

皇帝的眉梢微微一挑，笑著道：「是有些日子沒去了，也不知道上回請孔嬪辦的事，辦成了沒有？」

錦繡宮的孔嬪，是三年前入宮的新人，是戶部尚書孔大人的親姪女。這些年大雍雖說瞧著平安，但是各處邊關依舊戰亂不斷，戶部吃緊。孔大人的親生女兒嫁給了江南首富洪家，在江南一帶算是有些威望，如今又在戶部管著皇商的事情，到底還能給朝廷弄些錢來。只是這些銀子層層上繳，能到國庫的也剩下不多了，皇帝便起了心思，偷偷給孔大人下了一道秘旨，命他搜尋這京郊附近的銀礦，私下裡談好價格，看看能不能一舉拿下，收歸朝廷所有。順便藉著這由頭，也能查一查到底有哪些權貴私開銀礦，到時候若是證據確鑿，將私開的銀礦一併收歸國有，沒準還能省下一大筆的銀子。

因為這些事情上不得檯面，皇帝又怕別人知道了丟了他的臉面，便私下裡交給了孔嬪，讓她藉著和孔夫人見面的機會，傳幾封往來信件。

皇帝至錦繡宮的時候，孔嬪恰巧剛剛收到孔夫人的來信，正打算差人去御書房請安，見皇帝來了，便笑著出來迎駕。「怪不得今兒宮裡頭玉蘭樹上的喜鵲一直叫呢，原來是皇上要來。」

皇帝便笑道：「就是喜鵲不叫，朕也是要來的，這宮裡還有妳這隻小喜鵲呢！」

孔嬪不過二十出頭，正是豆蔻年華，且又是南方人，身材窈窕，皇帝對她也是寵愛有加，可惜進宮三年，也不曾傳出喜訊來。

「皇上快別取笑臣妾了，臣妾倒是真的盼著皇上來呢！今兒一早，我大伯母派人送了信來。」孔嬪迎了皇帝進殿，宮女送上茗茶瓜果，孔嬪親自接了孔夫人送進來的信件，遞給皇帝道：「大伯母說，這是大伯父給皇上的，讓臣妾交給皇上。」

皇帝接過了信，將那封口處的火漆去了，展開信紙掃了一眼後，眉梢微微露出一些喜色，開口道：「妳大伯父託的那洪家真是有些本事，這才幾個月工夫，已經找著好幾個銀礦，眼下已經到了談價格的地步了。河橋鎮的方廟村居然也有一處銀礦，就在朕的眼皮子底下，朕居然都不知道，還是誠國公府的產業，看來這些老牌勛貴可真是沒少坑朕的銀子啊！」

後宮女子不得干政，但皇帝這麼說的時候，卻不能讓他唱獨角戲，因此孔嬪笑著道：「臣妾倒是不明白，這整個大雍都是皇上您的，要幾處礦山有什麼難的呢？就不能讓那些大臣乖乖的自己獻上來嗎？」

皇帝聞言，笑著將嬌俏的女子摟入懷中，輕拍著她的後背道：「那些老牌權貴，他們的祖上都是跟著太祖爺打過江山的，若是沒有他們，就沒有如今的大雍，朕這個當皇帝的，再不濟也不能不念舊情。前幾年處置了一個景國公和一個鄭國公，現在好多勛貴都對朕不服，說朕忘恩負義的也有，朕也是苦惱得很啊！」

孔家世代清貴，雖不是勛貴，卻也是朝中一股清流，且孔氏族人人人都是科舉取士的，對削爵一事也是抱著贊同的態度。孔嬪聞言，便開口道：「臣妾雖是一介女流，也知道唯才是舉、知人善任的道理。那些勛貴之家出來的公子、少爺，且不說學問比不上科舉之人，便是德行，在後宮都有恃寵而驕一說流傳了，更何況是那些出身豪門鐘鼎之家的世家公子。」

皇帝見孔嬪這麼說，也是有感而發，點頭道：「所以妳看看朕的後宮，可有一個世家女？朕也不喜歡那些端小姐脾氣的。」

孔嬪聞言，臉色越發嬌羞紅潤了起來。

皇帝只覺身上有些燥熱，便伸手攬了美人腰肢，抱著往內室去了……

一場旖旎之後，皇帝在錦繡宮用了一些午膳，算算時辰，倒是要到了前頭那兩個人交卷的時候了。

孔嬪剛剛受了雨露，臉頰羞紅，送到了門口，看著皇帝的鑾駕走遠了。

御書房裡頭，兩人都在振筆疾書，只是從神色看來，宋明軒更加氣定神閒，彷彿胸有丘壑；而郭老四則手腳虛弱、額際微微汗濕，一副擔驚受怕的模樣。

幾個小太監侍立在兩側，低眉順耳，御書房安靜得只有角落裡沙漏的聲音。

宋明軒擱下筆，稍稍抬眸往郭老四那邊看了一眼，臉上沒有半點神色。

那郭老四擰緊了眉宇，小聲道：「宋舉人，我只給你下了瀉藥，留了你一命，你卻為什麼要窮追猛打？」

宋明軒眸光一冷，繼而又淡淡地道：「那倒是要多謝郭兄留命之恩了。」

「你……你……」郭老四死死地看著宋明軒，掃過侍立在角落的兩個太監，忽然間伸手將自己几案上的硯臺掀翻了，黑色墨汁瞬間全部傾倒在宋明軒剛剛寫好的文章之上！

小太監聞聲，急忙上前查問。

郭老四笑著道：「不打緊、不打緊，不小心打翻了硯臺。」

宋明軒眸中閃過一抹怒色，最終卻只低下頭，看了一眼自己面前被染黑的答卷，寂靜無言。

皇帝很快就回來了，看見宋明軒手中染了墨的答卷，也很是驚訝，還不等開口發問，那郭老四便已跪下了請罪。

「晚生惶恐，弄髒了宋舉人的答卷，請皇上恕罪！」

皇帝看了郭老四一眼，方才侍立在房中的小太監便上前來，在皇帝的耳邊耳語了幾句，皇帝遂笑著道：「行了，郭躍是吧？朕要是這樣還能恕了你的罪，那朕就是昏君了。拉出去，給他定一個大不敬的罪名，讓刑部擇日流放嶺南，終生不得回京！」

郭老四聞言，嚇了一跳，急忙伏下身子道：「皇上！皇上還沒看晚生的文章呢！皇上不是欣賞晚生的文章嗎？」

皇帝居高臨下，斜斜地看了一眼郭老四，搖了搖頭道：「心術不正之人，便是能寫出好文章來，也不過就是譁眾取寵，朕不稀罕，拉下去！」

宋明軒見皇帝沒有看文章便已做出了處決，心下雖然不解，但還是下跪在一旁，看著門外幾個侍衛將郭老四拉了出去。

皇帝看著宋明軒，朝他招了招手，示意他走到自己跟前後，開口問道：「宋舉人，朕問你，方才的文章，你是主戰的，還是主和的？」

宋明軒微微一愣，低頭道：「晚生主和。」

皇帝聽見宋明軒這麼說，氣得恨不得翻白眼，立即嚇唬他道：「你信不信，朕還能把那個郭躍給喊回來？」

宋明軒沒料到皇帝也如此風趣，笑著道：「皇上聽晚生說明了緣由，再把他拉回來不遲。」宋明軒記性極好，將方才寫過的文章一字不差地默背了出來。

皇帝聽後，遲遲沒有再開口，臉上的神情從不屑到沈重，又從沈重轉為驚嘆，最後開口道：「你與那些文官說的倒是差不了多少，但是朕聽明白了，你其實還是主戰的，只是覺得如今大雍兵窮馬困的，不需要去碰那塊硬石頭。」

宋明軒見皇帝聽出了他的意思，笑道：「眼下韃靼亦不敢貿然出兵，必定也是對大雍有些戒備。大雍從來都是禮儀之邦，人不犯我，我不犯人；人若犯我，我必還之。只是，這還的時日，只怕還不是時機。」

皇帝看了一眼站在下首侃侃而談的宋明軒，心裡暗罵：誰都知道現在不是時機，朕窮得都要死了！誰知道皇帝這邊心裡頭還在罵呢，那邊宋明軒倒是又繼續說了起來。

「不過，時機也快了，只要朝廷有了銀子，時機自然就到了。」

皇帝聽見「銀子」兩個字，眼珠頓時就亮了，開口問道：「宋舉人，快告訴朕，銀子在哪裡？」

宋明軒垂下眸子，手中的拳頭微微握緊，抬起頭來，直視著皇帝道：「聽說京郊河橋鎮方廟村有一處礦洞，下雨天會流出銀子來，晚生以為，那裡必定是一個銀礦。朝廷對私開礦產這一塊想來控制頗嚴，皇上不如派工部的大臣去查一下，若此處礦產確定是私開，皇上收歸國有，豈不是又多一處金山銀山？」

皇帝哪裡能知道外頭的這些傳言？聽宋明軒這麼說，又想起今兒在錦繡宮看的那封信，便喜得問道：「當真？下雨天能流出銀子來，那得是多大的一個礦呢？」

宋明軒咬了咬牙，跪下來道：「回皇上，這礦裡頭非但有銀子，還搭著方廟村三、四十條的人命，晚生懇請皇上能徹查誠國公私開礦產、草菅人命一案！」

皇帝聞言，臉上原本帶著的笑意迅速斂去，沈下臉看著宋明軒道：「好你個宋明軒，原來你為自己討公道是假，告御狀是真！你可知道你現下要上告的是什麼人？」

宋明軒低著頭，眼神一片澄明，緩緩開口道：「朝廷春闈洩題，天下舉子幾千人，這事情若是鬧出去了，皇上恐怕難收殘局。晚生不求功名，只想為那些死在了礦洞裡的百姓求一個清白！」

「宋明軒！你這是在威脅朕嗎？」

「晚生不敢，晚生是在懇求皇上。」宋明軒伏地而跪，額頭緊緊地貼在地上的金石地磚之上，聲音卻是前所未有的響亮。「晚生除了要告誠國公私開礦產、草菅人命，還要告誠國公假造銀礦、偷梁換柱，企圖高價賣礦……」

皇帝聽到這裡，差點兒就要吐血了！這要是宋明軒說的都是真的，誠國公第一個騙的人可不就是自己？皇帝深吸一口氣，按捺住將要爆發的怒火，冷冷地道：「好，查！朕這就下旨，讓順天府尹徹查此事，若是你所述屬實，便交由三司處理，絕不姑息！」

宋明軒深深地呼了一口氣，緩緩直起身子。這五月分的天氣本就已經炎熱，加上這一番對陣下來，宋明軒前胸後背已濕出了兩塊水斑來。

皇帝瞧著宋明軒那短了一截的衣襬，不禁笑著道：「周公公，去找一件朕不穿的便服，賞給宋舉人。」

宋明軒哪裡敢穿皇帝的衣服？紅著臉連連擺手道：「不用不用，晚生這衣服穿著很好，短了一截，正好涼快。」

皇帝嗤笑了一聲，開口道：「行了，從朕的御書房出去還穿得這樣寒酸，不知道的，還以為朕小氣，連一件衣服都捨不得賞你。」

宋明軒聽出皇帝話語中的調侃之意，便也笑著道：「那晚生就多謝皇上賞賜了。」

皇帝看著宋明軒，略略皺了皺眉頭。「正如你說的，要穩住這幾千舉子的心，所以朝廷不能鬧出舞弊的笑話來。朕知道你不甘心，這件事朕還是會查下去，但是……」皇帝頓了頓，繼續道：「你的功名，朕還不了你。」

宋明軒見皇帝略有幾分惋惜之意，心中早已感動不已，跪下來道：「皇上，晚生的功名，三年之後自有一番說道，只希望皇上三年後還能記得晚生。」

皇帝瞥了一眼周公公，指著宋明軒笑道：「你看看現在的後輩！朕還沒老呢，有什麼記不得的？你去吧，三年之後，金鑾殿中，朕再見你便罷。」

難得宋明軒穿著皇帝的衣服，卻也長短合適，只是稍稍寬了一些。周公公上下打量了宋明軒一番，笑著道：「這是萬歲爺十多年前的衣服，難得宋舉人倒是穿得合適。」

宋明軒聞言，越發不好意思了起來，朝著周公公拱了拱手道：「多謝公公照應。」

周公公笑著道：「咱家照應你什麼了？是萬歲爺愛才，這才對你青眼有加。只盼著你三年之後還能蟾宮折桂，到時候萬歲爺才高興呢！」

宋明軒紅著臉，低頭道：「晚生一定全力以赴！」

周公公略略點了點頭，瞧著宋明軒，覺得頗有幾分意思。這個一說玩笑話就要面紅耳赤的小書生，居然敢當著皇帝的面狀告當今的誠國公，也確實是初生之犢不怕虎。

「行了，宋舉人若是換好了衣服，那咱家就送宋舉人出宮吧！」

宋明軒將身上的袍帶整理好，又把自己換下來的衣服包了一個小包袱帶著，這才點了點頭，跟在周公公的身後。

周公公疑惑道：「你這衣服都短了一截，還預備帶回去穿嗎？」

宋明軒這下又覺得不好意思了，靦覥笑道：「這衣服原本不短，因為家裡頭窮，所以剪了一截做別的用了，平常在家穿也是不打緊的。」

周公公聽了這話，臉上不禁露出一些讚許的笑容來。

送走宋明軒之後，周公公便回了御書房。

皇帝正在那邊長吁短嘆呢，見周公公回來了，便開口道：「這宋明軒真是朕的福將啊！若不是他，朕的銀子都要被誠國公給誆去了！」

周公公道：「那也未必，洪家的人買礦，難道會不查探清楚嗎？若真的出了這種事情，皇上也可以治孔大人一個辦事不力的罪名。」

「你想得太容易了，這事情本就是暗中進行的，未曾抬到明面上，為的就是掩人耳目，若真的有人從中作假，為了朕自己的顏面，少不得也只能吃這麼一個暗虧了，倒是幸好有這個宋明軒跑了這一趟。」皇帝靠在龍椅上，眉頭擰得緊緊的，過了片刻，又舒心了起來，開口問道：「你覺得這宋明軒如何？」

周公公眼觀鼻、鼻觀心，笑著回道：「奴才覺得這宋舉人倒是可愛得緊。」

「可愛？將來大雍的棟梁之材，如何能有可愛二字？」皇帝假裝生氣地道。

「奴才方才送了宋舉人去更衣，瞧見他換了皇上新賞的衣服後，還不忘把自己原來穿進來的舊衣服帶著，奴才便想著，這樣念舊不忘本的人，就算以後位極人臣，應該也還能保持一分赤子之心。奴才真是替皇上高興，皇上將來勢必會再多一個賢臣了。」

皇帝聞言，點了點頭道：「你拍馬屁的本事，也是日進千里了。」

周公公汗顏道：「皇上說笑了，皇上如何是馬？皇上乃是真龍天子。」

皇帝臉上也透出了點點笑意，開口道：「你派人暗中去查一下這宋明軒的家世，別讓他太窮了，熬不到三年後進金鑾殿。另外，命人宣順天府尹趙大人進宮。」

宋明軒從皇宮出來後，頓時又覺得天地豁然開朗了起來。這一早上折騰到現在，宋明軒只覺得飢腸轆轆、頭重腳輕的。

才從宮門口出來，便有杜家的小廝迎了上前道：「宋舉人，小的送您回家去。」

宋明軒擦了擦額頭上的冷汗，點了點頭道：「那就有勞了。」宋明軒上了馬車，沿路過了金水橋、護城河，挽起簾子看了一眼漸漸消失在眼中的皇城，才覺得自己的這顆心又落到了胸口，開口問道：「這位大哥，杜太醫一般什麼時候下值？晚生還沒有親口向他道謝呢！」

那趕車的小廝便笑著道：「我家大爺下值的時候還早著呢，公子若是想道謝，不如等我家大爺休沐吧，到時候請上劉家舅爺一起喝一杯，也是好的。」

宋明軒自是知道他說的，可明日就是端午，過了端午他和劉八順便要去玉山書院了，也不知道下次再回來是什麼時候。宋明軒擰眉想了想，杜太醫如此大恩大德，不親口道謝實在是太失禮了，故而開口道：「那請問大哥，若是我今日想見一面杜太醫，該在什麼地方候著才好？」

那小廝想了想後，開口道：「宋公子一定要今日見的話，那就去朱雀大街的寶善堂等著吧，我家大爺下值之後，會和二老爺一起去寶善堂看一眼，然後再回府上。」

宋明軒感激地開口道：「那就有勞這位大哥了。」

趙彩鳳在劉家正等得心急時，正巧就有小廝回來傳話道：「宋舉人出宮了，平安無事！我跟他說宋夫人在我們家呢，他說他想親自去謝謝杜太醫，所以在寶善堂再等一會兒，讓宋夫人先回家去吧。」

趙彩鳳聽了這話，一顆心總算落地了，宋明軒能全身而退，至少說明事情是向著好的方向發展的。宋明軒又說要謝謝杜太醫，那必定是因為辦成了什麼事。趙彩鳳想到這裡，便覺得有些興奮，開口道：「這位小哥，你能帶我去寶善堂嗎？我想見見我相公。」趙彩鳳這一著急，話便脫口而出了。

那邊劉八順和錢喜兒都笑了起來，劉八順便喊了那小廝道：「你帶宋夫人去吧，趕馬車慢著點兒。」

趙彩鳳謝過了劉八順和錢喜兒，高高興興地就上了馬車去找宋明軒了。

寶善堂二樓裡頭會客的大廳裡，宋明軒正襟危坐。

送茶的大娘送了上好的茶水上來，笑著道：「這位小爺您坐一會兒，咱少東家每日只有申時之後才會來那麼一會兒，您只怕要多等片刻了。」

宋明軒急忙謝過了道：「不打緊，我稍稍等一會兒就好。」

那送茶大娘便也笑著道：「一旁的書架上有我們少東家平常愛看的雜書，您若是喜歡就也翻了看看，打發打發時間吧。」

宋明軒本就是愛書之人，一進來瞧見那個書架便已眼中一亮，如今聽說是讓看的，更是喜不自勝，謝過了這位大娘，站起身隨意翻看了起來。

書架上大多數都是和醫藥相關的書目，也有一些野史札記，還有一些傳奇傳記，宋明軒便隨便拿了一本看了起來，正看得起勁，聽見外頭樓梯上傳來了腳步聲，他本以為是杜太醫回來了，便合上了書本，起身相迎，卻不想外頭門推開，竟瞧見趙彩鳳跟在方才的那位大娘身後。

趙彩鳳瞧見宋明軒換了一身綢緞衣服，一看便是高檔的料子，只當是杜太醫帶他換的，笑著道：「我都說了讓你換一件衣服再進宮，沒的還讓杜太醫給你準備了件衣服。」

宋明軒聞言，更是臉上緋紅，小聲道：「這衣服，是皇上賞的。」

趙彩鳳見宋明軒嘴角帶著笑，便知道這次進宮必定是順利的，遂笑著問道：「皇上賞你衣服穿了，那皇上有沒有賞你一個狀元郎當當呀？」

宋明軒聞言，又脹紅了臉，低下頭，伸手握住了趙彩鳳的手道：「娘子，狀元郎等三年後，我試著考一個給妳成嗎？」

趙彩鳳瞧見他那又羞澀、又一本正經的模樣，遂開口道：「成啊！那你可得說到做到。」

宋明軒紅著臉點頭，兩人坐下來之後，大娘又送上了一杯茶，宋明軒便把今日在宮裡的事情一五一十都說給了趙彩鳳聽。

趙彩鳳聽完宋明軒的話，恨恨地道：「那可惡的郭老四，千刀萬剮都不夠他受的，真可惜只是一個發配嶺南，萬一他逃回來了咋辦？」

宋明軒倒是對這個結果還算滿意，開口道：「這次也算是因禍得福，若不是因為這件事，我如何能見到皇帝，如何能把誠國公府草菅人命的事情說給皇上聽，又如何能給母親討回公道？」

趙彩鳳又看了一眼宋明軒後，搖了搖頭道：「相公，我原以為你經了這事情後更沈穩了許多，原來倒是我自己想多了，你還是那副孩子脾氣。」這幾個月因為宋明軒有心事，趙彩鳳也好久沒這樣跟他玩笑了，如今再說他幾句，倒是有些彆扭了起來。

宋明軒忍不住起身，將趙彩鳳摟在了懷中，閉上眸子道：「娘子，這些日子，是我委屈妳了。」

趙彩鳳沒來由就臉紅了，小聲道：「夫妻之間，有什麼委屈不委屈的？你說——」趙彩鳳才抬起頭，宋明軒便低下了頭，將趙彩鳳那兩片靈巧紅潤的唇瓣含在了口中，舌尖微微一挑，已探入紅唇之後的香甜可口之處。

趙彩鳳身子一軟，兩手屈肘靠在宋明軒的胸口。

這一個吻雖來得蜻蜓點水，卻又帶著幾分激動，似有燎原之勢，將兩人燒得有些情不自禁。自許氏去後，兩人恪守孝道，眼見這就要過百日的熱孝了，可宋明軒卻又要去玉山書院上學了。

這時候兩人正吻得難捨難分，如何能聽見外頭的動靜？殊不知這時候門外，倒是來了兩個不速之客。

劉七巧瞧見裡頭的光景，笑著捣上了嘴，朝著身邊一臉驚訝的小媳婦打了個手勢，兩人不聲不響的又離去了。

趙彩鳳靠在宋明軒的胸口微微顫抖著，好不容易推開了宋明軒的箝制，低頭小聲道：「相公，這是在別人家。」

宋明軒這時候也紅著臉頰，不說話只低頭看著趙彩鳳，見她臉頰上兩朵緋紅燒得正好看，又忍不住托起她的臉頰，在唇瓣上親了一口。

兩人又稍稍等了片刻，卻還不見有人上來。

誰能知道，杜太醫這時候正被劉七巧給留在了樓下。

劉七巧笑著道：「相公，難得你回來得這麼早，咱們到後面小房間裡喝一杯茶再上去吧！」

杜太醫雖然不敢駁了自家媳婦的好意，可想著樓上宋明軒還等著，便笑著道：「娘子，樓上有客人等著，我去去就來。」

劉七巧聞言，便上前拉著杜太醫的手，往後走了兩步，兩人躲到暗處後，劉七巧便抬起頭來，在杜太醫的臉上輕輕地吻了一口，笑著道：「人家這會兒正這樣呢，你這時候去，不是殺風景嗎？」

杜太醫頓時就明白了過來，笑著摟住了劉七巧的腰，兩人往後面小房間喝茶去了。

這一盞茶喝了有小半個時辰，杜太醫上去見宋明軒的時候都已經是申時末刻了。

宋明軒起身向杜太醫恭恭敬敬地行了一個大禮後，一本正經地道：「此番若不是杜太醫肯出手相助，只怕晚生也只能這樣蒙冤受屈地過一輩子了。」

杜太醫本就特別看重這些寒門士子，對宋明軒的遭遇也同情，又知道皇帝素來愛才，他雖然不是朝臣，但好歹也是領朝廷俸祿的太醫，所以做這樣一件事情，也算不得太過逾越了。

杜太醫下值之前，早就託人去御書房打探過消息，知道宋明軒全身而退，而那個郭老四已經被處置了，他便曉得宋明軒在皇帝面前必定是表現得異常優秀。如今見宋明軒居然穿著皇上的便服，更是驚詫不已，好在周公公是個細緻人，這衣服上不曾有半點繡龍描鳳的地方。

杜太醫笑著道：「宋兄弟穿著這件衣服，我可不敢受兄弟你的大禮了！」

宋明軒這才回想了起來，連忙道：「承蒙皇上厚愛，賞了這件衣服，倒是穿得忘了，晚生這就去換下來。」

「既是皇上賞的，那宋公子就穿著吧。」

兩人又閒談了片刻，宋明軒也沒將後面誠國公府礦井的事情說給杜太醫聽，畢竟此事與杜家無關，只將郭老四被皇上發落的事情給說了一說。

杜太醫聞言，也嘆息勸慰道：「皇上也有皇上的苦衷，科舉舞弊畢竟是醜聞，眼下殿試都已經考過了，那些進士也都入了翰林，有的也回鄉去了，這時候要是鬧出這樣的事情，加考恩科、平復舉子的心緒是必然的，只是眼下邊關的韃靼虎視眈眈，南方又有水賊，皇上也是分身乏術啊！」

宋明軒便也跟著點了點頭，頓了頓，才開口道：「功名事小，冤屈事大，皇上能還我這個清白，晚生已經很滿意了，只等三年之後，盡力而為，再登杏榜。」

杜太醫聞言，笑著道：「這才是正道。八順有你這個朋友，果真是他的造化，你們兩人將來便是入仕了，也要這樣守望相助才是。」

宋明軒聞言，便有些臉紅，一個勁兒地點頭道：「八順性情純良，與我情同手足，將來也必定如此。」

趙彩鳳見宋明軒和杜太醫聊得高興，便在一旁靜靜地聽著，冷不丁聽見外頭樓梯上傳來了幾聲腳步聲，這人還沒進門呢，一個爽快清脆的聲音便響起——

「別光顧著聊天，也要吃飯呀！我在隔壁的飄香樓訂了一間雅室，相公就請了宋舉人夫婦到那邊繼續聊去吧。好歹那邊是正兒八經的菜香味，不像我們這裡頭一股子成年老中藥的味道。」

話音剛落，趙彩鳳就瞧見一個二十五、六歲模樣的少婦從外頭走進來，身材窈窕，臉上紅潤光澤，飽滿得很，梳著時下最流行的驚鴻髻，左右戴著五彩金鳳，眉心一顆龍眼大的珍珠，看著光彩照人。只一眼，她便知道這大概就是傳說中的送子觀音劉七巧了。從那些關於她神乎其神的傳聞來看，說不好也是個從現代穿越過來的老鄉呢！

還是那句話，貨比貨得扔，人比人得死。看了一眼面前的劉七巧，再看一眼一身村婦打扮的自己，若是心理素質稍微不好一些的，早就找一塊豆腐撞死了。

劉七巧臉上含著笑，和趙彩鳳點頭見禮，趙彩鳳便微微福了福身子，稱她一聲杜夫人。

劉七巧笑道：「相公，怪道你會想著幫宋舉人呢，一定是瞧見人家小媳婦跟我當年一個模樣，所以才心軟了吧？」

杜太醫聞言，臉當場就紅了半邊。

劉七巧笑著繼續道：「可不是？我當年也是這樣的，荊釵布裙也難掩光華。」

這下子杜太醫也憋不住了，伸手拉著劉七巧，半摟著她的身子道：「娘子，妳就不能在誇別人的時候，不把自己給捎帶上嗎？」

劉七巧掩嘴笑了起來，又道：「最近寶育堂生意太忙了，我也累得慌，今兒瞧見宋舉人夫婦，倒是有些想我們林家莊的馬場了。等過了這個月，我們去莊子上避暑，如何？」

「一切都聽娘子的。」

劉七巧便笑著點了點頭，又道：「眼下咱還是先過去飄香樓那邊吧，酒菜都已經準備好了。」

趙彩鳳便悄悄地拉了拉宋明軒的袖子，湊過去小聲問他。「相公，要是我們也成親這麼多年，你還會這樣對我好嗎？」

宋明軒一個勁兒地點頭道：「怎麼不會？就算成親一輩子，我也一直都這樣對妳好的。」

趙彩鳳見宋明軒甜言蜜語的本事又回來了，心裡別提有多高興了。可能連宋明軒也不知道，這一陣子他愁眉苦臉的樣子，真是讓趙彩鳳也覺得有些無助了。

趙彩鳳跟上了宋明軒，手牽住他的掌心，小聲地道：「相公，我不光這輩子要對你好，還有下輩子、下下輩子，只要咱能遇上，我就對你好一輩子！」

宋明軒忽然覺得喉頭一熱，剎那間眼圈都紅了，扭頭看了一眼低頭行走的趙彩鳳，她那瘦削的臉頰、掌心微微帶著熱的纖細手指、盈盈不足一握的腰線，每一個地方，都讓自己想狠狠地憐愛。宋明軒的喉結上下滾了滾，啞然開口道：「娘子，那咱們說好了，不光這輩子，還有下輩子、下下輩子，都要在一起成不？」

趙彩鳳挑起眉頭想了片刻後，扭過頭來看著宋明軒，撇撇嘴道：「成不成，那就看你表現吧！」

宋明軒便火急火燎地問道：「怎麼表現？娘子妳只管說！」

趙彩鳳便裝作冥思苦想地想了半天後，才開口道：「我忽然想當狀元夫人了，你行不？」

過完端午，宋明軒便要到玉山書院唸書去了。一家人把宋明軒送到了討飯街的巷口，就連平常走路不大索利的陳阿婆，也拄著柺杖送了出來。

陳阿婆看著宋明軒，一雙有些渾濁的眸中帶著點點淚光，開口道：「你娘終究是沒這個福分，倒是便宜了我這把老骨頭了，有這個福分靠著孫子、孫媳婦過活。」

宋明軒聞言，略略有些臉紅，開口道：「阿婆快別這麼說，孝順您是應該的。如今我去了書院，阿婆更要注意身子才好。」

陳阿婆點了點頭道：「我知道，我注意著呢！你岳父、岳母都是好人，你媳婦更是沒話說，我住在這兒跟老壽星一樣，樣樣都服侍得好好的，連半點心思都不用我操呢！」

趙彩鳳便笑著道：「阿婆就愛亂說，您整日裡還不是幫我們做這個做那個，還要帶著小蝶，一堆的事情，我倒是想讓您好好歇歇呢！」

陳阿婆笑道：「歇什麼？妳活到了我這把年紀就明白了，最好每天多動彈動彈，不然這身子骨可不成了。」

楊氏也跟著笑道：「阿婆說的有道理，人是得活動活動才有精氣神。」

巷口，劉家的馬車已經等著了，錢木匠便把身上的書簍子遞給了宋明軒道：「明軒，好好唸書，別捨不得花銀子，家裡頭不缺銀子。將來你考上了進士，有了出息，還不是幾年就賺回來了？」

宋明軒一個勁兒地點頭。

楊氏見趙彩鳳低頭不說話，便扶著陳阿婆道：「阿婆，我們先回去吧，馬車都在外頭等著了，叫人瞧見也不好意思。」

陳阿婆點了點頭，也知道他們小夫妻兩個有話要說，便跟著楊氏和錢木匠先回了小院。

趙彩鳳揹著宋明軒的包袱，裡頭有整個夏天要穿的衣服。聽說古代沒有暑假，所以宋明軒這一去，若是他懶得回來，只怕還真能待到過年才想著回來了。

見馬車就停在不遠處，趙彩鳳停下了腳步，把手裡的包袱遞給宋明軒，有些鬱鬱寡歡地道：「你自己過去吧，我就不送了。」

宋明軒知道趙彩鳳捨不得自己，心下便也多了幾分沈重，接過趙彩鳳手中包袱的時候，握住了她的手不肯鬆開，小聲地道：「若是八順兄弟回來，我就跟著他一起回來，看看家裡人，順便也看看妳。」

趙彩鳳聞言，撇了撇嘴，眼角微微濕潤地道：「誰要你順便回來看看我的？我可不稀罕！你最好沒考上狀元之前都別回來了，我還得了個清靜呢！」趙彩鳳難得這樣嬌氣，撇過頭眼眶就紅了。

宋明軒見狀，覺得心裡難受得緊，越發不肯鬆手了，將她微微摟到了懷中，小聲道：「我是特意回來看妳，順便看看家裡人的，這樣總行了吧？」

趙彩鳳聽了，噗哧地笑出了聲來，一邊擦眼淚一邊道：「說的什麼混帳話？家裡的親人能是順便看看的嗎？一點兒誠意也沒有，還不如不回來好！」

宋明軒聽到這裡，越發不知道說什麼好，便索性不說了，低下頭吻住了趙彩鳳的唇瓣，將她壓在小巷一側的牆頭。

趙彩鳳用力掙了掙，見成效甚微，也只能隨宋明軒盡興了。

馬車上的劉八順稍稍挽起簾子看了一眼，抿著唇笑了起來，又裝作若無其事地把簾子給放了下來。

宋明軒鬆開趙彩鳳，輕輕吻乾了她眼角的淚痕，小聲道：「彩鳳，好好保重自己，我去了。」

趙彩鳳便點了點頭，推著宋明軒往前走去。「行了，你快走吧，這都什麼時候了，還磨磨蹭蹭的，劉公子可都要等急了。」

宋明軒便三步一回頭地被趙彩鳳推著向前去了。

劉八順的小廝幫忙把宋明軒的行李都搬上了馬車，宋明軒才剛回過身來，想和趙彩鳳再話別一番，卻反倒被趙彩鳳推著上了馬車。

馬車骨碌骨碌地在青石板上緩緩地駛過去，趙彩鳳朝著宋明軒挽簾的方向，滿含著不捨地揮了揮手。

劉八順笑著道：「宋兄啊，這般難捨難分，不然就在家裡再待幾日再過去也不遲啊！」

宋明軒頓時就紅了臉頰，直到趙彩鳳的身影越來越遠，拐了一個彎後看不見了，這才放下了簾子，掃了一眼劉八順的肩膀，笑著道：「劉兄弟，你肩膀上喜兒姑娘的淚痕還沒乾呢，就開始笑話我了？」

劉八順也跟著臉色一紅，忙扭過頭去一看，果然見自己肩頭上有著斑駁的淚痕，頓時心下又有些隱隱抽痛了起來。

馬車一路向西行走得飛快，兩人的心情也由捨不得漸漸變成了對將來的嚮往，劉八順便開口問道：「宋兄，你那以稅養兵的文章，真的不給韓夫子看了嗎？這麼好的文章，若是韓夫子沒看見，必定會抱憾終生的。」

宋明軒這時候心裡早已經一片清明，過去的事情已然過去了，從今往後，他便又是原來那個一心好學、有著赤子之心的朗朗書生。

「不用給夫子看了，好文章以後還能寫得出來，最重要的是要保持這一顆本心。現如今郭老四已經得到懲處，皇上也已知曉此事，我不想再把事情鬧大了。」

劉八順見宋明軒說得這般坦然，心下也暗暗欽佩，開口道：「宋兄，你見到皇上了，皇上是什麼模樣的？」

宋明軒想了想，開口道：「皇上龍章鳳姿，不怒自威，但是風趣得很，是一個愛民如子的好皇帝。」

劉八順笑著道：「那是當然，要不是皇上，我們大雍這會兒恐怕還只有半壁江山呢！聽說當年皇上從金陵殺回來的時候，也不過才十五、六歲，當真是初生牛犢不怕虎。」

宋明軒點了點頭，眸中燃起赤誠之光，道：「劉兄弟，我們倆一定要刻苦勤學，三年之後一起進宮，參加殿試，赴瓊林宴！」

劉八順被宋明軒這麼一說，也頓時覺得胸口似乎有一股熊熊烈火燃燒著，一個勁兒地點頭道：「好，宋兄，三年之後，必定是你我高中之時！」

宋明軒走後，趙彩鳳便正式在八寶樓當起了掌櫃。八寶樓的夥計們都知道趙彩鳳是舉人太太、將來的官夫人，因此人人都對她關照得很。黃老闆更是對趙彩鳳極為信任，他有時候外出談生意，幾天不來店裡，便把八寶樓直接交給了趙彩鳳。

這日黃老闆從外頭回來，臉色卻是出乎意料的差，只風一樣地就往樓上去了。

趙彩鳳讓自己新收的學徒在櫃檯裡頭看著，提著裙子上了二樓黃老闆的書房。

黃老闆瞧見趙彩鳳進來，喊了她坐下道：「老袁夫妻說，從下個月開始，就不給我們八寶樓做火鍋底料了，我問了好久也沒問出個由頭來，後來只得派了小廝暗中打聽，妳猜我打聽到什麼了？」黃老闆說到這裡，氣得恨不得拿起桌上的東西就砸，又想著當著趙彩鳳的面不大好意思，便強忍著克制了下來，兩手撐著桌子，開口道：「原來是對面的九香樓也要開火鍋店！也不知道是誰盯梢了我去那邊，請了幾個小混混，威逼利誘、無所不用其極地讓老袁他們夫妻倆給他們店做火鍋底料！」

趙彩鳳聽到這裡，不禁擰了擰眉頭，問道：「對面的九香樓是誠國公府的酒樓，這個沒錯吧？」

「可不是？這長樂巷裡頭好些店都是他們家的，聽說之前小馬兒出事的那個南風館也是誠國公家的產業。上次的事情鬧得這樣大，連他家的六爺都折了進去，怎麼還這樣不知收斂？」黃老闆說到這裡，忍不住又嘆了一口氣道：「罷了，胳膊擰不過大腿。幸好之前妳給我出了主意，讓幾位大廚暗中研究老袁家火鍋底料的方子，這幾天我試了一下，已經大約不差了，若不是口味刁鑽的熟客，只怕是吃不出來區別的。」

趙彩鳳低下頭，暗暗想了片刻。距上回宋明軒進宮也過了大半個月的時間了，既然皇上都答應要查誠國公府，那必定是確有其事的，這時候最好再熬上個幾天看看動向。

「東家，您別著急，咱做好了兩手準備，大不了就用自己家的底料。誠國公府這樣欺人太甚，總有一天會自食惡果的。」趙彩鳳開口勸慰道。

黃老闆在這條街上混了十幾年，受的氣也受夠了，搖頭道：「我也只是暗地裡發發牢騷，遇見了他們府上的人，還不得點頭哈腰的？這世上的人就是分這麼三六九等的，不然為什麼大家夥兒都要考了科舉當官老爺去呢？士農工商，咱們商賈人家，總是讓人看不起的。」

趙彩鳳見黃老闆鬱悶地吐了一肚子的苦水，笑著道：「東家，雖說世人都這麼認為，可您卻不能這樣想，咱不能長他人氣勢、滅自己威風啊！再說了，有了銀子花，能養活一家人，堂堂正正地做人，這就夠了，其他的也不必想得太多，這世上哪有什麼十全十美的事情呢！」

黃老闆被趙彩鳳這一席話勸慰下來，倒是心寬了不少，臉上又露出了笑容來。

這時候，只聽門外頭有夥計一邊敲門一邊道：「東家、掌櫃的，對門九香樓有熱鬧看！」

趙彩鳳的第一個反應就是：九香樓能有什麼熱鬧看？無非就是八寶樓玩過的那幾招，給客人發抵用券，或是消費滿多少加送一個特色菜，這都是八寶樓玩過的東西，趙彩鳳都不稀罕了。

趙彩鳳開了門問道：「有什麼熱鬧，也值得你這樣特地上來通報？」

小順子走後，小毛子就當了這裡的跑堂管事，聽見趙彩鳳這麼問，笑著道：「我剛瞧見九香樓門口圍著人呢，便上去瞧了瞧，原來是九香樓要關門啦！門口貼著大布告，說五千兩銀子轉讓呢！」

這消息著實把趙彩鳳和黃老闆都嚇了一跳！

第四十四章

趙彩鳳開口問道：「你沒聽錯，五千兩銀子轉讓？」她細細估量了一下，五千兩銀子可不算便宜，這個市口、這個面積，四千五百兩也就差不多了，五千兩確實有點獅子大開口了，不過這一定是因為誠國公府急用錢，才會賣掉自己名下的產業，這麼看來，宋明軒狀告誠國公府一案，應該是正在審理之中了。

趙彩鳳跟著小毛子一起去斜對面的九香樓看了一眼，九香樓不過才開業半年，裡面桌椅陳設一應都是新的，外頭也裝修過，若是入手，收拾個三、五日就可以開張。

趙彩鳳將貼在九香樓店門口的告示從上到下唸了一遍，心裡有了一些計較，便轉身回了八寶樓，去二樓跟黃老闆商量起事情來了。

「東家，您當初買下八寶樓的時候是什麼價？」這八寶樓和九香樓地勢差不多，而且格局面積也都相似，按理說就算現在賣出去，兩邊的價格也應該是差不多的。

黃老闆擰眉想了想，回道：「那是多年前的事情了，當時一共花了四千兩銀子，雖說是貴了點，可想著這樣不用每年付租金，開個幾年也就回本了。」

趙彩鳳沈思了下後，開口道：「東家，要是四千五百兩能把對面的九香樓拿下，您要不要？」

黃老闆做了十幾年的生意，手上銀子自然是有的，聽趙彩鳳這麼說，有些不解地問道：「九香樓就在八寶樓的斜對面，我買了豈不是自己跟自己搶生意？」

趙彩鳳見黃老闆腦子一時間沒回過來，笑著道：「東家說笑了，什麼叫自己和自己搶生意？您壓根兒不用搶好不？因為這兩家店都是您的呀！您自己心裡清楚，可客人們誰知道呢？不來八寶樓，就去九香樓，反正都是自家的店，肥水不流外人田嘛！」

黃老闆從來都沒有這種想法，這一時間忽然被趙彩鳳給點通了，也驚喜地站起來道：「對對對，妳說的果然有道理！可是我聽小毛子說對門開的價格是五千兩呢，四千五百兩妳拿得下來嗎？」

趙彩鳳這時候自然不能給黃老闆肯定的答案，擰眉想了想道：「這個我得去試試，不過按照道理，他們這麼急著出手，必定是因為手上缺錢了，這時候他們想賣個好價錢，只怕還有些困難，我只管先去探探路。」

黃老闆對趙彩鳳還是很信任的，笑著道：「行，妳先試著，若是拿下來了，我另外加妳一百兩銀子的辛苦費！」

趙彩鳳笑道：「東家好闊氣，一百兩銀子，都快趕上我兩年的工錢了！」

黃老闆聞言，又笑了起來，開口道：「妳這是嫌棄我工錢開低了吧？這樣吧，從下個月開始，工錢八兩銀子一個月總行了吧？」

趙彩鳳素來知道黃老闆是個爽快人，他既然這麼說，必定就是真的漲了，便也笑著道：

「東家既然這麼說，那我就更要幫東家敲定這一次買賣了。」

趙彩鳳預測得不錯，誠國公府的確是東窗事發了，如今褫奪爵位的聖旨都已經在刑部放著了。皇帝遲遲沒有發落，只等著誠國公上表自省，可誠國公又如何能明白皇帝的一片苦心？這時候早已經狗急跳牆，只想著把家中的私產早些變現，安排了婦孺女眷往祖籍避禍去，還妄想保留住這經年壓榨百姓得來的民脂民膏！

趙彩鳳進了九香樓，便開門見山地道：「你們府上的事情，我已經聽說了，這兩日若是不走，恐怕今後也走不成了，這酒館也只能關門打烊，今後還不知道會落到誰的手中，投下的銀子可就跟打了水漂一樣了。」

這掌櫃的也是誠國公府的老奴才了，這次府上的事情算是機密，再沒有幾個人知道的，就連順天府尹來查案的捕快，他們也都打點好了不讓聲張的，怎麼這樣一個看著不起眼的小媳婦竟會知道他們府上的事情？

掌櫃的被趙彩鳳這麼一嚇唬，也是亂了陣腳，陪笑道：「這位夫人，妳這話說的，我們誠國公府家大業大，在京城也立足了上百年了，怎麼可能說走就走呢？」

趙彩鳳端著小廝送上來的茶盞，略略抿了一口，這才抬起頭看著掌櫃道：「那我可就勸你一句了，該走的時候還是快點走，再不走可就遲了。我瞧著你們家都已經賣鋪子了，原以為是想通了，沒料到竟是沒想明白。你要這麼說，看來這鋪子也不急著賣，這銀子也不急著要了，那我這裡可就先走了？」

掌櫃的一聽趙彩鳳要走，急忙就攔住了道：「夫人好說，既然是來談生意的，那咱們就誠心談生意，先不說別的。夫人能出得起這個價嗎？」掌櫃的伸出五指，在趙彩鳳面前比了比。

趙彩鳳掩嘴笑了起來，開口道：「這個價格倒不是我出不起，只是你們等不起，你既然也說了誠心談生意，那咱就誠心談。這個價若是能定下來，一會兒我就喊了我們東家去錢莊兌銀子。」趙彩鳳比了比三根手指，挑眉對著掌櫃道。她知道誠國公府要跑路，必定是想帶著現銀走，銀票雖好，可到時候兌銀子就是一個問題了，不如現銀保險。

那掌櫃的見趙彩鳳這麼說，亮了亮眼珠子。上頭交代下來了，要是能拿現銀，自然是最好的。掌櫃的噍了噍口水，開口道：「夫人的誠意，老奴是瞧見了，只是這價錢的事情，還是要讓我們東家也點個頭。不如夫人先等一等，老奴回府去問一問可好？」

趙彩鳳見那掌櫃的說要回去問，便知道這價格大抵也是他們能承受的範圍，畢竟如今是他們急著要變現，若是遲了一天、兩天，聖旨發了下來，到時候樹倒猢猻散，這些店鋪、田莊就都是皇帝老爺的了，於是便放下了茶盞，笑著道：「那好，我就在這邊等著掌櫃的了。掌櫃的向你們東家請示的時候，可別忘了說一聲，最近立夏了，風大，小心颳倒了樹。」

那掌櫃的本就心裡惴惴，聽了趙彩鳳這話，越發地不安了，只強笑著退了出去，急急忙忙讓店裡的夥計喊了馬車，往誠國公府去。

誠國公府從太祖時代就跟著太祖戎馬倥傯，掙下一個世襲罔替的爵位來。所謂君子之澤，五世而斬，到這一帶的誠國公，正好是第五代了。

昔日繁華鼎盛的誠國公府依舊朱門林立，可眼下裡頭的人卻一個個人心惶惶。

高掌櫃從角門進去，一路走一路問道：「二老爺可在家中？快帶我去見二老爺！」

誠國公府共有三房，大老爺世襲了爵位，在朝廷領工部尚書一職；二老爺沒有入仕，在家管理庶務；三老爺早逝，三房已經人丁稀少。

前院裡頭，兩位老爺並家裡頭幾個爺都在正廳裡頭聚著，不時有人從裡面進進出出。

高掌櫃走到門口，急忙喊了門口的小廝回話，不一會兒便傳出了讓人進去的聲音來，高掌櫃急忙進了正廳裡頭，看見家裡頭的爺們都擰著眉宇，便知道事情越發嚴重了，也不敢真的將趙彩鳳說的話給說出來，只小聲問道：「回兩位老爺，九香樓有人要了，只是……只是開價只有三千兩現銀。那人還在店裡頭等著，奴才回來讓兩位老爺拿個主意。」

誠國公素來不諳庶務，這時候早已經心煩意亂，也無心管這些，只對二老爺道：「你拿個主意，眼下都什麼時候了，能變賣的就變賣了吧，先送老太太回去是好。」

二老爺見聞，急忙說道：「那個店我們當初盤下來的時候可是花了五千兩銀子，如今這才半年光景，就要損失二千兩銀子？」

高掌櫃聞言便有些尷尬，正不知如何是好時，外頭幾個小廝火急火燎的一路跑了進來。

「老爺、二老爺，世子爺從刑部回來了！打聽到消息了！」

眾人聞言，都急著從靠背椅上站了起來，伸著脖子，眼中帶著幾分希望，等著誠國公世子爺從外頭進來。

簾子一掀開，誠國公世子爺沈著臉進來，見了兩位老爺，只跪下來，眼底一片悲戚地道：「父親，聖旨已經到刑部了，所有的罪狀也都定下來了，褫奪爵位、抄沒家產，這一次我們家是真的完了！」

誠國公聞言，身子陡然顫了顫，片刻間似乎就老了十歲，只睜大了眼睛，似乎還不能接受這個事實，忙開口問道：「恭王府那邊怎麼說？有沒有派人去找世子妃想想辦法呢？」

誠國公世子爺哭著道：「世子妃說了，那些年的養育之恩她已經還清了，是我們自作孽，她也沒有辦法。」

誠國公神色微微一愣，稍稍倒退了幾步後，抬眸問道：「有沒有打聽出來，什麼時候來府上傳旨？」

「大約……大約就是明日。」

誠國公陡然合上眸子，忽地又睜開了道：「高掌櫃，方才你說那個要買下九香樓的，你現在就帶著店契，過去跟對方把銀子結清，然後馬上帶著銀子回來，服侍老太太和太太們回奉天老家！」

「是……」高掌櫃這時候也已經被嚇破了膽子。刑部明天就要來了，誠國公府所有的東西一夜之間都要化為烏有了！

趙彩鳳在九香樓裡頭倒是沒有閒著，上上下下地看了一圈，等她把這裡裡外外都考察過之後，高掌櫃也正好風塵僕僕地趕了回來。

趙彩鳳見高掌櫃那滿臉緊張的神色，便料定了如今誠國公府裡頭必定是亂成了一片，笑著道：「高掌櫃，怎麼說？我開的價格，你們東家答應了沒有？」

高掌櫃見趙彩鳳還在這邊等著，也略略鬆了一口氣，開口道：「東家雖然捨不得，但還是答應了，這不，連店契也讓我帶來了，囑咐我跟著夫人早些把這件事情給辦了。」

趙彩鳳見高掌櫃那火急火燎的樣子，也知道誠國公府這是迫在眉睫，笑著道：「你們東家的確爽快，只怕是馬上就要走了吧？」

高掌櫃被趙彩鳳給說中了，脹紅了臉頰，一個勁兒地陪笑。

三千兩銀子，買下了一家長樂巷口一等一的酒樓。

黃老闆看著那九香樓的店契，一時間難以置信，伸手將那店契拿在手中反覆翻看，確認無誤之後，才忍不住開口問道：「小趙，妳……妳是怎麼做到的？」

趙彩鳳微微一笑，低著頭道：「誠國公府攤上了大事，只怕這幾天就要傳出來了，所以他們急著賣鋪子變現，這時候不給他們一刀，更待何時？」

黃老闆略有所思地看著趙彩鳳，微微點了點頭，開口道：「原來是這樣，怪不得了。」又看了一眼手中的店契，想了想，便從一旁的抽屜裡頭拿出一摞銀票，遞到趙彩鳳的面前道：「原本是想給妳一百兩銀子的，可這一下子妳就替我省了一千五百兩的銀子，這五百兩便是我給妳的。」

趙彩鳳連連擺手道：「東家，這可使不得！我雖然有心想買下來，可自己沒銀子，若不是東家支持，這便宜咱也占不到，如今東家出手這麼闊綽，我如何敢收下？」

「妳有什麼好不敢收下的？妳一個小媳婦，要顧著家裡，還要養著妳家宋舉人，說句實話，我敬重妳。這些銀子該妳得的，妳好好拿著。」

趙彩鳳看了一眼黃老闆手中的銀票，不得不說，錢的誘惑力實在是太強大了，她到古代這麼久，憑自己的本事開麵鋪、賺銀子，一步步打拚到現在，還沒瞧見過這麼多的銀子……趙彩鳳咬了咬唇，開口道：「既然東家這麼說，那我就恭敬不如從命，這些銀子我收下了。」

黃老闆瞧見趙彩鳳收了銀子，也安心了幾分，便又笑著道：「小宋離下一次科舉還有三年的時間，這三年裡頭，妳可要給我好好發展幾家分店。」

趙彩鳳聞言，眉梢一挑，笑著道：「東家的吩咐，我自然是要照辦的，東家就等著坐在家裡頭數銀子吧！」

趙彩鳳一下子得了這麼多的銀子，心裡便也想著要做些小買賣。這日吃過了晚飯，趙彩鳳便把今天的事情跟楊氏和錢木匠兩人說了說。

楊氏一聽說趙彩鳳得了五百兩銀子，嚇得手裡的碗都差點兒掉到桌上，一邊收拾碗筷，一邊道：「這也太多了點吧？妳還真收下了？」

「我原本也是不想收的，可後來想想，我確實幫東家省下了那麼多銀子，他賞我這些也不算什麼，所以就收下了。」趙彩鳳說完，嘆了一口氣道：「我尋思著，我好歹拿了這些銀子再幹些什麼，這樣才算不浪費了。」

楊氏聽趙彩鳳這麼說，擰眉道：「做個小買賣倒是使得，可是眼下妳還在八寶樓上工呢，哪裡有這個時間？我和妳叔也不是做生意的料子。我瞧著，不如買個鋪子，租出去，賺些租金也算穩妥一點？」

趙彩鳳想了想，楊氏說的也有道理。她對八寶樓的利潤也算清楚，這樣一年下來，五千兩的淨利是少不得的，也就是說，到了年底，她還有一次五百兩的分紅，這樣下來就是一千兩銀子在手了。當然，等到年底還有好幾個月，要做生意自然是越快越好。

趙彩鳳擰眉想了想，便開口道：「娘，前幾天我在廣濟路上瞧見有一處綢緞莊要轉讓，妳明兒去幫我看看，那店家還讓嗎？」

「怎麼？妳想做綢緞莊生意啊？」

「我就是想想而已。這眼下已經到了夏天，做新衣服的人自然也多，算起來還是旺季，這時候若是能轉一個便宜的綢緞莊來做，倒是有些賺頭。我們不只賣布料，還可以賣一些好看的衣服。」趙彩鳳說到這裡，便來了一些興致。她在現代雖然本行是當法醫的，可她沒事時也喜歡拿起畫筆，自己畫些好看的畫，偶爾設計幾件衣服。雖然用毛筆畫畫的本事她沒有，但稍微學幾天，大概也能勾勒出一些模樣來。

楊氏見趙彩鳳這麼說，搖頭笑道：「妳連自己的衣服都做不好呢，還想著做了衣服出去賣，也不知道能賣給誰。」

趙彩鳳見楊氏對自己一點兒信心也沒有，鬱悶地嘛起了嘴。

錢木匠笑著開口道：「彩鳳心靈手巧，她既然想試試，那就讓她試試好了。綢緞莊生意總比開店賣吃的容易些，也不用起早貪黑的，人也輕鬆些！」

趙彩鳳見錢木匠支持自己，便興高采烈地道：「娘，妳瞧見了沒有？還是叔最明白我！麵鋪生意再好，姥爺、姥姥也辛苦，我還想著再請個打雜的大娘給姥姥打下手呢，這樣他們兩老也可以休息休息。」

楊氏聽趙彩鳳這麼說，心裡是說不出的感動，笑著道：「我知道妳孝順，可是咱這一大家子的人，不能只靠著妳一個人。等過兩年出了孝，妳也該考慮考慮，和明軒要個娃兒了。」

趙彩鳳聞言，紅著臉頰道：「娘，妳怎麼又提起這事了？孩子等要有的時候，自然也就有了。」

楊氏見趙彩鳳這麼說，也只笑著不說話了，這才剛起身呢，突然覺得心口上一陣難受，忍不住捂著嘴乾嘔了起來。

趙彩鳳見了，急忙問道：「娘，妳沒事吧？」

楊氏的臉色略顯尷尬，忙不迭地道：「我……我沒事……我能有什麼事？興許是吃壞肚子了吧？」

趙彩鳳一臉狐疑地看著楊氏，道：「不行，明兒還是請個大夫瞧一瞧吧，可千萬別把有身孕當成了吃壞肚子。」

楊氏聽趙彩鳳這麼說，越發就面紅耳赤了起來。

錢木匠聞言，也焦急地問道：「妳這到底是怎麼了？」

楊氏只一味不肯說。

這時，外頭陳阿婆拄著楞杖進來，笑道：「她這是害喜了！前兩天我就發現了，她說年紀大了，怕丟人，還不肯我說呢！」陳阿婆說完，看了錢木匠一眼，又道：「你要當爹啦！」

錢木匠雖然娶了楊氏，可從來沒想過讓楊氏再替自己生一個孩子，畢竟楊氏如今已經是三十七、八的年紀，這若是再生一個孩子，危險性也大。況且趙老大留下的這四個孩子，錢木匠也都喜歡得緊，只把他們當自己孩子一樣對待。可如今聽說自己又有孩子了，還是忍不住激動了起來。

「這……這不是在騙我開心吧？」錢木匠一時有些傻眼了，抓了抓腦門看著楊氏，喊著道：「二姊兒，妳……妳這是真的嗎？」

楊氏羞澀地點了點頭，又道：「這事你可別往外說去，我自己臊都臊死了。這把年紀了還懷上個孩子，用外頭的人說的，這叫什麼老蚌懷珠，一聽就不是什麼好話！」

「怎麼不是好話呢？老蚌懷珠、枯木逢春，這些都是好話！娘啊，妳不知道這世上得有多少人羨慕妳呢！能這樣活到老生到老，簡直就是天生的福分啊！」

楊氏見趙彩鳳越說越不像話了，佯怒道：「胡說什麼呢妳這丫頭！」

朝廷正式發布了對誠國公府的處置結果，褫奪爵位、抄沒家產，涉案的誠國公、誠國公府二老爺、世子爺、四少爺，一併發配嶺南，終生不得回京。

那誠國公府的四少爺原本是沒落罪的，可郭老四在發配途中寫了一封書信回來，把誠國公府四少爺買通禮部堂官將春闈考題洩漏的事情給報了上來。皇帝查春闈舞弊的事情，查到禮部就沒了下文，本就鬱悶，這下正好就來了個一鍋端。可惜郭老四命薄，伸著脖子等著皇上的赦令，最後沒有等到，病死在了發配的途中。

皇帝瞧見周公公呈上來的奏摺，瞥了一眼就丟到了一旁，冷冷地道：「朕瞞得這樣隱蔽的事情，他倒好，隨便請了驛站的使官就呈上來了！就這樣讓他病死了還算是便宜他了，不然朕的江山遲早會毀在這種無腦之人手中！」

周公公瞧見皇帝震怒，微微笑著湊過去道：「皇上莫不是想宋舉人了？皇上之前讓奴才去查宋舉人的家世，奴才查到了，皇上可想聽一聽？」

「說說看。」皇帝靠在龍榻上，示意周公公繼續說下去。

「宋舉人也算是個奇才了，十四歲的時候中了秀才案首，十五歲的時候進京考過一次鄉試，那一年因為身體的原因，沒有堅持到最後。不過奴才讓人把那一次沒考完的那些秀才的答卷找了出來，裡頭就有宋舉人的文章，奴才派人把這些文章送給玉山書院的韓夫子看了，韓夫子捋著鬍子道：『難為宋舉人十五歲的時候，就這般憂國憂民了。』」

皇帝聽了，哈哈大笑了起來。「接著說，還有些什麼？」

周公公便接著繼續道：「宋舉人已經成親了，媳婦是他家鄰居，一個守了望門寡的姑娘，雖然名聲上不大好，可對宋舉人好得很，宋舉人去年趕考的時候，便是那位姑娘一路隨行照顧的，那個時候他們還沒完婚，所以宋舉人中了舉人之後，就把這姑娘娶進門了。」

皇帝略略蹙眉道：「你怎麼知道那姑娘就一定好呢？沒準就是想等宋舉人以後升官發財了，她好當個官太太啊！」皇帝說完，又開口問道：「對了，什麼叫望門寡啊？」

周公公便笑著解釋道：「望門寡是指還沒嫁入男方的家門，她相公就已經死了，雖然沒有成禮，可畢竟有婚約在身，這種就叫作望門寡。」

「這算哪門子寡婦？這要是定了娃娃親的，一個沒長大夭折了，這還白白就守寡了？」

周公公瞧著皇帝高興，就樂得多說了兩句，繼續道：「這宋夫人比較特殊，她的轎子走到了一半，男方就嚥氣了，所以宋夫人到了那家人門口，又被退了回去，宋夫人一個想不開，就投河自盡了，後來又被救了上來。」

皇帝對這事情嗤之以鼻道：「鄉下人家窮講究！」

周公公便也跟著笑了。

皇帝等了片刻，也沒見周公公繼續說，便催道：「接著往下說呀！」

「啊？萬歲爺還想聽什麼？奴才好像都已經說完了。」

「那你就說說，那宋明軒如今怎樣了？」

「宋舉人在玉山書院裡勤學用功，很得韓夫子的讚賞。奴才也跟韓夫子說了皇上對宋舉人的器重，讓韓夫子好好待他，別委屈了他，若是見他沒銀子使了，就送些銀子給他；若是沒衣服穿了，就賞幾件衣服給他。」

皇帝聞言，冷笑道：「朕可沒讓你這麼多話，只讓你保證他安安穩穩的，三年後能參加春闈，這就夠了。」

周公公便笑著道：「對啊，萬歲爺雖然沒這麼說，但奴才總要多關照幾句的。」

「就你話多！」

周公公笑著上前打開了簾子，瞧著外頭的天色，笑著道：「皇上，錦繡宮孔嬪娘娘有了身孕，皇上不如去錦繡宮走一走？」

皇帝點了點頭，又問道：「孔嬪有身孕，可就是宋明軒進宮那日的事情？」

周公公又點了點頭。

皇帝便越發高興了，撚著鬍子起身道：「這宋明軒果真是朕的福將啊！」

楊氏因為有了身孕，便也不怎麼管趙彩鳳的事了，只隨她去張羅了一家綢緞莊。原來開店的東家是做絲綢批發生意的，後來在京城也開了幾家綢緞莊，現如今家裡頭有事情，便想著把店鋪賣了，好回收些銀子。趙彩鳳手上銀子不湊手，一時也只能盤下一家店來，所幸那店家原本就是做絲綢生意的，答應給趙彩鳳一個月的進貨帳期，這樣一來，店裡頭的貨品好歹齊全了，也不怕壓著貨賣不出去了。

因為八寶樓沒有早市，所以趙彩鳳每日一早先到綢緞莊裡頭安排好事情，綢緞莊的羅掌櫃還是原先東家留下的，趙彩鳳用了幾日，覺得人挺老實的，家裡頭上有老、下有小的，住在這廣濟路的附近，所以就把他給留下了。

這日正好是趙彩鳳休工的日子，她每個月才三天假期，比起以前的週休二日，這三天的假也是來之不易了。這幾日趙彩鳳在家中苦練用毛筆畫畫，終於也讓她稍微摸索出了一些竅門來，所以花了兩、三個晚上的時間，設計了一件衣服。

古人的衣服款式算不得很多，若是要變花樣，還是得在刺繡紋樣上面多下苦工。現下流行的面料圖案大多也就是聯珠團窠紋、寶相花紋、瑞錦紋、散點式小簇花、穿枝花、鳥銜花草紋等。當然，這些圖案也不是一般百姓人家能穿得起的，老百姓便是像伍大娘家這樣的富戶，也多只是穿杭綢的衣服，雖然看著鮮亮，但是比較輕薄，沒有雲錦、蜀錦厚重華貴。且有這些紋樣的面料，也多做成比甲、褙子，多流行於少婦、夫人之中，年輕姑娘家崇尚飄逸空靈，喜歡這些圖案的是少數。一般也都是純色的料子繡上圖案，這些都只做拼接鑲嵌之用。

趙彩鳳在現代曾買過幾回改良款的古裝服飾，主要是為了過一把癮，如今再回想一下，那些設計倒是比現在好些姑娘家穿的衣服要好看些，所以她便一邊回想，一邊設計了這麼一件衣服出來。

圖紙有了，可是做衣服的大師傅卻沒有，這讓趙彩鳳很是鬱悶。可惜她穿越得太遲了，沒能一小便練就上等的女紅本事。趙彩鳳思來想去，決定還是去劉家走一趟，一來看看宋明軒他們有沒有捎信回來；二來也好問問錢喜兒，有沒有興趣當她店裡的大師傅。

錢喜兒見了趙彩鳳設計的圖紙後，只捧在手中，愛不釋手地道：「彩鳳，這是妳畫的嗎？這個真的能做成衣服？」

「怎麼不能？眼下天氣熱了，左一層右一層的，豈不是很熱？我想好了，我們這次用上等的杭綢面料做，雖然輕薄卻不透色，這衣裙上的幾個繡花樣子我也畫好了，保證是現在市面上沒有的，妳看看！」趙彩鳳把自己畫的繡花樣子遞給了錢喜兒，繼續道：「平日裡妳繡的就很好看，只是我瞧著妳的繡花樣子，跟外頭繡坊裡頭繡的多是一樣的，大家都繡一樣的東西，看多了自然就膩味了，妳不如繡我畫的這種看看？」

錢喜兒看著趙彩鳳畫的繡花樣子，心裡一個勁兒地覺得好，又有些不好意思地道：「我的繡花樣子，都是去繡坊裡頭繡娘那兒描回來的，當然都是一樣的。我也不會畫畫，只會描幾個樣子，有時候瞧著外頭的蝴蝶好看，又不會畫，便讓八順畫了給我，可妳也知道的，他哪裡會這些？好好的蝴蝶都能被他畫成個蜜蜂樣子！」

趙彩鳳笑著道：「畫成蜜蜂也不打緊，最重要的是他肯幫妳畫。」

錢喜兒微微一笑，將趙彩鳳的畫紙鋪平了道：「那我就先按妳這個畫的樣子做一件出來，到時候放到妳店裡頭，若是有人願意買，妳可要告訴我呀！」

「那是自然的！我本來是想去找外頭的繡娘做的，可又怕她們聽不懂我的意思，這才來勞煩了妳。我也知道妳的工錢是無價的，可如今我這新店剛開業，也實在沒有多少銀子，只能給妳一些辛苦費了。」

錢喜兒聽了這話，假作生氣地道：「誰要妳的辛苦費了！我每個月都有銀子花，哪裡像妳這樣吃緊，妳這麼說可就見外了。我沒別的要求，只請妳以後多畫一些好看的繡花樣子給我，我多做一些，送給太太、大姑奶奶還有大姑奶奶家的幾位姑奶奶。」

趙彩鳳見錢喜兒這麼說，笑著道：「那是自然的，我畫好了，頭一個就給妳看！」

錢喜兒心靈手巧，不過十天的工夫，便按著趙彩鳳畫出來的樣子把衣服給做好了。上衣用的是海棠紅的料子，下裙是月白色的留仙裙，在裙腳繡著細碎的芙蓉花花瓣，外面配上一件淺粉色穿枝花紋樣的半臂，半臂的末端繡著兩隻振翅欲飛的蝴蝶，兩根絲帶各繫成蝴蝶結，小女子的嬌美秀氣，就全在這一顰一笑之間了。

趙彩鳳才瞧見衣服，錢喜兒便迫不及待地讓她試穿一下，趙彩鳳鬱悶道：「怎麼做的是我的尺寸呢？不是說好了，按著妳的尺寸做，就算賣不出去，好歹還有一套新衣服穿呢！」

錢喜兒一邊抖開衣服一邊道：「我一年四季都有新衣服，我家大姑奶奶又是一個闊氣人，每回有了好東西就送過來，我們家人丁簡單，也不過就這麼幾個人，哪裡穿得完這些？平常也就用來送人的多一些。」錢喜兒幫著趙彩鳳換上了衣服，笑著道：「倒是妳，如今也是個老闆娘了，總不能穿得比夥計還不如吧？」

趙彩鳳大約也是習慣了這一年來的艱苦生活，竟然對這些穿衣打扮也沒什麼特別的感覺了。以前在現代，因為工作太忙，再加上她那單位男女比例失衡，趙彩鳳也是從來不花心思打扮，饒是這樣，她那一百七的身高還是他們警隊的隊花了，如今到底是讓趙彩鳳知道了什麼叫作小鳥依人了。這半年多吃了杜太醫的藥，滿打滿算的，倒是又長了有一寸多，也不知道明年還有沒有得長了？

俗話說，人靠衣裝，佛靠金裝，趙彩鳳穿上這一套衣服之後，也是覺得自己似乎比尋常鮮亮了不少，可這樣的衣服，終究不是她這種天天要在外頭走動的人能穿的，也只有錢喜兒這樣大門不出、二門不邁的人在家裡穿著，這才好呢！

兩人試完了衣服，將衣服打包了放好後，便開始商量起劉八順和宋明軒的事情來了。說起來，兩個人一走也有一個多月的光景了，劉家派下人去過一次，給他們送了一些夏天的衣服，最近倒是沒聽說有什麼消息，不過這會兒距離中秋還有兩個多月的光景，大家夥兒也不著急，橫豎到了中秋，還是要派人去接回來的。

錢喜兒雖然養在深閨，但也並非對外面的事情一無所知，就比如誠國公府的事情，她倒是有些知道的。平素她深居簡出的，也沒什麼朋友，便和趙彩鳳說了幾句。「這次誠國公府出事，國公夫人私下裡沒少跑恭王府，可是都被世子妃打發了，為了這事，好些人說世子妃冷心冷肺，但我瞧著世子妃倒不像這種人，終究是國公府太不像話了。」

趙彩鳳對恭王府的這位世子妃有些印象，似乎說是誠國公府的姑娘，見錢喜兒說得含含糊糊的，便忍不住又問道：「我倒是不大清楚，那世子妃和誠國公府是什麼關係呢？」趙彩鳳知道，大雍皇室子孫向來凋敝，因為前些年的戰亂，近支王爺就只剩下了恭王一人了，其他的王爺要麼戰死了，要麼早已經退隱，位高權重的皇室也就剩下恭王府了。若是恭王府肯為誠國公府說上半句好話，只怕誠國公府也不至於抄家流放這樣慘。

錢喜兒雖然不喜歡說人長短，可這些年也沒少聽過，不過就是平常不說罷了，她知道趙彩鳳是個謹慎人，便小聲道：「有些事情，外人是不知道的，這位恭王府的世子妃，乃是恭王世子的第三位夫人了，前頭有一個是誠國公的女兒，這一位和誠國公府也有些關係。據說早年誠國公夫人因為生不出兒子來，所以在族中過繼了一個兒子，可誰知後來誠國公夫人有了身孕，這過繼來的兒子又恰巧犯了錯，和誠國公府鬧僵走了，再後來也不知道因為什麼事情，竟客死異鄉，只留下了一個女兒，便是如今的世子妃。」

趙彩鳳越聽越有意思，只覺得這又是一場宅鬥大劇，忙讓錢喜兒繼續說下去。

錢喜兒便接著道：「這位世子妃從小身子不好，好幾次都快病死了，是我家大姑爺救下來的。我家大姑爺是個心善的，知道誠國公府對她薄情，便隔三差五地去瞧瞧她，如此她才能痊癒。後來也算是陰差陽錯，前頭的世子妃去了之後，恭王世子便一直沒有續弦，誠國公府的人有心想把自家孫女再許配給恭王世子，可也不知道怎麼的，恭王世子在誠國公府時就瞧上了她，聘了回去當世子妃，也算是她的造化了。」

趙彩鳳聽到這裡，心下便明白了幾分，那些說世子妃是白眼狼的人，怕是不知道這裡頭的故事。不過想來也是，她一個孤女能在誠國公府這樣的深宅大院裡頭長到這樣大，只怕也是不容易，如今脫離苦海了，沒有落井下石都算是好的了。

趙彩鳳又在劉家逗留了片刻，這才拿了衣服，往店裡頭去了。

楊氏這時候也在綢緞莊上，她如今有了身孕，楊老太什麼活兒都不用她幹，趙彩鳳便讓她沒事到綢緞莊這邊看看，有時候掌櫃的臨時出門，她也好在這裡看看店面。

楊氏見趙彩鳳揣著一個包裹回來，笑著迎了上去。

趙彩鳳問道：「羅掌櫃去哪兒了？」

楊氏笑著道：「羅掌櫃上紅線繡坊送面料去了，讓我在這邊看著店面。最近天氣越發熱了，有好些人家的下人還沒張羅夏裝，羅掌櫃說這幾天怕會有些忙，讓我都在店裡頭幫個忙才好呢！」

豪門貴族冬天的時候就備春衫，春天的時候夏裝都做好了。而這廣濟路上住著的雖然是有錢的商賈人家，卻沒有那些豪門貴族講究，對待下人自然也比不上那些人家等級森嚴，做上了一等大丫鬟，就跟個副小姐一樣的體面。商賈人家的下人沒這麼好的命，主子忙著做生意，遇見主母好的還好些，若遇見主母隨意的，哪裡能想到這些細巧的事情？還不是等天氣熱了，才想著要張羅起來？

趙彩鳳掐指算了算，這都六月天了，放在現代那就是國曆七月分，學生都放暑假了，可不是最熱的時候嗎？這個時候才開始做夏天的衣裳，趕一趕也就只能再穿上一、兩個月了，要是來不及做而少做幾件，還省下一筆銀子了。這樣看來，姑娘家都想著去侯門大戶當丫鬟也是有道理的。

趙彩鳳和楊氏一直等到羅掌櫃回來，核好了帳務，這才吩咐羅掌櫃道：「你明兒去繡坊送面料的時候，順便帶幾樣秋衣的布頭出去，讓幾個繡坊的掌櫃選一選，記下哪幾個選的人多，下回我們拿面料的時候就多拿一些。眼下正好是初夏，這時候厚面料便宜，你進一些存著，等剛入秋的時候就能賣上好價格了。」

羅掌櫃聞言，一個勁兒地點頭道：「這麼好的主意，我怎麼就沒想到過！往年每次都是一入秋那幾天面料特別貴，偏偏那時候貨還少，總是不夠分，這要是錯開一個月，倒是能省下不少銀子來呢！」

趙彩鳳心裡默默嘆道：這算什麼特別的好主意呢？在現代，大過年人人都穿羽絨外套的時候，商場裡頭就開始上春裝了，誰先占領市場，誰能贏得效益啊！

趙彩鳳見羅掌櫃一臉受教的樣子，又點了點頭，指著架上的新衣服道：「上回我給你看過的圖紙，這是我請大師傅做出來的，你瞧瞧這款式如何？」

羅掌櫃是做這一行生意的，平日裡經常到各大繡坊走動，自然看見的衣服式樣也多得很，只瞧了一眼這架子上的衣服，便開口道：「我上回就說了，這衣服若能做出來自然是不錯的，只是費些時日，沒想到東家您還真找人給做了出來！那幾家繡坊我也問過了，說是這樣訂做一件衣服，少不得這個數！」羅掌櫃伸出一根手指在趙彩鳳眼前搖了搖。

趙彩鳳心下就有數了。古時候沒有機械化，什麼都要純手工，錢喜兒這樣辛辛苦苦的十天做出來一套衣裳，算上面料本身的價格和人工費，收一兩銀子也確實不算貴了。可對於一般的老百姓而言，一兩銀子買一套衣服穿，終究還是奢侈了一些。

趙彩鳳擰眉想了想，又問羅掌櫃道：「若是這件衣服上所有的繡花樣子都去掉，只做一件衣服，大約要多少錢？」

羅掌櫃伸手摸了摸布料，又把上頭的繡花樣子給看了看後，這才開口道：「若是沒有繡花，大約五百文錢能做下來。」

趙彩鳳聽了這個數字，才算鬆了一口氣。「這還差不多。眼下的姑娘也沒幾個是不會自己繡花的，倒不如我們只賣個衣服樣子出去，至於裙襬上要繡些什麼，讓她們自己配更好。」

羅掌櫃見趙彩鳳這麼說，也開口道：「東家若是有興趣，不如想幾個丫鬟們常穿的衣服樣子吧，現在的大戶人家窮講究，主子的衣服鮮少送到繡莊上做，只有下人的衣服會往莊子上送，又不拘是什麼款式。去年紅線繡坊就鬧了個笑話，給張家做的下人衣服和給李家做的竟是一樣的，結果去廟裡上香的時候，小丫鬟都跟錯主子了！今年那繡坊的掌櫃還讓我給介紹幾個款式的衣服，說是丫鬟做來做去都這幾套，她都不好意思跟老主顧們交代了。」

趙彩鳳想了想，這高檔路線一下子走不起來，好歹也先混個薄利多銷。小姐的衣服雖然貴，但畢竟小姐少，這丫鬟就不一樣了，大戶人家動輒百來號的丫鬟，一套賺個十文，一百套也夠一兩銀子多了！

趙彩鳳當夜就畫了幾張丫鬟衣服的圖樣，自己搭配了一下色彩，覺得還不錯。她雖然沒有進過大戶人家，但是以前世看宅鬥文的經驗來看，大戶人家的主母必定是不喜歡自家丫鬟穿得花紅柳綠的，可除了在孝期的，也不希望年輕輕的小姑娘穿得太過素淨，那樣瞧著又不夠喜慶，所以大多數丫鬟衣服的配色都是鵝黃色、豆綠色、雪青色、藕荷色這幾個顏色居多，這些顏色素淡中透著一絲鮮亮，又不會搶了主子的風頭，給丫鬟們穿最是合適。如今正好是夏天，等閒大戶人家給丫鬟穿的也都是杭綢的料子，這種面料輕盈絲滑，夏天裡穿是最好不過的了。

趙彩鳳設計完了衣物，瞧瞧外頭的夜已經很深了。以前宋明軒唸書的時候，也動不動就到這個時辰，那時候趙彩鳳總是在一旁做針線，一邊陪著他唸書，如今宋明軒不在，趙彩鳳也唯有看著月亮，默默地想起他來。

楊氏因有了身孕，這幾日晚上起夜多了，見趙彩鳳還沒睡，心疼道：「妳早些睡吧，明兒一早要去綢緞莊，過了晌午還要去八寶樓。如今入夏了，雖說妳尋常就是到夏天時會瘦一些的，可眼看著前一陣子才養出的肉又掉了，到時候明軒回來，又要心疼了。」

趙彩鳳噗哧笑道：「娘啊，咱才沒這麼肉麻呢！有什麼好心疼的？我不過是有些苦夏罷了。妳快去睡吧，妳如今可是兩個人，比不得我了。」

楊氏見趙彩鳳又取笑自己，臉上微微帶著些笑意，想了想又嘆息道：「我原本是不打算要這個孩子的，所以一開始也沒說，可想著妳錢大叔可憐，他雖說有個閨女，但瞧這光景，怕他是不想認了，我若不給他生個一男半女的，心裡也過不去。好在這身子還成，既然有了，那就生一個罷了。」

趙彩鳳倒是知道錢木匠那閨女約莫便是程姑娘，只是這事也不好跟楊氏開口。錢木匠沒把這件事往外說，自然是不想讓太多人知道，畢竟這種事情對程姑娘來說實在是一個天大的污點，如今她好不容易和蕭一鳴定下親事，正是不能節外生枝的時候。

「娘，妳才三十七、八，算不得年紀太大，那寶育堂的杜大奶奶不是說過嗎，女子最佳的生育之齡是二十五、六，這樣瞧來，娘妳也不算大齡的。我聽說恭王妃生二少爺的時候，也有三十七、八呢！她們養尊處優的人，身子骨沒準還不如妳這個經常下地的呢！彩蝶也不過才兩周歲，這時候再添一個弟弟妹妹，兩人年歲差得也不多，正好能玩到一塊兒去！」

楊氏聽趙彩鳳這一番勸慰，忽然也覺得有些道理，畢竟趙武和趙彩蝶年紀也不算大，以後到底還好照應些。想到這裡，楊氏心下也略略鬆了一口氣，見趙彩鳳正收拾東西打算睡了，便開口道：「妳也早些睡吧，身子要緊。」

趙彩鳳第二天起了一個大早，去綢緞莊的時候羅掌櫃正巧剛剛開店，趙彩鳳便把昨晚畫的幾件衣服樣子拿給羅掌櫃瞧了一眼。羅掌櫃選來選去都覺得好，便開口道：「我今兒去紅線繡坊一趟，給他們管事的看一眼。」

趙彩鳳點了點頭，又道：「你去之前，按照我這個配色，剪了面料過去讓她們看，到時候若是她們看上了哪個款式的，直接就把面料選了，也省得你再來回跑了。」

羅掌櫃按照趙彩鳳的意思去了，果然就談成了一筆生意，紅線繡坊的管事一口氣訂了四十套衣服的料子，按照不同的配色，每個正好十套，足足訂了幾百尺的布料。

趙彩鳳是到晚上才知道這件事的，楊氏興高采烈地告訴趙彩鳳道：「那紅線繡坊的管事奶奶還說，以後若是還有樣子好的花樣，讓我們先給她們瞧去，等她們先選好了樣子，再給別家看，她們也會優先到我們家來選料子。羅掌櫃聽了，別提有多高興了，往日裡半個月也不一定能賣這麼多的布料出去呢！」

趙彩鳳聞言，心下自然也是高興。

最近八寶樓的生意也好，雖然是大夏天了，可大家一點兒都不覺得吃火鍋熱，配上冰鎮酸梅湯，吃著火鍋，那叫一個爽啊！

趙彩鳳雖然心裡高興，身子終究也是有點吃不消了，一來二去地熬了幾宿，就熱傷風了。這熱傷風比不得冬天著風寒，更是難受得很，起先她打算強撐著身子去八寶樓上工的，可身上實在是沒力氣，只好讓楊氏到八寶樓告假去了。

楊氏去完八寶樓後，請了大夫回來給趙彩鳳把脈，開了一些熱傷風的藥，囑咐趙彩鳳好好休息幾日。趙彩鳳又怕把傷風過給了楊氏，也不讓她在家裡陪著，只讓她還去綢緞莊看著。

後來陳阿婆看著不忍心，拄著枴杖床前床後地照顧起了趙彩鳳。

趙彩鳳前世從小就沒有奶奶，是父母一手帶大的，如今陳阿婆這樣悉心照料，趙彩鳳是又感動、又羞愧。

「阿婆，您忙您的去。大夫也說了，這病不打緊，休息幾天就能好了。」趙彩鳳吸著鼻子道。

陳阿婆換了一條涼汗巾蓋在趙彩鳳的額頭上，勸慰道：「妳睡妳的，少說話了。妳瞧妳，這聲音都發不出來了。」

趙彩鳳這是扁桃腺發炎加熱傷風，擱在現代實在算不得什麼大病，可在古代沒有消炎藥，只能依靠中藥慢慢的調理，趙彩鳳也不知道自己什麼時候能好。自己這身子是個什麼狀況，趙彩鳳其實早已經心裡有數了，可她老是記不住，這樣一累狠了，病一場，反倒不值得了。

趙彩鳳想到這裡又懊惱了下，只覺得腦仁突突地疼了起來，耳朵裡也都嗡嗡嗡地響著，便索性不多想，閉上眼睛睡去了……

這一覺睡了也不知道多久，趙彩鳳腦子裡亂糟糟的，就瞧見宋明軒回來了。許氏明明去世了，卻還去外頭給宋明軒開門。

宋明軒穿著大紅色的狀元服、戴著插了花的狀元帽，從外面進來，笑著拉著趙彩鳳的手道：「彩鳳，我中狀元了，妳以後便是狀元夫人了！」

趙彩鳳一聽這天大的喜訊，病一下子就好了一半，笑著起身問道：「真的嗎？相公你中狀元了嗎？」這一起身，人也就跟著醒了。

宋明軒正轉身給趙彩鳳換額頭上的汗巾，忽然聽見她喊了幾句「中狀元」一類的話，急忙丟了汗巾回過頭來，就瞧見趙彩鳳仍舊閉著眼睛在說夢話，嘴裡又是狀元、又是中的，也不知道在說些什麼。

宋明軒急忙伸手在她額頭上摸了一把，見已經沒那麼熱燙了，才稍稍放下心來，心道大約是作夢夢魘了，於是握著趙彩鳳的手輕輕喊了幾句。「娘子、娘子，我在這兒呢！」

趙彩鳳忽然就睜開了眼睛，瞧見宋明軒正端坐在自己床頭，身上穿的還是去年自己給他做的那件長衫，她一時沒反應過來，開口問道：「相公，你的狀元服和狀元帽呢？」

宋明軒略略一窘，抬起眼皮，帶著幾分不解地看著趙彩鳳，又忍不住伸手摸了摸她的額頭道：「娘子，妳這會兒不發熱了，怎麼腦子還有些糊塗？我要再過三年才進場子呢！」

這時候趙彩鳳已經有些回過神來了，也想起許氏早已經過世了，不可能會在自家院子裡，便拉著宋明軒的手笑道：「相公，我夢見你中了狀元，穿著大紅色的狀元服，還戴著狀元帽，可神氣了！」

這時候陳阿婆在外頭聽見了動靜，也進來看了眼，正好聽見趙彩鳳這麼說，笑著道：「彩鳳這是日有所思夜有所夢了！明軒你要是不好好賣力，可對不住彩鳳了。」

宋明軒低下頭，一雙手握著趙彩鳳的手不肯鬆開，眼裡滿滿的都是柔情密意。

趙彩鳳的手被他握得都有些疼了，這才開口問道：「你還沒告訴我呢，這好端端的，你怎麼從書院回來了？」

宋明軒見趙彩鳳這兩個月又瘦了些，心疼地用手捏了捏趙彩鳳尖尖的下頷，小聲道：

「今兒是什麼日子，妳可記得？」

趙彩鳳擰著眉頭想了半晌，還是沒想出來。她的生辰是在十一月分，去年宋明軒沒從玉山書院回來，還讓趙彩鳳鬱悶了許久呢！宋明軒的生辰則是四月裡，正好守著許氏的熱孝，更是沒什麼說頭。這不年不節的跑回來，只怕他一個人也回不來，少不得還得拖上一個劉八順當同夥。

宋明軒見趙彩鳳這擰著眉頭的樣子，也知道她大約是最近累壞了，居然連七夕這樣的日子都想不起來了，便開口道：「今兒是乞巧，劉家大姑奶奶生辰，八順正好要回來，我便搭車回來了。主要是想妳了，誰知道妳卻病了。」

宋明軒回家瞧見趙彩鳳發高熱躺著的時候，別提有多難受了，又聽陳阿婆說趙彩鳳最近又盤了一家綢緞莊，整日裡早出晚歸的，這是生生給累病的，他急得差點兒又要落淚了，還是陳阿婆勸說了他道：「彩鳳這麼辛苦，無非是想讓你過得舒坦些，你如今過了年可就二十了，身上也是有功名的人了，再不能這般像個孩子了。」宋明軒聽了這話，這才忍住了淚，重重地點了點頭，在床前伺候起了趙彩鳳。

主要是想妳了，誰知道妳卻病了……這句話宋明軒說的時候明明帶著幾分心疼，可在趙彩鳳聽來，卻覺得這裡頭透著一股濃得化不開的失落來。

趙彩鳳雖然人病著，心裡那團火卻旺得厲害，但想著若是把病氣過給宋明軒就不好了，便起身道：「回來就回來了，還這樣肉麻兮兮的，阿婆還在呢！」

趙彩鳳原是想拿阿婆當擋箭牌的，誰知陳阿婆聽了這話，笑著道：「差點忘了，爐子上還熬著彩鳳的藥呢，我這就出去瞧瞧啊！」

趙彩鳳聞言，臉唰地一下就紅到了耳根。

宋明軒拉著她的手不放，見陳阿婆走了，便坐到她的床沿上，摟著她的身子就要親下去。

趙彩鳳仰著身子扭開頭，啞著嗓子道：「要死了，人家還病著呢，小心過了病氣給你，有你好受的！」

宋明軒這一摟之下，越發覺得趙彩鳳纖瘦了。自從許氏過世到如今，趙彩鳳又要照顧自己，又要張羅這一整個家，委實辛苦。雖說過了熱孝，按照大雍朝的規定，已是可以行夫妻之事了，可想到這裡，宋明軒的念頭便淡了些許，不能讓趙彩鳳在別的方面也跟著辛苦。

趙彩鳳見原本欺身而來的宋明軒忽然停下了動作，便也安安靜靜地靠在他的懷中，以為他想起了許氏來，遂小聲勸慰道：「相公，誠國公府已經被抄家了，婆婆的大仇也算是報了，她在地下也該瞑目了。如今只要相公好好用功，三年之後考上進士，婆婆在天有靈，也可以安息了。」

宋明軒聞言，又緊緊地摟住了趙彩鳳，低頭在她的髮頂蹭了蹭，讓她靠在懷中，道：「我明日就要跟八順回去了，下一次大約是中秋才回來。妳如今這身子，起早貪黑的實在不成，我一會兒去一趟八寶樓，跟黃老闆說一聲，讓他准妳一段時間的假。」宋明軒雖然擔心趙彩鳳的身子，終究沒直接說要她辭去了八寶樓的事情。

趙彩鳳抬起頭瞧了一眼宋明軒那皺著的眉心，伸了手指揉了一把，笑道：「我這次開綢緞莊的銀子還是東家給的呢，要是沒有東家，咱的日子只怕更不好過。眼下謝掌櫃的腿還沒好全，等謝掌櫃的腿好了，不用你去說，我自己也要向東家請辭了。再過幾個月，我娘也不能幹家務事了，這些事情我能幹的就都要自己幹了，等綢緞莊的生意再好些了，看看能不能從外頭請一個婆子，替家裡燒茶煮飯也是好的。」

說起來，楊氏前頭生了四個孩子，還不都是自己一個人幹著家務一直到生的？便是坐月子的時候，窮人家也沒什麼人服侍，不過就是請個婆子來張羅一下家務事。楊氏生趙彩蝶的時候趙老大剛死，連請婆子的銀子也沒有，便是之前的趙彩鳳在跟前服侍的。

不過這些趙彩鳳都記不得了，她雖然有著原身子的一點記憶，可都模糊得緊，她自己也不願意多去想。如今既然日子眼看著比以前好一些了，自然不能再讓楊氏這樣辛苦了。

宋明軒聽趙彩鳳說得頭頭是道，嘆息道：「可惜我在書院裡頭，也幫不上什麼忙，今兒回來也沒瞧見錢大叔，不然也要好好恭喜他一番的。」

趙彩鳳便笑著道：「伍大娘家的新宅子正在裝修呢，錢大叔這幾日就在那邊上工，給的工錢不少，還近一些，不用到處跑。我尋思著，指不定以後錢大叔就不用到處跑了，這京城裡頭人又多、活又多，還去鄉下做什麼？」

宋明軒聞言，點了點頭，想了想終究還是開口道：「我聽書院裡頭的同窗說，最遲月底，京城的援軍就要去北邊了。其實北邊一直在打仗，只是離得太遠了，消息沒傳進來，再加上皇上似乎不想讓老百姓們擔驚受怕的，所以朝中也沒有什麼人敢亂說，不過就是幾個將軍府的公子在書院唸書的知道一些，我才能聽到這許多。」宋明軒也是尋思了許久，想著到底要不要跟趙彩鳳說起這件事情來。

趙彩鳳見他雖然吞吞吐吐的，但終究還是說了出來，便笑著道：「你又瞎想什麼呢？蕭公子和程姑娘都已經換了庚帖，等著蕭家去提親了！只是如今也不知道蕭一鳴去不去邊關？若他這一去，和程姑娘的婚事倒是又要耽誤一些時日了。」

兩人說起這事情，各有各的心事。趙彩鳳是害怕程姑娘的老底被人揭穿，影響了她的婚事；宋明軒則是覺得蕭一鳴一日沒成婚，他就有些不心安。倒不是害怕蕭一鳴會把趙彩鳳搶了去，只是這種感覺讓人覺得很惴惴不安而已。

趙彩鳳瞧著宋明軒那欲言又止的小樣，忍不住又往他的身上埋了埋，抱著他的腰笑道：「相公，人家都已經作夢夢見你成狀元爺了，你還擔心些什麼呢？人家就是想當狀元夫人，狀元夫人可比將軍夫人風光多了！」

宋明軒被趙彩鳳說穿了心思，一時間又紅了臉，小聲道：「蕭公子是好人，我……我可沒有這樣想他。」

趙彩鳳聽了這話，微微瞇了瞇眼眸，瞟向宋明軒道：「那……你是這樣想我的？」

宋明軒一時沒品出這話中的意思，正要點頭，忽然就覺得有些不對勁，連忙一個勁兒地搖頭道：「沒……沒有！我……我只是替蕭公子和程姑娘著急，這般的好事多磨……」

趙彩鳳瞧著他這一臉不誠懇的著急表情，也是沒話說了，一時忘了自己還病著，湊上去就封住了宋明軒的唇瓣，勾住舌尖吻上了。

宋明軒被她一直這樣抱著，本就有些心猿意馬，這一下更是全都被點燃了起來，摟著她的腰身，將她壓在了床上……

第四十五章

第二天一早，劉家的馬車便過來接人了。昨晚趙彩鳳累了半宿，這會兒還沒醒過來，宋明軒便整理了一下行裝，伸手摸了摸趙彩鳳的臉頰，依依不捨地轉身走了。

陳阿婆送了他到門口，囑咐道：「中秋的話，要是有順風車就回來，要是沒有就別回來也成。你唸書中，來回跑也累。」

宋明軒點頭應了，又道：「阿婆，彩鳳身子不好，您替我好好照顧她。」

陳阿婆笑著道：「我怎麼不知道彩鳳身子不好呢？一小看著她長大的，哪年不是要病上這麼一、兩回才好的？你放心去吧！」

宋明軒聽了這話，點了點頭，走了兩步又回頭問道：「上回杜太醫給彩鳳開的補身子的藥，如今還吃嗎？」

陳阿婆想了想，搖頭道：「我記得我和你娘回趙家村那會兒還看她喝著，後來就沒瞧見熬了，偏如今彩鳳又病了，可見那藥還是有效用的。」陳阿婆說到這裡，又嘆了一口氣道：「大概是怕花銀子，所以就停了吧，我記得那藥不便宜，一帖要上百文的銀子呢！這次為了開綢緞莊，缺銀子，彩鳳愣是把你們成親時別人送的一對簪子給拿去當了五十兩銀子，這才算把銀子給湊齊了。」

宋明軒聞言，頓時就愣了。那一對簪子是蕭一鳴送的，他一開始礙於自己的心病，還沒敢跟趙彩鳳說，卻不想如今趙彩鳳卻拿這個當了換銀子。宋明軒想到這裡，眼眶又有些濕潤了。他原本心裡想著，縱使趙彩鳳對蕭一鳴沒有什麼想法，可蕭一鳴對她這般照顧，便是恩情只怕也是有一些的，他雖然不至於吃醋，可想到了，心裡頭多少還是會有些不自在。倒不是怨別人，只是怨自己如今還沒能耐讓趙彩鳳過上好日子。如今趙彩鳳這麼做，倒是讓宋明軒覺得自己是以小人之心度君子之腹了。

宋明軒握了握拳，擰眉道：「阿婆，我去了。您跟彩鳳說，下次不用再給我捎銀子了，我上回中了解元，韓夫子已讓書院免了我的束脩。再說，書院裡頭沒什麼花銷，我也花不了幾個銀子。」

陳阿婆聽宋明軒這麼說，果然高興地道：「我就說我家明軒是個有能耐的！等彩鳳醒了，我便把這事情告訴她去！」

趙彩鳳昨晚和宋明軒終究是沒能忍得過慾火焚身，還是稍稍做了一些降火出汗的運動，故而今天醒來，除了身子還有些軟之外，發熱的症狀倒是好了不少，聽陳阿婆這麼說，笑著道：「果然這世道還是要唸書的，唸得好了，連唸書的銀子都不用付了。」趙彩鳳心下暗自高興，心道原來古代也早已經有獎學金一說了！

正這時候，站在皇帝一旁服侍著的周公公忽然就連連打了兩個噴嚏，嚇得他急忙跪下來告罪道：「皇上饒命、皇上饒命，也不知道是誰想奴才了，奴才這耳根一直熱著呢，也不知怎麼的，就忍不住打了兩個噴嚏。」

皇帝瞥了周公公一眼，笑著道：「行了，染了風寒就歇著去，少在朕跟前裝模作樣的！」

這一晃又過去一個多月，趙彩鳳的身子也養好了。眼看著中秋節就要到了，宋明軒那邊託劉家的小廝帶了話回來，說是今年玉山書院要辦中秋賞月詩會，韓夫子還請了幾個過往朝中的同仁，要考一考這些學子除了科考之外的寫詩本事，就不回家了。趙彩鳳想起宋明軒之前下場子時留給自己的那一首小詩，便知道這是難不倒他的。

謝掌櫃的腿在休息了幾個月之後也痊癒了，又回了八寶樓上工。

黃老闆按照趙彩鳳的意思，把對面的九香樓稍微裝潢了一下，重新請了呂大廚回來，掛出了招牌菜八寶鴨，頓時招攬了許多熟客回籠。黃老闆看著重新開業的九香樓，瞧著趙彩鳳俏麗嬌小的身子，眸中驀地帶著點不同尋常的熱度。

趙彩鳳這幾日也憋著話要對黃老闆說，如今謝掌櫃重回了八寶樓，九香樓也重新請來了掌櫃的，趙彩鳳也算是可以功成身退了，便想著這幾日要跟黃老闆請辭了。

趙彩鳳跟著黃老闆進了二樓的書房，黃老闆請趙彩鳳坐了，伸手從書架中抽出一個絳紅色緞面的錦盒，遞到趙彩鳳的跟前。

趙彩鳳瞧見那個錦盒，嚇了一跳，那分明就是她拿到當鋪當掉的、蕭一鳴送給她和宋明軒的結婚禮物！趙彩鳳見著那東西，略略紅了臉頰，正想開口，卻被黃老闆給搶著先了。

「小趙，以後缺銀子就跟我開口，何必當自家的東西？」黃老闆看著趙彩鳳說。

黃老闆四十出頭的年紀，皮膚白淨，看著很有幾分儒雅的氣質，家中只有元配夫人，連一個姨娘、通房也沒有，真是堪當古代男人的表率了。

趙彩鳳開綢緞莊的事情並沒有讓黃老闆知道，按照她的現代思維，任何一個老闆都不可能讓自己的員工除了給自己工作之外再幹別的私活，所以這事情她瞞得很嚴實，況且平常談生意也都是讓羅掌櫃出面，她就是在家裡琢磨衣服樣子，說起來也確實不容易讓人知道，也不曉得這黃老闆是怎麼發現的？

趙彩鳳低下頭，略帶著幾分羞赧地道：「也沒什麼大不了的，這東西也不值錢，不過就是當幾兩銀子應急罷了。東家您怎麼會——」

趙彩鳳的話還沒說完，黃老闆便笑著道：「東大街的那家當鋪才是我家的祖業，這八寶樓是我接管了家中生意之後才開的。」

趙彩鳳差點兒就被黃老闆的話給噎死了，這還真是大水沖倒龍王廟，居然把東西當到了黃老闆家的當鋪裡去了！

黃老闆看了一眼趙彩鳳，想了想道：「妳身子不好，如今謝掌櫃的腿也好了，對面九香樓的掌櫃也是我們倆一起請的，老道得很，妳也應該好好歇歇了。」

趙彩鳳原本就是想來辭職的，沒想到自己的話還沒說出口，倒是黃老闆替自己先說了！趙彩鳳正想謝過黃老闆，卻聽黃老闆又繼續說了下去。

「只是妳以後有空的話，也常來八寶樓坐坐，畢竟妳也是這樓的東家之一。還有九香樓，這一趟妳給我省了不少銀子下來，我再分妳五分的利錢吧！」

趙彩鳳這時候也有些受寵若驚了，雖然五分的利算不得多，但這次她畢竟也是藉著誠國公府倒臺的契機才能省下這些銀子，她是真的沒想過要占了九香樓的股分。

黃老闆見趙彩鳳臉上的表情有些尷尬，以為她嫌少了，又繼續開口道：「五分也確實有些少了，那就一成吧，兩家店各給妳一成的利。」黃老闆此時看著趙彩鳳的眼神已從以前的欣賞、讚美，變成了不自覺中帶著些許的溫柔。

「不不不……不是太少了，是太多了！」趙彩鳳如何能想到連年過不惑的黃老闆都對自己把持不住了，謙遜道：「八寶樓的一成股分，我是當仁不讓的，畢竟想出了法子讓它起死回生，可九香樓的那一成，我卻不能要。我不過就是去講了一回生意，銀子都是東家您付的，您也已經給我五百兩銀子當獎勵，若是我還要，那可真是貪得無厭了。」

黃老闆聽了這話，卻哈哈大笑道：「妳這算哪門子的貪得無厭了？這世上比妳貪的人我見多了，沒有一個像妳這樣，給了妳銀子還要推出來的。我是個俗人，手裡也只有這麼些銀子還拿得出手，妳若是連這些心意也不讓我盡一下，我……」黃老闆一時也有些語無倫次了起來。不知是從何時開始，他對趙彩鳳竟有了這種異樣的想法，他曾強烈地控制過，卻還是在看見她的時候，激動得有些無法克制。

她是有能力、有志向的女子，自然不會屈居於這樣一個小小的八寶樓。知道她當了簪子，自己開了綢緞莊，黃老闆將那簪子放在自己的書房，日日看著，捨不得這樣一個絕世珍寶的離去，卻也知道他自然是留不住她的。好不容易作出了決定要放她走，但心裡還是有著萬般的不捨。

趙彩鳳抬起頭，看見黃老闆那帶著一絲熱切的眸子，有一瞬間腦中閃過一絲狐疑。

黃老闆在趙彩鳳跟前掩飾得很好，總是帶著溫文爾雅的笑，他是老闆，也是一個長者。他壓下了心中那股不捨，又重新笑道：「這事就這麼定下了，妳整理整理東西，明兒就不用過來上工了。眼看著就是中秋了，也是時候回家籌備著中秋的家宴了，宋舉人中秋也會回來吧？」黃老闆提起宋明軒時，心頭還似有一股酸酸的感覺。他不得不承認，自己已經老了，趙彩鳳和宋明軒才是真正的金童玉女、天賜良緣。

「他中秋不回家，書院有詩會。」趙彩鳳提起宋明軒的時候，嘴角帶著淺淺的笑意，連眉眼都笑得瞇了起來。

這是黃老闆最喜歡看見的趙彩鳳的模樣，讓人看了頓覺糟心的事情都散光了。有這樣的人在店裡，生意不好都難了。

黃老闆也跟著笑了，雖然眸中還是有幾分不捨，但更多的卻是釋然。這個小丫頭大抵不知道他對她的這一番心意，也不必讓她知道，若是知道了，倒是顯得自己齷齪了，只須在心裡暗暗地欣賞她便罷。內心做了一大堆說服自己的功課後，黃老闆總算是讓自己又平靜了下來，眼神中的那股炙熱似乎也收回了不少，繼續道：「以後有空常來這邊看看，我若是有什麼事情要找妳商量，也會派人去接妳的。」

趙彩鳳並不是不敏銳的人，只能說黃老闆的道行太過高深了，以至於趙彩鳳那一絲狐疑還沒想清楚，再看黃老闆的時候，已經沒了半點兒不正常的感覺，趙彩鳳頓時覺得自己敏感過度了，反倒有些不好意思。黃老闆這種古代限量版的好男人，她怎麼能隨意地把人給想壞了呢！

再過幾日便是中秋了，有錢的大戶人家都已經開始給下人準備冬衣了。趙彩鳳之前設計的夏衫和秋衣很受各大繡坊的歡迎，連帶著綢緞莊的生意都比往年好了不止一倍，天還沒冷，各個繡莊的管事已經來詢問關於冬裝的事情了。

給丫鬟、下人穿的冬裝，輕薄保暖是一大重點。因為下人要做事情，要是穿得跟球一樣，難免就顯得笨重了；可要是穿得太少了，那也不成，這要是做事情都抖抖索索的，砸了這樣、打了那樣，也是不像樣的。

頭等的丫鬟因為在房裡服侍，少不得天天有暖爐烘著，倒是可以少穿些；外頭幹雜貨的，風裡來、雨裡去的，就要多穿些，這些都是有講究的。

趙彩鳳設計了一、二、三等丫鬟的衣裳各五、六套，讓羅掌櫃帶去給各位管事挑，挑中了衣服的，直接把面料也挑上，生意就這樣上門了。

羅掌櫃去了紅線繡坊回來後，笑吟吟地對趙彩鳳道：「東家，今兒接了一筆大生意，明天有個大主顧要到我們店裡頭來挑面料，東家可一定要親自過來！」

趙彩鳳聽了這話，倒是有些疑惑，這店開在廣濟路上，平常的大主顧趙彩鳳也差不多都認識了。這幾個月綢緞莊和紅線繡坊合作了起來，凡是在他們家買了面料的，都介紹去紅線繡坊做衣服，凡是紅線繡坊接到的大生意，也往這邊綢緞莊來買面料，如此一來，兩家的生意反倒都比從前更好了。

聽羅掌櫃這麼說，那必定是紅線繡坊又接了什麼大生意，要帶著客人過來挑布料了。

「你倒是說說，是什麼大生意，讓掌櫃的都這樣高興？」

羅掌櫃笑著道：「這回可不同往日了，我們這條街上官家少，以前很少接官家的生意，可紅線繡坊那邊卻是什麼人家的生意都接的。這回是程將軍府上要給府裡的下人準備過冬的衣服，他們家四姑娘聽說這繡坊是東家您開的，說跟您是故交，明兒要親自過來挑面料呢！」

趙彩鳳聽說是程蘭芝要來，心下頓時歡喜了幾分。如今她和蕭一鳴的婚事也定了下來，想來對自己也不會再有什麼意見了，況且她還是錢木匠的……趙彩鳳想到這裡，暗暗把這想法給壓了下去，這樣的事情，還是一輩子不讓人知道比較好。

趙彩鳳雖然這樣想，但是想起程蘭芝身為姑娘家，雖然比起一般姑娘家要跳脫幾分，但尋常也是大門不出、二門不邁的，只怕錢木匠要見她一面也並非容易的事情，如今錢木匠已經是自己的繼父了，自己又知道這事情，好歹也跟他透露半分，哪怕只是遠遠地在店後面的院子裡看上一眼，那也是好的。

晚上吃過了晚飯後，楊氏搶著去洗碗，她如今月分還不大，這些家務事還是習慣一手包辦的，陳阿婆勸她她也不聽，只說多活動活動，生的時候還能少受些罪。陳阿婆也是生養過的人，自然知道這個道理，便也隨了她去，自己則去房裡幫趙彩蝶洗漱。

錢木匠吃過晚飯後，喜歡拿著煙桿在院子裡抽上兩口，趙彩鳳便走了過去，裝作不經意地道：「叔，明兒有空能幫我去綢緞莊做兩個木架子嗎？」

木架子這東西，便是在家裡做好了再搬過去也是一樣的，可趙彩鳳卻巴巴地喊了自己過去，錢木匠也覺得有些疑惑。

趙彩鳳知道錢木匠是聰明人，便繼續道：「不過明兒程家四姑娘要來店裡選面料，叔只能在後院待著，不然要是衝撞了將軍夫人和程姑娘可就不好了。」趙彩鳳看見錢木匠臉上的神情變幻莫測的。

瞧著趙彩鳳那張並無特殊表情的臉，錢木匠終究還是沒能開得了口。這樣的事情，越少人知道越好，便是彩鳳知道了，她沒往外說，還記掛著這些，只怕也是明白這一點的。

想到這裡，錢木匠心下便也不糾結了，點頭道：「那行，明兒我去妳店裡頭，就在後頭的小天井裡幫妳做架子。」

趙彩鳳便笑著應了。

不一會兒，錢木匠去問楊氏道：「之前妳給我新做的那件衣服怎麼不見了？」

楊氏替他找了出來，不解地問道：「你明兒要去彩鳳店裡做木工，穿新衣服做什麼？」

錢木匠便支支吾吾地道：「這……這羅掌櫃知道我是彩鳳的繼父，咱不能穿得太寒酸，給彩鳳丟臉呀！」

楊氏聽錢木匠這麼說，笑著往他身上靠了靠，伸手摸著自己的小腹道：「我盼著這一胎是兒子，這樣你們錢家也有後了。」

錢木匠低下頭，把楊氏摟得緊緊的，帶著幾分欣慰道：「不管是兒子還是閨女，我都喜歡。」

楊氏便道：「你有一個閨女了，若這一胎是兒子，自然更好了。」楊氏說完這句話，才想起錢木匠從不曾和她提起過自家閨女的事情，多半是有些難言之隱，便又改口道：「反正，不管是兒子還是閨女，你都要疼他。」

錢木匠瞧著楊氏小女人的樣子，忍不住封住她的唇瓣吻了一口，摟著她一起睡了。

第二天一早，趙彩鳳特意穿上了一身新衣服。自從開了綢緞莊之後，趙彩鳳也為自己做了幾身好衣服。以前沒入這一行生意，穿著打扮隨意些也無所謂，如今卻不能這樣，處處都要穿得體面，那些個主顧看著她身上穿得好看了，才會有要買衣服的心思。趙彩鳳今兒穿的就是上回錢喜兒做出來的那一套衣服，她本就身量嬌小，穿在身上越發嬌俏可人，即便是梳上最普通的圓髻，只戴一根簪子，還是顯得明媚動人。

穿著這樣自然不能走著去廣濟路，少不得還要喊上一頂轎子，好在門口不遠的地方就有抬轎子的轎坊，請對門的余奶奶喊了轎子過來後，趙彩鳳這就登上轎子走了。

余奶奶如今和陳阿婆好得很，見趙彩鳳坐著轎子走了，兩個人便笑嘻嘻地嘮嗑了起來。「打彩鳳搬過來的時候，我就知道這閨女是厲害的，如今這才一年工夫，麵鋪開了、綢緞莊開了，宋秀才也成了宋舉人了，真是旺夫又旺己的小媳婦啊！」

陳阿婆也笑著道：「可不是？我一小看著她長大，就知道她是個好的，這回總算是肥水沒流外人田了！」兩個老人都笑得合不攏嘴。

趙彩鳳到了綢緞莊後，程姑娘她們還沒過來。

羅掌櫃見趙彩鳳今兒打扮得這樣好看，一時間還有點不好意思了，笑著親自迎了出來。

趙彩鳳讓他忙自己的去，進了店鋪裡頭的小茶房裡，將靠著天井的一扇窗打開了一道小縫。

沒過多久，送了楊氏去麵鋪的錢木匠就過來了。

羅掌櫃知道錢木匠和趙彩鳳的關係，尊稱他一聲老爺。

錢木匠有些羞澀地撓了撓腦袋，揹著自己的傢伙去了後頭的天井。

趙彩鳳開口道：「鋪子裡放面料的架子不夠了，我讓叔過來做幾個。眼下已經入秋了，要開始存冬天的面料了，兩間庫房要看緊一些，千萬別帶了明火進去，面料一定要堆在架子上，不能直接放地上，否則容易發黴。」

羅掌櫃一一應下了。

趙彩鳳交代完後，在小茶房裡頭沏好了茶，自己略略喝了一杯，就聽見外頭羅掌櫃開口道——

「東家，程夫人和程姑娘到了！」

趙彩鳳趕緊迎了出去，看見程蘭芝身上穿著梅紅色花鳥枝花紋的上衣，下頭配著純色梅紅八幅裙，外面穿著半臂的小褂子，頭上戴著赤金點翠銜珠的鳳釵，左右搖曳，別有一番秀美，比起以前見的時候，倒是又沈靜溫婉了幾分。想來程夫人為了蕭家這門婚事，沒少約束著程姑娘。

「程夫人和程姑娘光臨，真是讓我這綢緞莊蓬蓽生輝了。」趙彩鳳笑著迎了上去。

程蘭芝扶著程夫人進門，瞧見趙彩鳳這樣大大方方地迎過來，想起之前對趙彩鳳有所誤解，倒是有些不好意思了起來，一邊往裡頭走，一邊道：「妳的鋪子開業也不同我說一聲，若不是喜兒告訴我，我都不知道妳現在還做起了綢緞生意呢！」

趙彩鳳笑著道：「我這算哪門子的開業？不過就是拿了人家的店，當成自己的做了起來，開業的時候放了一串鞭炮，空熱鬧了一場罷了。」

程蘭芝聽了這話，也知道趙彩鳳所言非虛，並不是和自己生分了，便笑著道：「我最近鮮少出門了，外頭的事情確實知道得不多。」

趙彩鳳迎了她們在小茶房裡面坐定了，親自去外面拿了面料卡進來，讓程夫人和程蘭芝挑選。以前但凡大戶人家來挑面料，必定都是羅掌櫃一整疋、一整疋地搬進來，累就不說了，還慢得很。後來趙彩鳳請了羅掌櫃將每一疋面料剪下半尺來長，做成四四方方的面料色卡，縫在了一起，隨身帶在身邊，如此便隨時隨地都能讓客人們選上布料了。

程蘭芝翻了一下這面料色樣，趙彩鳳將她看中的面料色號記錄了下來，然後再讓羅掌櫃搬了整疋的過來讓她選，果然看上的全部都選上了。

窗外傳來鋸子鋸木頭的聲音，咯吱咯吱的，聽著倒不覺得喧鬧，只覺得有一股安心和平和在裡頭。趙彩鳳走到窗邊，看見錢木匠低著頭鋸木頭，偶爾抬起頭往這邊看上一眼，正好能看見程蘭芝低頭選料子的身影。

趙彩鳳將那窗戶給微微合上了點。

程蘭芝又選了好幾疋面料後，開口對程夫人道：「母親，我們選幾疋料子給大嫂吧，自從誠國公府抄家後，大嫂子終日以淚洗面，我瞧著也心疼了。」

程夫人點了點頭道：「妳說了算吧。我早些年就告誡過她，她娘家人做事太過了，總有遭報應的一天，如今可不就真的應驗了嗎？榮極則衰，這句話總是有它的道理。」

趙彩鳳又為兩人換了一盞茶，見她們挑得差不多了，便請了羅掌櫃把帳務算好了，遞給程夫人過目。

程夫人看了一眼便開口道：「那幾疋好的料子送到我府上，其他給丫鬟、下人們做衣服的料子直接送到紅線繡坊。還有，明年春天的衣服也要早些準備了，聽說這一仗打不長，若是蕭老三年前能回來，只怕明年春天，也該妳辦喜事了。」

程蘭芝聽了這話，頓時面紅耳赤了起來，往趙彩鳳那邊看了一眼，見她臉上也帶著幾分笑。

趙彩鳳開口道：「蕭三公子一表人才，和程姑娘真是天作之合呢！」

程夫人聽了這話，也高興地道：「他們一小玩到大的，小時候只覺得那孩子太皮實了，我還捨不得把閨女給他呢，可我這冷眼挑了一圈，如今居然還真沒幾個比得上他的，只能說這男大也是十八變啊！」

程蘭芝越發就紅了臉，拉著程夫人的袖子道：「娘，這話妳怎麼能跟外人說呢！」

程夫人這下也給弄糊塗了，笑著道：「妳和宋夫人不是好朋友嗎？怎麼又成了外人？妳這孩子，這樣說話，宋夫人可要不高興的。」

趙彩鳳笑著道：「哪裡會不高興？以前程姑娘性格磊落，有幾分男兒氣概，如今要出閣了，倒是越發溫婉了，只怕蕭公子見了，也越發喜歡了呢！」

程蘭芝素來知道趙彩鳳說話厲害，被她這麼一說，也只有臉紅的分了，可她骨子裡畢竟還是鬆散習慣了，最近這樣的安生，無非就是因為知道蕭夫人喜歡這個類型的，好不容易才把性子練得沈靜了些，此時被趙彩鳳這麼一說，忍不住道：「妳才男兒氣概呢！我可是正兒八經的姑娘家！」

程夫人見程蘭芝果然憋的時間長了也會熬不住，笑著拉著她的手道：「妳這丫頭！我就知道妳這性子是安靜不下來的，可是憋壞了吧？」

程蘭芝聞言，也臉紅了起來，鬆開手，走到窗口邊上，笑著道：「早就憋壞了，只等著出來透透氣呢！」程蘭芝說著，「吱呀」一聲，把窗戶給推開了。

趙彩鳳立時就嚇了一跳，急忙走上前去，卻見天井裡頭靜悄悄的，滿地只有刨花和木屑漫漫地飛舞著，哪裡還有錢木匠的人影？她頓時鬆了一口氣，笑著上前，伸手拉上了窗戶道：「這幾日我請了木匠在天井裡頭做架子，怕驚擾了貴客，所以才把窗戶給關起來了。程小姐要是想透氣，八月十五的時候，戴上帷帽出來賞花燈好了。」

程蘭芝本就是一個好動之人，自然是想出門看燈的。

這一陣子程夫人確實也拘她拘得嚴，起先是府上不知道從哪裡傳了一些閒言碎語出來，程夫人一向雷霆手腕，便把那些奴才賣的賣、攆的攆，如今已是壓了下來。所幸在程蘭芝跟前服侍的都是自己信得過的人，那些個閒言碎語半點也沒傳到程蘭芝耳中。

原本是打算年前就把婚事給辦了，省得夜長夢多，可誰知道大雍和韃子這一仗還是沒熬過去，臨到這個時候了，還是打了起來。程夫人想到這裡，合掌默唸了一句「阿彌陀佛」，見程蘭芝一臉渴望的表情，便忍不住鬆口道：「中秋節就放妳一天假，不過我醜話可說在前頭，帶著妳的丫頭、婆子，一個都不能少，亥時之前回府，不然我就不讓妳出門。」

程蘭芝聞言，簡直是欣喜若狂，笑著謝過了趙彩鳳道：「還是妳說話管用！我求了母親好些日子，她都不准我出門，真真是把我給憋壞了！」

趙彩鳳也跟著笑了起來。「肯定是妳以前出門多了，闖了什麼禍事要讓夫人給妳收拾，所以夫人才怕了妳出門的吧？」

程夫人笑著點頭道：「這話說的在理，我就是怕妳出門闖禍！小時候妳不知害蕭老三挨了他爹多少鞭子，如今看來，是妳還他的時候了。」

程蘭芝聽了這話，又紅了臉，母女兩人略略坐了片刻，便起身告辭了。

趙彩鳳送了她們離開，回到茶房的時候，就又聽見窗外傳來了咯吱咯吱的刨木聲音。趙彩鳳倒了一杯熱茶，走到門外遞給了錢木匠道：「叔，程姑娘開春就要和蕭三公子成婚了，蕭三公子你也見過，是個有主見又有本事的男子漢。」

錢木匠聽趙彩鳳說出這一番話來，便知道她定然是知道程姑娘和自己的事情了，嘆了一口氣道：「如今這樣挺好的，也難為將軍夫婦想出這樣的辦法。她做了他們的女兒，總比做我的閨女光彩體面，而且還能嫁個好人家，我欣慰得很。」

趙彩鳳見錢木匠這麼深明大義，忍不住嘆了一口氣道：「她有你這樣的父親，也是她的福氣。」

一轉眼又是幾個月過去，綢緞莊的生意越發的蒸蒸日上起來，趙彩鳳盤了一下這幾個月賺的銀子，笑得合不攏嘴。楊氏已經七個多月了，肚子也大得很，趙彩鳳讓她在家裡歇著，楊老頭的麵鋪都不讓她過去了。楊氏閒不下來，一邊做著小孩衣服，一邊張羅起了家裡人的冬衣。

這日正好是臘八，玉山書院也放了年假，趙彩鳳瞧著時間差不多了，就在巷口等著劉家的馬車，瞧著那馬車過了巷口，便忍不住伸手往那邊招了招。

外頭正下著小雪，宋明軒從馬車裡探出頭來，看見趙彩鳳穿著一件素色的大氅衝著自己招手，差點兒就從馬車上一頭栽下去。

趕車的師傅拉住了他，笑著道：「宋公子這著急啥呢？宋夫人就在門口等著呢，也不差這一會兒啊！」

坐在裡頭的劉八順便笑著道：「你懂個啥？你天天在家老婆孩子熱炕頭的，哪裡知道我們這些在書院的讀書人的辛苦。」

宋明軒聽了這話，忍不住臉紅了起來，低著頭道：「這大冷天的，也不知道她在外面等了多久？瞧她身上都沾了一層雪花了。」宋明軒的話才說完，馬車也已經到了趙彩鳳的跟前。

趙彩鳳上前迎了宋明軒下來。

劉八順探出頭來把宋明軒的行李給遞了出來，笑著道：「嫂子，妳可千萬別告訴宋兄妳是從什麼時候開始等著的，不然宋兄又要心疼了！」

趙彩鳳拍了拍身上的雪珠子，笑著道：「我估摸著時辰快到了，這才出來的。快進去吧，家裡人都等著你呢！」

去年臘八是在八寶樓吃的團圓飯，那時候雖然許氏和陳阿婆沒在，可到底人還活著，今年許氏沒了，但陳阿婆總算是跟大家夥兒在一起了。

大廳裡放了左右兩張八仙桌，趙彩鳳說了在家不用守規矩，既然是吃團圓飯，自然是一家人都坐在一起的好，所以錢木匠就多打了一張八仙桌出來，一席男人坐、一席女人坐，正好各自都舒坦。

楊氏見宋明軒回來，瞧著這次倒是未見清瘦，也關切地道：「看來這書院的伙食似乎也比往年更好了些。」

宋明軒便笑著道：「倒也不是，韓夫子最近總留了我在身邊，所以下頭備膳的時候，便按著夫子的膳食給我準備，一來二去的，還真是吃胖了不少。」

趙彩鳳聽了，拿冷手貼在了宋明軒的臉頰上，笑著道：「我摸摸，到底是不是胖了？」

宋明軒便任由她的冷手貼在自己臉頰上，又伸手把她的手暖在掌心裡頭，心疼道：「快坐在這暖爐邊上。」

楊老頭親自掌勺，做了一桌子的菜，又請了小順子來幫廚，兩席酒菜擺出來，倒是一點兒也不輸人家外頭的館子。

眾人都坐下吃了起來，趙彩鳳見大家都興致盎然的樣子，便開口道：「姥姥、姥爺，我有件事情想和你們商量商量。」

楊老頭知道趙彩鳳素來是個有主見的人，聽她這麼說，便開口道：「妳有什麼話就直說吧，跟我們沒必要藏著掖著。」

趙彩鳳便笑著道：「是這樣的，我瞧著你們兩老如今年紀也大了，這店裡頭生意也忙，怕你們辛苦，所以我便想著等開了年，再請一男一女兩個夥計，男的頂了小順子現在的活兒、女的專門打雜洗碗，至於拉麵，就讓小順子拉好了，姥爺也可以休息休息。過了年我娘也要生了，我原本想請個婆子照顧她的，可想來想去，還是姥姥來照顧我娘，我更放心些。」

陳阿婆聽了，開口道：「妳這丫頭，跟我見外了不？妳娘坐月子，我服侍她。」

趙彩鳳連忙道：「阿婆妳腿腳不方便，照顧產婦可不方便。我娘這麼大年紀了，這一胎也不容易，只怕恢復起來還要慢一些。」

趙彩鳳陪著楊氏去寶育堂看了幾回，原本也想著去寶育堂訂個床位，在那邊生還保險些，可是楊氏卻死活不肯，非說在家裡頭好，趙彩鳳拗不過她，也只好隨了她，請了附近也算是有經驗的穩婆，到時候來家裡頭接生。

楊老太聽了這話，也連連點頭道：「彩鳳這話說得很對，以前是我們的不是，以為嫁出去的女兒潑出去的水，指望不上，可如今要不是有二姊兒、有彩鳳，我和老頭子兩個人只怕屍骨都已經化成灰了。」

楊氏聽了這話，很不好意思，低頭道：「我也是指望著彩鳳過日子的，萬萬沒想到她這樣的能幹，這日子也越過越好了。」

趙彩鳳紅著臉道：「你們別誇我，要誇就誇相公，因為他聰明，所以我也跟著聰明了幾分。」趙彩鳳說完，扯著宋明軒的袖子，靠到他肩頭蹭了蹭，湊到他耳邊小聲地道：「相公，我都想死你了，房裡已經燒了暖暖的火爐了。」

宋明軒聽趙彩鳳這說，頓時滿身的寒氣都散去了七、八分，覺得嗓子眼熱熱的，一時間也不知道說什麼好，心裡頭卻是多了個念想，伸手摟了一把趙彩鳳的腰，這才鬆開了，陪著錢木匠和楊老頭喝起了酒。

幾個男人湊在一起，便聊起了國家大事，楊老頭麵鋪裡頭客人人來人往的，自然也聽到不少的事，開口道：「我聽說這一仗打得很是艱辛，眼下正是冬天，那些韃子個個都是不怕冷的，可我們大雍的將士卻沒這麼好的身板，據說很多人都染了風寒，朝廷連太醫都派了幾波過去了。」

宋明軒跟著道：「正是這樣。前幾日還聽劉公子說，杜太醫今年只怕不在京城過年了，我問他怎麼回事，他才告訴了我實情，說是皇帝派了杜太醫到邊關去，這幾日就要動身了。」

錢木匠一味地聽他們說著，自己卻是一句話也沒說。

楊老頭又開口道：「聽說已經打到了燕子谷了，當年程老將軍在那邊就險些吃了大虧，後來好不容易反敗為勝，這次也不知道大雍的軍隊能不能一舉拿下燕子谷——」

楊老頭的話還沒說完，錢木匠手裡的酒杯卻啰嚓一聲碎成了片，他那滿是老繭的手指雖然並未被酒杯的碎片劃破，卻也把楊氏嚇了一跳。

楊氏急忙拿了帕子替他擦了擦手，小聲道：「這酒杯也太輕薄了些，怎麼這樣就壞了呢！」

趙彩鳳把錢木匠的一舉一動都看在了眼裡，低下頭撥著碗底的菜，想了想，終究有些不放心，拉著宋明軒的手，小聲問道：「你有沒有聽說他們什麼時候回京？上回我聽程夫人說，若是年前蕭將軍能回京，就要把蕭公子和程姑娘的婚事給辦了呢！」

宋明軒在書院讀書，裡頭有好些侯門官家的子弟，這些事情自然是知道一些的，便壓低了聲音道：「我瞧著還有一陣子呢，我們大雍跟韃子打了幾十年的仗，哪次不打個一年半載的不干休？」

一家人吃過了團圓飯後，楊氏和趙彩鳳一起到灶房裡頭洗碗。外面又下起了小雪，錢木匠送了楊老頭夫婦往廣濟路去，楊氏身為孕婦，心思也尤其敏感，一邊洗碗一邊小聲道：

「我瞧著妳叔今兒似乎有些心事，妳瞧出來了沒有？」

趙彩鳳見楊氏起了疑心，笑著道：「我怎麼就沒瞧出來？娘妳是月分快到了，心裡頭擔心吧？叔如今要媳婦有媳婦、要娃兒有娃兒的，他還能有什麼心事呢？」

楊氏聽了這話，臉上才多了一些笑，開口道：「要過年了，今年妳叔沒回趙家村去，也沒去山裡頭打野味，我存了一些銀子，想著讓他年前給他娘送過去，妳看看還要添些什麼東西？」

趙彩鳳知道楊氏素來賢慧，聽了這話便開口道：「娘啊，這件事情妳還是別提了。叔是個明白人，如今妳肚子裡還懷著孩子呢，等孩子出生了，花銷是少不了的，哪裡有不存銀子的道理？更沒有存了銀子給別人家花的道理啊！」

楊氏聞言，嘆了一口氣，想了想，道：「畢竟是妳叔的親娘和親兄弟，我如今手上也有些銀子，給他們一些也無妨的，總要讓妳叔心裡頭好過些才行。」

楊氏手裡的銀子，也是這幾個月錢木匠賺的。錢木匠為人老實，活計又好，這邊討飯街上有幾個人都願意跟著他幹。這下半年接了幾宗大生意，幫大戶人家裝修房子，得了不少的銀子，前些日子分了一下，大家夥兒都有銀子過年，還說等開了年，還要跟著錢木匠幹呢！

趙彩鳳自己手上如今也有了銀子，便開始物色起了房子，等楊氏這一胎生了，楊老太要過來照顧楊氏，那討飯街上這一個小院肯定是住不下的。年前這時節，好多人家退了房子回老家，光是廣濟路那邊就有三、四套二進的院子，趙彩鳳已經約了房東看房子了。這要是把房子給租下來，那樣的房子，光租金一個月就要十兩銀子，委實是一筆不小的開銷了。

不過即便這樣，趙彩鳳也不想花楊氏和錢木匠的銀子。楊氏一個人拉扯四個孩子長大已然不容易了，錢木匠又是難得的好人，這家裡多了他，好些事情都方便了許多。

「叔掙這些銀子不容易，娘還是留著自己傍身吧，以後孩子出世了，花錢的地方還多著呢，何必便宜了別人？」

趙彩鳳這番話讓楊氏也沒話說了，又嘆了一口氣道：「妳這話也是個道理，妳叔掙錢確實不容易，也不必熱臉貼他們的冷屁股。橫豎這事，他不提，我也不提，當不知道罷了。」

趙彩鳳聞言，笑著道：「妳能這麼想就對了！娘啊，我只跟妳說一句話，弟弟、妹妹們還有我呢，妳也還年輕，能跟錢大叔過自己的日子！老想著那些糟心的事情，這日子就沒法兒過了。」

楊氏被趙彩鳳這句話感動得不曉得該說什麼好，她從來不知道自己的閨女會對她說出這樣的話來，紅了眼睛，伸手理了理趙彩鳳的鬢角，疼惜地道：「彩鳳，娘這輩子，算是生對了妳了……」

趙彩鳳心下兀自嘆息：誰讓我借了妳閨女的軀殼呢，這輩子也只能安安心心地當妳的閨女了。

洗好了碗，楊氏便張羅著幾個孩子先洗洗睡了，又等了錢木匠回來，兩人打了水回房洗漱去了。

趙彩鳳瞧著沒有人再用灶房了，便燒了兩鍋熱水，喊宋明軒過來提水。雖說玉山書院也有澡堂子，但進去裡頭洗一個澡卻不便宜，需要五十文錢，宋明軒平日節儉慣了，也只十天半個月才去洗一回，這次因為要回家，所以又拖了幾天沒去，省下那五十文錢來。

趙彩鳳早就聽說了宋明軒這省錢的本事，便特意在房裡安置了兩個燒得旺旺的炭盆，把浴桶放在裡頭，囑咐他吃完了晚飯、休息一會兒就來灶房提水。宋明軒和趙彩鳳各自提了幾桶水進房間後，趙彩鳳又把灶上的水燒熱了，又打了兩桶的熱水，拎到自己的房裡。

房間裡被熱水熏得滿是霧氣，宋明軒穿著白色的中衣，連忙接了趙彩鳳進來，見她額頭上都累出了汗來，心疼地道：「這水已經夠了，不用再燒了。」

趙彩鳳伸手摸了一把木桶裡頭的熱水，見那水燙燙的，才笑著道：「燒了讓你多泡一會兒，要是水涼了就再加一點進去。」

宋明軒抱著趙彩鳳靠到門上，低下頭在她髮絲上聞了半天，笑著問道：「香香的，這是什麼味道？」

趙彩鳳感覺到宋明軒擠在她下身的慾望，笑著道：「是桂花油的味道，喜兒說用這個抹頭髮好。」趙彩鳳原本是很不喜歡在頭上塗這些亂七八糟東西的，可古代人頭髮長，剛洗完的時候太滑了不好固定，她也只能從善如流地用了起來。幸好她買的這個味道清淡，稍微抹一些在頭上，淡淡的香氣，自己也還能習慣。

宋明軒便閉上了眼睛，低頭順著趙彩鳳的額頭親了下去。

趙彩鳳踮著腳跟回應著宋明軒，伸手抱住他的後背……

那頭房裡打得火熱，可楊氏和錢木匠的房裡倒是有些冷清了。

錢木匠一晚上都沒說幾句話，讓楊氏覺得有些奇怪，她以為是年關快到了，錢木匠想著給家裡送銀子卻不知如何向她開口，所以才這樣的，便笑著先開口道：「當家的，這眼看著就是年關了，你說說，今年給你娘和你大哥送些什麼過去？我瞧著今年江南的細米不錯，不如買一些送過去吧？」

錢木匠先是沒接話，過了片刻才伸手把楊氏摟入了懷中，嘆了一口氣後繼續道：「誠國公府敗了，壓在我心上十幾年的事情也終於得以放下，但是如今還有一件事情我卻是放心不下。」錢木匠說著，低頭看著楊氏，視線從楊氏的臉上一直落到了她隆起的小腹上，終究還是擰著眉，說不出口。

楊氏瞧見錢木匠這表情，便知道肯定有什麼大事，拉著他的手問道：「你有什麼事情，還不能跟我說嗎？」

錢木匠想了半晌後，毅然開口道：「我要去一趟北邊。那燕子谷地形複雜，韃子又素來狡猾，那條路我以前當兵打仗時走過，可當年跟著我出來的人已經沒幾個了，我不能讓蕭將軍和蕭公子都折在那裡頭。」

楊氏一開始沒聽明白，她素來不關心國家大事，對北邊打仗也沒多少概念，直到聽見錢木匠說起蕭將軍和蕭公子，才曉得他在說什麼，忙開口道：「當家的，當兵打仗和你有什麼關係？他們那麼多人要是都折在裡面了，難道你去了就能不折在裡面嗎？」楊氏話才說完，已經忍不住落下了淚來。「你這一去也不知道要多少時日，我已經七個月了……那年趙老大去的時候，我懷著彩蝶，我不想……我不想一個人把孩子生下來……」

錢木匠本就覺得虧欠楊氏，聽她這麼說，也是眉峰一皺，一時間說不出話來。可是一想到若是蕭一鳴回不來，程蘭芝必定會傷心欲絕，他不能不管自己的閨女，自然就不能不管自己的女婿。

錢木匠將楊氏摟得緊緊的，小聲安撫道：「妳別怕，那裡的路我熟，我去只是給他們帶個路而已。那些韃子不知道有這條路，只要我們過去了，這仗就好打了。」

楊氏緊抱著錢木匠的腰，搖頭哭道：「不要！當初趙老大也是說去給人帶路，結果……就再沒回來過！我不要你去給人帶路，那些人死了還是活了都不打緊，我只要你好好地活著！」

錢木匠輕撫在楊氏背上的手緩緩停了下來，低低地開口道：「妳不是老想著問我以前的那個孩子嗎？我現如今就告訴妳，只是這事情，妳再不能對外人說起。」

楊氏愣怔了片刻，抬起頭聽著錢木匠把程蘭芝的事情一五一十地說了，這才恍然大悟，看著錢木匠道：「所以，你打算去前線看著蕭公子，好讓他安然無恙地回來，是不是？」楊氏問完這句話，淚又忍不住落了下來，趴在錢木匠的胸口道：「話都說到這分上了，我如何攔得住你？若是蕭公子真的回不來了，只怕你這輩子又要揹上感情債……罷了，你走吧。」

錢木匠心下一熱，覺得許久不曾疼痛的心口驀然痛了一下，對於楊氏的情感似乎也比從前更深了幾分。他握住了楊氏並不柔滑的手，柔聲安撫道：「妳等著，我一定趕在我們的娃兒出世之前回來！」

第四十六章

隔日，錢木匠便說要出一次遠門。這大過年的，家家戶戶都往家裡頭趕，這時候還得要出遠門辦的事情，必定不是小事情。趁著孩子們和陳阿婆都睡了，錢木匠才喊了趙彩鳳和宋明軒過來，把自己要去邊關的事情說了一番。

雖然錢木匠只說是要去邊關帶路，但趙彩鳳心下卻也明白錢木匠的意思。宋明軒自然也知道這其中的凶險，戰場上刀劍無眼，一不小心就要搭上性命，錢木匠這般不放心也是人之常情，可他如今已不是兵將，如何能隨隨便便地混入軍營呢？

宋明軒想了想後，開口道：「叔，聽說杜太醫這幾日也要帶著藥材去前線為將士們治病，叔不如再等兩日，我去尋了劉兄弟，問一下杜太醫那邊是否方便和叔一起走，這樣路上也好有個照應。」

錢木匠也知道他如今的身分，想要混入軍營確實不易，但一個人在邊關，若是遇上韃子，也確實有些危險，因此聽宋明軒這麼說，便也點頭應了，又道：「我會一些拳腳功夫，在杜太醫的身邊，興許還能有些用處。」

趙彩鳳見楊氏一臉擔憂，也知道楊氏必定是不忍心錢木匠走，可錢木匠的性子，說起來他們幾個也是捉摸不透。像他這樣的人，十幾年都一個人過來，心思又埋得深沈，決定了的事情必定是九頭牛也拉不回來的。趙彩鳳瞧著錢木匠憨厚卻帶著幾分執拗的神色，開口道：「叔，早去早回，娘還在家裡等著你呢。」

楊氏聽了這句話，一下子就忍不住又傷心了起來，靠在趙彩鳳的懷中哭了，想了想又覺得不好，擦了擦眼淚道：「我、我沒事，只是有些擔心罷了。如今你若是能和杜太醫他們一起走，我也放心多了。」

宋明軒當日就去了一趟劉家，劉家也正在為杜太醫要去邊關的事情犯愁，聽說宋明軒的岳父會拳腳功夫，又是以前的老兵，熟悉邊關的地形，急忙就派人去杜家傳了消息。宋明軒在劉家等了一會兒，便得了杜家的消息，說是明天杜太醫就要啟程，讓錢木匠明天早上辰時帶著行李到杜家門口等著。

宋明軒辦完了這些事情，心下也鬆了一口氣，在菜市口打了兩斤酒、買了一些肉回去，打算為錢木匠踐行。

大廳裡頭燃著暖爐，桌上放著幾樣下酒小菜，錢木匠坐在那邊，眉目微擰。如果沒有十幾年前淫奔的事情，他這會兒興許已經成了名動天下的將軍；也可能早已經馬革裹屍，成了韃子的刀下亡魂。可現實就是這樣讓人意想不到，他沒有成為將軍，也沒有死去，而是隱姓埋名地成了一個木匠。

錢木匠將杯中的暖酒一飲而盡，笑著道：「明軒，其實從文從武都是一樣的，為的都是建功立業、光宗耀祖，我這輩子算是過去了，你卻才剛剛開始。」

宋明軒也笑道：「其實我覺得叔這樣，未嘗就不是一個好的結局，倘若沒有那些過往，叔如何能遇上我岳母，又如何有如今這樣安逸的生活？我那些書院裡頭讀了無數聖賢書的同窗，也說這世上千萬風情，都不及一句話。」

錢木匠放下酒杯，好奇地問道：「什麼話？」

宋明軒抿了一口酒，見趙彩鳳和楊氏都不在，這才小心翼翼地開口道：「老婆孩子熱炕頭啊！」

錢木匠聽了，放聲大笑了起來，揶揄道：「房裡的炭盆夠不夠？不夠的話，晚上把客堂裡的也搬進去！這大冷的天，你房裡也沒個暖炕，要是病了可就不值當了。」

宋明軒原本就面皮薄，錢木匠卻還說得這般直白，頓時就脹紅了臉頰，忙幫錢木匠又滿上了酒，道：「叔，喝酒、喝酒！再喝一杯！」

錢木匠笑著飲下了一杯酒，兩人又有說有笑地聊了起來。

經了昨晚一夜激情，今晚宋明軒也安生了。

趙彩鳳摟著宋明軒的腰，靠在他的胸口，一隻手摸索著宋明軒的掌心，抬起頭在他下頷處輕輕蹭了幾下，想了想，開口道：「我這幾天在廣濟路那邊看了一個院子，一年的租金是一百二十兩，雖然有些貴，可房子是兩進的，足足有十幾間房，這樣可以讓姥姥和姥爺也一起住過來。鋪子那邊畢竟小，以後請的人多了，也就住不下了。」

宋明軒這幾個月都在書院，對家裡的瑣事是一無所知，聽趙彩鳳說起那房租就要一百二十兩，嚇得後背冷汗都要出來了，放在一年前，一百二十兩對於他們家來說實在是一筆鉅款啊！

「如今這房子的房租一個月才二兩銀子，一下子翻了五倍，這開銷似乎有些大了。」宋明軒如今雖然是舉人，卻沒有什麼進項，這麼大的開支讓趙彩鳳一個人扛著，確實有點累。

趙彩鳳略略舒了一口氣道：「綢緞莊這半年賺了有六、七百兩銀子了，明年若是生意再好一些，大抵能賺上一、二千兩，一百二十兩的房租，我還是付得起的，我還想著明年能不能再買上一間鋪子呢。」

宋明軒雖然不清楚這些，可也聽劉八順提起過，現如今京城有好多丫鬟、僕婦的衣服設計，都出自趙彩鳳開的綢緞莊，想來也應該是生意很好的。

宋明軒笑著道：「妳賺銀子歸賺銀子，身子也要保養好。我不能在家時時看著妳，上回回來的時候看見妳病成那個樣子，我的心都揪起來了。」宋明軒說到這裡，臉上還帶著一絲心疼的表情，又收緊了臂膀，恨不得能將趙彩鳳鑲入自己的懷中一般。

趙彩鳳一整個人都趴在他的身上，笑著道：「我知道的，如今杜太醫的藥也一直吃著呢，從來都不敢斷半天。阿婆每日裡除了帶彩蝶，就是張羅我喝藥，我身上肉都長出來了呢！」

宋明軒聞言，臉上便多了幾分笑意，故意伸手在趙彩鳳的胸口掐了一把道：「這裡的肉確實多了些許。」

趙彩鳳見他沒個正經，一把推開了他，打了個哈欠道：「快睡吧，明兒還要早起送錢大叔呢！我給他準備了一包碎銀子，你明天記得拿給他。你們是男人，都有大主意，我和我娘是勸不動他的，我明兒在家裡陪著娘，你去送送他。」

宋明軒見趙彩鳳這麼說，也笑著道：「有些事情，外人也確實不好勸，只盼著這仗能早些打完，天下太平了才好呢！」

第二天一早，宋明軒便早起送了錢木匠上路。

外頭下著鵝毛大雪，趙彩鳳勸說外頭地滑，愣是沒讓楊氏送出門，楊氏在家門口看著錢木匠揹著行囊遠去，忍不住又哭了一場。

趙彩鳳一時也不知道該怎麼勸說，倒是陳阿婆上前勸慰了。

「彩鳳她娘，妳也別難過了，男人就該做些男人的事情。錢木匠是個穩重的人，妳安安心心地在家養著，等他回來了讓他開心地抱兒子才是正事！」

楊氏聽了這話，面上有些羞澀，破涕為笑道：「阿婆，我曉得，只是這心裡頭有些不放心罷了……」

這邊話還沒說完呢，就聽見外頭傳來敲門的聲音，楊氏一心盼著是錢木匠又回來了，擦了眼淚就走過去開門，卻見是伍大娘笑著站在門外。

瞧見她們三個都在門口，伍大娘笑著道：「喲，這一大早的，怎麼都在門口呢？」

楊氏忙請了伍大娘屋裡坐，趙彩鳳去灶房沏了一杯熱茶來，送給伍大娘暖手。

伍大娘便笑著道：「妳讓我打聽的房子，我已經打聽好了，兩進院子，正房有九間，前後還有幾間倒座房、後罩房，房東不是本地人，這幾年都是在我這邊託管著租出去的，年前那租戶正好要退了房子，我派人去問了一聲，說是年後不一定過來，這房子正好就空出來了。他們家臘月十五搬走，到時候我請了人去打掃個一天，年前你們就可以搬進去住了。」

趙彩鳳就知道伍大娘辦事穩妥，笑著道：「那敢情好，這事就麻煩大娘了，這樣一來，我們就可以在新房子裡頭過年了，也寬敞許多。」

「那是自然的，二進的院子呢，要是出銀子買，少說也要上千兩。如今你們先住著，等以後手上寬裕了，再換大的。」伍大娘也笑著道。

楊氏和陳阿婆都不知道要換房子這件事情，聽趙彩鳳和伍大娘說得真真的，忍不住開口問道：「這住得好端端的，換什麼房子呀？」

趙彩鳳便笑著道：「翻年我娘就要生了，到時候姥姥要住過來服侍我娘坐月子，這房子就有些不夠用了，眼下還有些盈餘，換一間房子也是應該的。」趙彩鳳知道這理由還不足以說服兩人，便又接著道：「況且，如今相公也是舉人了，總不好一直住在這裡，他那些個同窗，少不得有眉高眼低的，若是因為他家境不好就瞧不起他，可就沒臉了。」

果然這話一說，原先還有些捨不得銀子的楊氏和陳阿婆便都閉上了嘴，連連點頭說是。

臘月十八，正是年前最後一個黃道吉日，宜搬遷、入宅、動土、開業。

趙彩鳳早幾日就把家裡頭的雜物該打包的打包、該扔的扔了，如今剩下一些隨身穿的衣物，只等搬家請的車來了，便打了包裹送上去。趙彩鳳一邊翻著櫃子，一邊把衣物給疊好放起來，忽然間，有一樣東西從衣服的縫隙中掉落出來，正好落在了桌子的中央。

宋明軒正在一旁整理書本，冷不丁聽見聲音就回過頭來，看見那藍色錦緞面料的錦盒正躺在桌面上。這東西是去年臘八回家時買給趙彩鳳的，後來瑣事繁多，他竟然把這東西給忘得一乾二淨了！宋明軒看了一眼趙彩鳳頭上梳著的圓形髮髻，上面簪了一朵時下流行的嫩黃色絹花，看著秀氣大方，除了這個就別無飾物了，究竟還是素淨得很。

眼下兩人還守著孝，自然是要素淨些的，但那支簪子是銀簪，掐成了梅花紋樣，眼下正值寒冬，戴在上頭必定好看。宋明軒便走過去，未等趙彩鳳把錦盒拿起來，先行一步就拿起了錦盒，將裡頭的簪子給取了出來，從身後抱著趙彩鳳，將那銀簪插入了趙彩鳳的髮髻裡頭。

趙彩鳳也忘了有這回事了，見宋明軒的動作這才想了起來，道：「這是去年你給我買的吧？」

宋明軒替趙彩鳳戴好了，扳過她的身子看了一眼，瞇著眼睛笑道：「我就覺得這支簪子配妳，果真好看得很。」

趙彩鳳這時候也沒看見那簪子的模樣，伸手摸了摸，臉頰上透出一絲紅暈來，推開宋明軒，走到書桌前頭，拿了小銅鏡抬起手來照了一眼，頓時就被頭上的這根簪子給驚住了，喃喃道：「竟然會是這一根……」

「怎麼了，妳不喜歡嗎？」宋明軒見趙彩鳳的表情有些奇怪，便小心翼翼地問了一句。這禮物隔了一年多才送出手，委實缺了一些誠意。

趙彩鳳心下早已經樂得冒泡了，可面上卻還努力保持著淡淡的表情，裝作不滿意地道：「我還以為是什麼好東西呢，藏了一年也沒拿出來，早知道就應該把這個拿去當了，還能換幾兩銀子。」

宋明軒一聽，果然就著急了，皺著臉道：「我……我這個不值錢的，當了也換不來幾個銅板的！」

趙彩鳳見宋明軒那一臉著急的表情，忍不住噗哧地笑了出來，轉身摟上了他的脖頸道：「小樣！你送我的東西，便是一文錢都不值，我也捨不得丟掉的。」趙彩鳳的手指順著宋明軒的臉頰緩緩地往下滑，覺得宋明軒比起以前來更俊逸文秀了。這半年多來書院的生活，把宋明軒原本骨子裡的溫文爾雅全都激發了出來，趙彩鳳感覺只是往他的身上靠一下，就能不自覺給染上了他的那幾分書卷氣息。

趙彩鳳摟著宋明軒捨不得鬆手，心中忽然有一種「吾家有子初長成」的感慨，抱著他的脖子咬了一口，直到宋明軒的脖頸上多了一顆小紅莓，這才干休。

宋明軒任由趙彩鳳這樣抱著自己，只覺得從未有過這樣的安心。經歷了考場失利、喪母這些事情之後，宋明軒對趙彩鳳是越發地依賴了，也有一種得妻若此、夫復何求的感慨。

兩人一邊整理東西，一邊膩歪，直到陳阿婆在外面招呼道——

「馬車在外面等著了，彩鳳、明軒，你們的東西整理好了沒有？」

「好了好了！」趙彩鳳笑著鬆開宋明軒，瞧著他脖頸處的紅斑，抿著嘴笑了起來，伸手把他的領子往上翻了翻，這才把包袱捆好了搬出去，又回頭道：「相公，你的書也都帶齊了沒有？可別落下什麼了！」

宋明軒還在原地愣著，不自覺地摸了摸自己的脖子，拿起一旁的銅鏡照了一下，頓時嚇得睜大了眼珠子，臉頰紅了一片，用力扯了扯領子，縮著脖子，抱著一摞的書往外頭走。

廣濟路是外來商戶們最喜歡住的地方，已經形成了一個小型的外來富裕人口聚集地。趙彩鳳從外來貧困人口聚集地搬到了外來富裕人口聚集地，只花了一年時間，這個奮鬥成果已經是非常不錯了。趙彩鳳一開始還以為，她要在討飯街的那個小院子裡住上個三年五載的呢！

房子大了，家務活也多了起來，所以趙彩鳳就把原來那戶人家請的兩個婆子留了下來，一個負責掃地洗衣，另一個負責做飯，兩人十天輪換一次，誰也吃不了虧。

馬車才到門口，兩人就在門口候著了，見了楊氏便一口一個「太太」的喊，又喊趙彩鳳「少奶奶」，喊陳阿婆「老太太」。陳阿婆連連說不敢當，她一個鄉下婆子，哪裡當得起老太太這個稱呼？

趙彩鳳便笑著道：「等以後相公中了進士、入了仕，少不得要當官老爺，到時候您可不就是老太太嗎？這會兒先習慣起來，也就不怕到時候不習慣了。」

陳阿婆笑著道：「這都是託了妳的福。」陳阿婆說到這裡，便想起了許氏，嘆了一口氣道：「可惜明軒他娘沒這個福氣，不然的話，現在過的這日子，我這輩子想都不敢想呢！」

趙彩鳳也嘆了口氣，這便帶著兩人進去了，左瞧瞧、右看看，越發覺得這處房子不錯。正房三間向南的大房間，一排三間，各有裡間、次間，倒是有些大戶人家正房的派頭；左右各有東西廂房，也是三間；正房後面有一排後罩房，共五間；前頭進門處有三間倒座房，還有正房左右兩間的耳房，都收拾得乾乾淨淨的。

趙彩鳳瞧著正房寬敞，便想著讓楊氏住在正房裡頭，楊氏卻死活不肯，說正房要留給趙彩鳳和宋明軒，自己帶著趙彩蝶和趙文、趙武在東廂房住下了。

陳阿婆也推說自己年紀大了要清靜，不想住在正院裡頭，要住在後面的後罩房裡，前頭的正房便留著讓楊老頭夫婦過來住。

趙彩鳳親自去後罩房那邊瞧過了，見以前也是老人家住的地方，裡頭暖炕裝飾都是新的，便也同意了。

兩個下人住在前頭的倒座房裡頭，正好靠著廚房，過一道垂花門就是正院，倒也清靜。

趙彩鳳他們初來乍到的，本就沒多少行李，忙了半日便也整理好了，看著床鋪上粗布的棉被，趙彩鳳嘆了一口氣，心道這提高整體生活水平，看來還是要一步一步來了。眼下這個時節，畢竟還是創業的初始階段，能有一個像樣的地方住，已經是不容易了。

收拾好了東西，趙彩鳳便喊了趙武去鋪子裡把楊老頭夫婦叫過來。如今大家在一條街上，出去不過就是幾步路的距離，到時候就算他們搬過來，也方便得很。

楊老太解了圍裙，楊老頭抽著煙桿，兩人一起跟著趙武去了趙彩鳳新找的院子。

到了門口，瞧著那門楣上掛著新寫的牌匾「宋宅」兩個字，笑著道：「原來竟是這一處！我之前也聽說他們要搬走，只是不知道原來彩鳳租了這一戶。」

兩人高高興興地進了門，兩個婆子又迎上來，喊了兩人老太太、老太爺，樂得楊老太高興得合不攏嘴，笑著道：「我也成老太太了這！」

楊老頭繞過門口的影壁，跟著進去，聽見楊老太這麼說，隨口道：「妳這是埋怨我沒能耐，沒讓妳過上好日子吧？」

楊老太嗔了楊老頭一眼，道：「臭老頭子，你再沒能耐，我也跟著你過一輩子了，如今臨到老了，你還說這種酸話出來膈應人啊？你沒能耐不打緊，彩鳳有能耐就好了，等以後明軒中了狀元，我也是狀元的姥姥了呢！」楊老太笑得得意，捋了捋頭上的白髮，跟著來帶路的婆子一起進去了。

正房的客廳裡頭，擺設一應俱全，長條案桌左右各擺著鐵力木的靠背官帽椅，左右兩邊也各自放著四張雕花靠背椅，除了沒什麼擺設之外，瞧著倒是有幾分大戶人家的氣派了。

楊氏這會子正坐在椅子上歇氣，她月分大了，稍微動一動就累了，再加上錢木匠走了，楊氏總放心不下，心裡難免有些惴惴不安，這幾日也是茶飯不思的。

楊老太知道錢木匠走後，過來勸過楊氏幾回，楊氏又不能把錢木匠去邊關的理由和盤托出，楊老太便埋怨了錢木匠幾句，楊氏又心疼錢木匠，也不讓楊老太再說了。

如今瞧著趙彩鳳搬了新家，楊氏臉上還是鬱鬱寡歡的模樣，楊老太便忍不住開口道：「二姊兒，妳就放寬心吧，身子和孩子重要。」

楊氏應了一聲，瞧見宋明軒從房裡出來，便開口問道：「明軒，給你叔捎的信，寄出去了嗎？」

宋明軒點頭道：「杜家每日都有送信出去，不過邊關畢竟在打仗，有的驛站可能不通暢，信有沒有收到也不知道，橫豎還要再等一陣子。我跟劉兄弟打過招呼了，只要杜太醫一有來信，就派人來通知我一聲。」

楊氏聞言，無奈地點了點頭，大過年的，又怕鬧得一家人心情不好，只好強顏歡笑了。

這一眨眼便到了年關，臘月二十八的時候，宋明軒陪著趙彩鳳去綢緞莊關了帳，將月錢和年終獎金一起發給了羅掌櫃後，兩個人便高高興興地往家裡去。

這時候，路邊的店面大多數已經關門了，只零星還開著幾家店。宋明軒便在一家文房店的門口停了下來，瞧著門口還壓著幾打的紅紙，便笑著道：「家裡的春聯還沒寫呢，差點把這事給忘了！」

趙彩鳳拍了拍腦門道：「可不是，我差點忘了這事！除了家裡，還有店裡的，我們索性多買一些回去，你慢慢寫，反正大年初一才貼春聯呢！」

宋明軒便跟著點了點頭，又道：「去年我還給討飯街的街坊們也寫了好多春聯，不如明兒我們回去看看，順便給他們送些春聯去？雖然不值什麼錢，但畢竟也是一份心意。」宋明軒是窮苦過來的人，在討飯街住了那麼長的時間，和那邊的街坊也有了感情，尤其是余奶奶和呂大娘一家，當初聽說趙彩鳳他們要搬走，又是替他們高興、又是忍不住抹著淚喊捨不得。

「好呀，我相公不忘本，我高興都來不及呢！咱們多買一些紅紙回去，我裁紙磨墨，你來寫。」

兩人說著，買了好大一疊的紅紙。

文房店的掌櫃今日本也是來關帳的，沒想到居然還有生意上門，笑哈哈的又多送了幾張紅紙給他們兩人。

宋明軒便一手抱著紅紙，一手摟著趙彩鳳往家裡走。

「你還記你在河橋鎮那家文房店被坑的事情嗎？那時候你真是蠢死了，人家坑你，你還那麼老實！」趙彩鳳抱著宋明軒的胳膊，臉上笑得燦爛。「後來還是我幫你把那些毛邊紙給騙了買到了，不然的話，你連寫字都沒地方寫，想想也真是可憐呢！」

趙彩鳳伸手捏了一把宋明軒的臉頰，越看就越喜歡，不管是以前蠢蠢的宋明軒，還是如今看著似乎變得聰明了點的宋明軒，她都喜歡得不得了。

宋明軒任由趙彩鳳在他臉上捏來捏去，雖然這路上行人的眼光讓他有些害羞，可還是抑制不住內心那滿得就要溢出來的甜蜜。

兩人才到家門口，就瞧見楊氏正挺著一個大肚子在門口等著。

見兩人回來，楊氏急忙上前幾步道：「明軒明軒，你錢大叔捎信來了，快進去給我唸唸！」

趙彩鳳瞧著楊氏那急快的步伐，哪裡像是一個快要臨盆的婦人？忙扶著她道：「娘啊，妳小心些，這外頭才下過雪，地上還沒乾呢！錢大叔的信都來了，妳還著急什麼呢？」

楊氏點頭應是，放慢了腳步和趙彩鳳他們一起進去。

牛皮紙的信封就放在客廳的茶几上，宋明軒放下了紅紙，上前拆開信看了一眼，也稍稍鬆了一口氣，開口道：「叔這次可立了大功了，原來韃子他們正打到燕子谷，那地方大雍的軍隊都不熟，後面是峽谷，前頭又是韃子的大軍，眼看著就要被圍住了，幸好叔趕到了那裡，帶著他們從一個山洞裡走，那山洞裡頭有一處暗河，淌過去就是峽谷的出口，以前從來沒有人知道。蕭將軍帶著軍隊從那邊走，上萬人馬忽然間就消失了，把韃子嚇了個半死，最後又給了韃子一個合圍，如今眼看著就要打勝仗啦！」

楊氏聽得雲裡霧裡，也弄不清是好還是不好，直到聽見宋明軒說是要打勝仗了，便高興道：「那你叔信上有沒有說什麼時候回來？」

宋明軒又看了一眼，搖了搖頭道：「這倒是沒提，不過既然仗快打完了，自然就會回來的，大約也過不了幾個月吧。」

楊氏聽了這話，略略嘆了一口氣，想著自己臨盆的日子大抵也就在二月裡，只怕錢木匠是沒法子趕回來了。楊氏之前生趙彩蝶就是一個人，其中的辛苦她比誰都清楚，如今這一胎又要獨自一人，難免有些傷心。

趙彩鳳見了，急忙安慰道：「娘啊，妳放心，有我和姥姥在身邊照顧妳，這一胎必定是平平安安的！」

楊氏見趙彩鳳這般懂事，心下也略略安慰了些，點了點頭道：「我倒不是怕，只是念著妳叔而已，他在外頭，我終究不放心的。」

趙彩鳳笑著道：「之前叔沒來信的時候，妳不放心也就算了，怎麼如今收到了信，妳還是不放心呢？我勸妳還是稍微寬寬心吧！」

楊氏被趙彩鳳說得也有些臊了，低頭笑著道：「罷了，大過年的，不提這些了。明兒是大年夜，我得去準備祭祖的東西了！」

卻說錢木匠到了邊關，雖是跟著杜太醫去的，可畢竟軍中軍紀嚴明，不可能讓身分不明之人混進來。錢木匠只得把之前在程將軍軍隊中的編號告知了蕭將軍。蕭將軍為人小心謹慎，雖然十幾年前確實記得程將軍的親兵裡頭有這麼一號人物，卻還是派了八百里加急，命人將錢木匠的事情告知了程老將軍。

程老將軍看著蕭將軍寄過來的畫像和書信，嚇得把程夫人請進了書房，負手嘆息道：「躲了十幾年，沒想到他這個時候出現了。」

程夫人見了那幅畫像，雖然與十幾年前那雄壯威武的後生有些差異，可也還是一眼就認了出來，激動道：「老爺，他這個時候出現，到底是為了什麼？他難道不知道蘭芝這就要嫁給蕭老三了嗎？我好不容易把幾個說閒話的老奴處置了，他偏又冒出來，這是做什麼？」

程老將軍的視線一直盯在蕭將軍寄來的信上，繼續道：「當年在燕子谷，他就是為了救我才受了重傷的。燕子谷一役，活著的人已經不多了，他大概是聽說蕭將軍他們打到了燕子谷所以才去的吧？畢竟蕭老三要是有什麼三長兩短，最傷心的人還是蘭芝。」

程夫人聞言，擦了擦眼淚，繼續道：「可這麼多年來他都沒出現過，萬一要是讓蘭芝知道了有他這個人，我怎麼解釋？最近家裡頭已經被我治得如一塊鐵板，蘭芝院裡的人也都是靠得住的，可我這心上就是放心不下，總覺得這事情沒那麼簡單。蕭夫人何等厲害，要是讓她知道了蘭芝的身世，這門親事怕也是成不了的。」

程老將軍聞言，也緊緊地蹙起了眉宇，嘆息道：「這種事情，瞞得了一時，瞞得了一輩子嗎？當年的那些事情，除了我們家裡人，錢浩的家人肯定也是知道的，妳以為把他們一家發賣了，他們就不會到處亂說了嗎？」

程夫人聞言，一屁股坐在了凳子上，嚶嚶地哭了起來。

外頭院子裡，幾個婆子正行色匆匆地往正院裡頭來，臉上帶著幾分驚駭的神色。

程夫人身邊的劉嬤嬤瞧見程姑娘院子裡的譚嬤嬤，急忙上前，壓低了聲音道：「妳快去姑娘的院子看著，別讓姑娘出來。外頭有個村婦帶著一個男娃來找夫人，說是姑娘的大伯娘，給姑娘拜年來了！」

譚嬤嬤聞言，大驚失色，嘀咕道：「我呸！拜什麼年？還沒過大年夜呢！怕是來找晦氣的吧，妳不趕緊把人給打走？」

「我哪裡敢打？萬一她再說出什麼混帳話來可怎麼辦？我讓她先在外頭偏廳裡等著，看太太發落呢！」

「阿彌陀佛，這都十幾年了，怎麼還有人找上門來？」譚嬤嬤合掌唸了一聲佛，兩人的腦袋幾乎就要湊到一起去了，忽然就聽見身後有一個清脆的聲音響起——

「嬤嬤在說什麼呢？我哪兒來的大伯娘？老爺不是老太太的獨子嗎？」

兩個婆子頓時被這聲音給嚇了一跳，兩人都變了臉色，還是譚嬤嬤老成些，笑著道：「姑娘怕是聽錯了吧？是太太娘家的親戚，姑娘不認得的。」

程蘭芝也是個聰明人，瞧著兩人的神色，分明是有事情瞞著自己。最近府上無緣無故打發了許多下人，程蘭芝雖然大門不出、二門不邁的，但些許的閒言碎語自然也是能聽見的，只是程將軍夫婦向來疼她，她自己若也這樣想，恐傷了兩人的心，所以只當是那些下人胡編亂造的，也不往心裡去，如今聽了這些話，倒是越發狐疑了起來。

「既然這樣，那劉嬤嬤趕緊去書房通知夫人吧，我也回房去了。」程蘭芝轉身回房，瞧見譚嬤嬤還愣著，便又回身道：「譚嬤嬤，廚房裡還燉著燕窩，妳幫我去催一催。」

譚嬤嬤見程蘭芝未尋根問柢，鬆了一口氣，應了一聲便往廚房去了。

等兩個婆子都走遠了，程蘭芝這才停下了腳步。外頭寒氣逼人，小花園裡面的梅花正開得香，程蘭芝攏著貂皮大氅，走到外院會客的偏廳，就瞧見一個鄉下打扮的婦人正抱著一個孩子坐在裡頭，身上穿著粗布衣裳，面前放著茶果的小碟子已經空了，裡頭落著一些糕點的碎屑。

程蘭芝從來沒見過這個人，自然不知道她是誰。

那人正跟懷裡的小孩說著什麼話，抬起頭瞧見程蘭芝，一雙眉毛頓時就挑了起來，站起來把孩子丟到了一旁，看著程蘭芝道：「哎喲，姑娘都這樣大了，真是和妳娘長得一模一樣呢！」

程蘭芝愣了片刻，眾人皆知道她長相是隨了父親，沒有隨母親。程將軍雖然是武將，但並非是五大三粗的類型，反倒是程夫人容貌一般，兩個兒子隨了她雖然算不上醜，但也算不上出眾，而兩位姑娘的長相，都是隨了程將軍的，比起程夫人更嬌美幾分。這是將軍府上人人都知道的事情，怎麼到了這婦人的口中，自己的長相卻是隨了母親呢？

錢老大媳婦見程蘭芝沒什麼反應，笑著道：「姑娘不認識我也是在理，妳從出生就沒見過我，我是妳——」

「住口！」

錢老大媳婦的話還沒說完，只聽見門後面程夫人一聲怒喝，兩個婆子便衝了進來，一把摀住了錢老大媳婦的嘴巴，將她拖拽著往外頭去。

程夫人怒不可遏地道：「我留你們家一條生路，妳若是不想活了，只管死去，還敢來我們府上撒野？給我拖出去！」

劉嬤嬤腦子還算清醒些，見程夫人大怒，忙勸慰道：「太太，她要是出門了還亂說，那可怎麼辦？不如先關起來，等熬了啞藥，毒啞了再放出去？」

程蘭芝聽見兩人的對話，嚇得往後退了一步。

程夫人這才想起程蘭芝還在，急忙吩咐劉嬤嬤道：「劉嬤嬤，送小姐回閨房，出閣之前，不准她離開半步！」

程蘭芝哪裡見過程夫人這樣生氣的樣子，頓時就嚇得哭了，又瞧見錢老大媳婦低吼扭動地撕扯著那兩個婆子。

一旁的男娃也嚇哭了，過來拽了程夫人的衣服道：「妳這個壞人、妳這個虎姑婆！放開我娘！」

程夫人往後退了兩步，一把摔開了錢寶，略略擦了擦手道：「劉嬤嬤，把這個孩子一併關起來，毒啞了！」

錢老大媳婦聞言，嚇得連連翻了兩個白眼，咬了按住自己嘴巴的那婆子一口，吐出口血水來，扯著嗓子喊道：「姑娘救我！我是妳的大伯娘，寶兒是妳的堂弟啊……」

程蘭芝聽了這話便止住了哭聲，撲通一下跪在了程夫人的面前道：「母親，有什麼天大的事情，非要把人毒啞了才行呢？妳就當為了死去的姊姊積點陰德，放了這孩子吧！」

程夫人聞言，低頭看了一眼跪在地上的程蘭芝，退後兩步，跌坐在椅子上，摀著嘴哭了起來。「我的兒啊！我的蘭芯，妳為什麼去得那麼早？嗚嗚嗚……」

當年的事情還歷歷在目，劉嬤嬤見程夫人哭得這樣傷心，也落下了淚來，讓那幾個婆子先把人給帶了下去，吩咐道：「把人關著，用破布把嘴堵上，若是有半句胡言亂語的，立刻毒啞了！」

程夫人哭聲漸止，見程蘭芝還在地上跪著，伸出手去招了她過來，摟在懷中道：「蘭芝啊，妳是我的閨女，我的親閨女！」

程蘭芝低頭擦了擦眼淚道：「母親，其實那些謠言我也聽到過，可我不信那些。我是母親的女兒，我一定是母親的女兒！」

程夫人忍痛點了點頭，安撫她道：「別人說什麼，妳都別往心裡去，妳只要記住，妳是我的女兒，這就好了。」

程蘭芝趴在程夫人的膝頭哭了起來，過了半晌才抬起頭，愣怔怔地看著程夫人，開口問道：「母親，大姊死了，那……大姊夫呢？也死了嗎？」

程夫人的心口猛然一痛，嘆了一口氣，擰眉道：「他沒有死，還活著。」

程蘭芝便又哭了起來，也不再問什麼了，可臉上滿是淚痕，讓劉嬤嬤看著都心疼了。

過了片刻，程蘭芝才止住了哭聲，站起來道：「我讓譚嬤嬤幫我去廚房看著燕窩了，這會兒沒準已經好了，我去送過來，給母親補身子。」她搖搖晃晃地走了兩步，臨到門口的時候，忽然就停下腳步，一頭栽倒在了地上。

程夫人嚇得魂不附體，急忙跑過去，抱著程蘭芝的身子痛哭。

蕭夫人自從定下了程家這門親事，便在程家買通了幾個眼線。倒不是蕭夫人信不過程家，只是程蘭芝以前太跳脫了，給蕭夫人的感覺就是不夠大家閨秀。蕭夫人雖然也是武將家的閨女，可她給自己找兒媳婦的標準卻遠比對自己的要求高得多，且蕭將軍又是大雍的一等驃騎將軍。雖說皇帝現在在削爵，可私下裡早已經商討了幾次，要給蕭將軍封侯呢！這次北邊的仗打完了，沒準蕭家就能步入公侯府第了。

有了這樣的榮耀，蕭夫人如何不想給蕭老三找一個天上有、地下無的媳婦呢？可冷眼挑了一圈，家世好的看不上蕭家，家世不好的蕭夫人也看不上，挑來揀去，也只有程將軍府上的四姑娘合一些眼緣，蕭夫人也就勉強同意了。可就在這節骨眼上，也不知道蕭夫人從哪兒打聽來的，說是以前程家大姑娘是跟人淫奔後死的，蕭夫人為了這事情，又是好一陣糾結，所以愣是拖了好幾個月，等她心裡那一口氣順了，才勉強接受了程姑娘，兩家互換了庚帖。

如今又鬧出這樣的傳言來，蕭夫人聽了兩、三句，那眉頭就皺成了一個川字，拉著身邊的孫嬤嬤道：「這程家也太不像話了，拿一個來路不明的孩子冒充大小姐，簡直欺人太甚！」

孫嬤嬤剛剛接到消息的時候也嚇了一跳，如今見蕭夫人果然震怒了，安撫道：「太太，眼下這件事情外人還不知道，程夫人也壓著呢！聽說還要把那婦人給毒啞了，也不知道是不是真的？這事情瞞了十幾年了，怎麼就這時候被人給揭了呢？」孫嬤嬤心裡也不明白。其實她私下裡倒是很喜歡程姑娘，蕭一鳴偶爾有些不著調，程姑娘嘴又厲害，兩人在一起雖說拌嘴的時候不少，可明眼人看在眼裡，那都是小打小鬧，要是成了夫妻，必定是床頭吵床尾和的，指不定有多和和美美的呢！孫嬤嬤是委實為蕭一鳴高興，這下好了，出了這樣的事情，這樁婚事不就要泡湯了嗎？

蕭夫人這會子滿心都是自己被人欺騙的鬱悶，恨不得即刻就把這門親事給退了，氣呼呼地拍著桌子道：「孫嬤嬤，妳馬上走一趟，把三少爺的庚帖要回來！」

孫嬤嬤瞧著蕭夫人這架勢是要來真的，急忙勸道：「太太可千萬別著急啊！眼下這事情還沒什麼人知道，太太要是貿然退親，那滿京城的人可都看著呢，到時候程家這事情怕是兜也兜不住了。太太要退親也要等老爺和少爺們回來了，眼下正是多事之秋，前頭的仗還不知道要打到什麼時候，指不定程家等不及三少爺回來，先就要想了法子退親了呢！」

「妳說的什麼話？我們老三這樣的人品，他們想巴結還來不及呢，怎麼可能先退親呢？這事必須得辦了，不然老爺又要念著和程家的交情，把老三的終生幸福都給搭進去了！妳快去辦，越快越好！」蕭夫人實在嚥不下這一口氣，恨不得馬上就能和程家撇清了關係。

孫嬤嬤又勸慰道：「太太先消消氣，老爺和少爺還在前線打仗呢，這事真的不急在一時。便是程家不退親，等老爺回來了，太太和老爺好好商量，這親事一樣能退掉。這會兒若是太太私下裡得罪了程家，老爺回來後不知情，肯定又要說是太太不賢慧了。」孫嬤嬤素來知道蕭夫人的行事，怕她又心急惹出禍事，只好苦口婆心地勸著。

蕭夫人別人都不怕，唯獨對蕭將軍那是又敬重、又害怕，一想起來自家相公回來後橫眉冷對的樣子，便忍不住打了一個寒顫，把退親的事情給稍微壓了壓，嘆了一口氣道：「妳說的也有道理，畢竟這不是什麼體面事，程家不要臉面，我們蕭家還要呢，這事情要是真的兜不住了，丟的可是兩家人的臉面。」

孫嬤嬤見蕭夫人一根筋總算回了過來，鬆了一口氣道：「太太能這麼想就對了，程家畢竟是世交，就算做不成親家，也沒必要多一個仇家，太太您說是不是？」

蕭夫人雖然依舊嚥不下這口氣，但畢竟還是被孫嬤嬤給勸住了，捶著桌子道：「怪不得程夫人這幾個月把程姑娘看得這樣緊，我還當是她們真心想要學規矩做大家閨秀了，原來卻是為了遮羞！幸好我留了個心眼，讓妳在程家買通了眼線，不然當真是要被他們給騙過去了。」

孫嬤嬤一時也覺得無話可勸了，便只站在一旁聽著蕭夫人嘮叨。

正這時候，外頭忽然傳來丫鬟扯著嗓子的叫喚聲——

「不得了了！老爺前線有急報，說是三少爺受傷了！」

蕭夫人方才還醞著一腔怒火呢，這時候忽然聽見這一句話，嚇得手都顫抖了起來，連忙道：「信呢？快拿來我看！到底怎麼了？」

說話間，丫鬟已經挽了簾子進門，急忙將手上的信交給了蕭夫人。

蕭夫人慌忙打開來掃了一眼，這才微微鬆了口氣，道：「妳這丫鬟，差點把人給嚇死了！」

原來信上寫的內容是這樣的：有一名將士為了救蕭一鳴而身受重傷，但是邊關藥材緊缺，杜太醫說若是要保命，需要馬上送回京城，所以蕭將軍這才快馬加鞭地送信回來，讓蕭夫人備好了院落，供蕭一鳴的救命恩人養傷之用。只是那人傷勢頗重，不知道能不能救下來，所以暫且先不通知他的家人，等人回來了再說。

錢木匠微微睜開眼睛，看了一眼來時和杜太醫一起乘坐的圓頂馬車，上頭有一個地方破了個小洞，補上了一塊補丁，所以他認得。他以為自己已經死了，可在臨死前，他從來沒有這樣高興過，因為他救了那個人。也許那個人永遠不知道自己為什麼會如此奮不顧身地相救，因為他根本沒有必要知道。錢木匠想到這裡，只覺得累得很，視線越發混沌了幾分，耳邊似乎聽見有人呼喚的聲音，他卻沒有力氣再睜開眼睛了。他曾想過，和楊氏安安靜靜地過完下半輩子，到了不惑之年的他，居然還能有自己的孩子，他從來沒奢望過還能有這樣的福氣，這簡直讓他高興得在睡夢中都要笑醒過來呢……

杜太醫瞧見錢木匠閉著眼睛笑了起來，可他的眼角卻濕漉漉的。他現在處於失血過多的狀態，如果不能盡快回到京城，再用上幾顆寶善堂的保命丹，只怕他真的熬不住了。

蕭一鳴見躺著的人有了動靜，也顧不得胸口上還纏著傷布，便彎腰低頭看了一眼，結果正好扯到了傷口，不禁齜牙咧嘴地問道：「杜太醫，錢大叔這是要醒了嗎？」

「沒有要醒的跡象，大概是在作夢吧。」

可究竟是什麼夢，能讓一個五大三粗的漢子笑著落淚呢？他們兩人都想像不出來。

蕭一鳴靠在馬車壁上，摀著臉道：「是我太大意了，想了誘敵深入這一招，我以為韃子不會來太多人的，沒想到他們不死心，竟派了五千人馬出來。我們只有一千人，在燕子谷被他們圍剿，那個通道又窄又小，我以為我們能逃得很快的，沒想到……」

杜太醫見他臉上的表情自責又痛苦，輕輕拍了拍他的肩膀道：「那一仗打得很好，聽蕭將軍說，你用一千兵力，誘了韃子五千人馬進燕子谷，最後他們一個都沒跑掉。不管發生了什麼事情，至少，你打了一場以少勝多的勝仗！」

蕭一鳴的視線落在錢木匠黝黑中卻透著幾分蒼白的臉頰上，不解地道：「我當時只讓錢大叔做我的嚮導，告訴他，韃子來了只管自己跑，可不知道為什麼，他非但沒有跑，還跟著我們一起殺韃子。他殺了好多好多的韃子，我數不清，我們都殺紅了眼，最後都沒有了力氣，有個韃子從身後偷襲我，我已經沒有力氣躲開了，結果錢大叔撲了上來……我親眼看見韃子用刀刺入了他的胸口，他推開我後喊了一聲快走……」蕭一鳴說到這裡，閉上了眼睛。最後他自然沒有走，也不知道從哪裡來的力氣，徒手就把那個韃子給掐死了。戰場比想像中的更殘酷，蕭一鳴的眼角溢出淚來，雙手摀著臉頰，失聲痛哭。他從來不知道，戰場是這樣一個修羅地獄。年少時父親浴血的戰袍，似乎已沒有以前想像中的讓人羨慕了，蕭一鳴甚至有些害怕，他的雙手從此以後也會沾滿了鮮血。

杜太醫輕拍了拍蕭一鳴的肩膀，笑著道：「你比我強多了，你知道我第一次去邊關的時候，整整三天沒嚥得下一口飯，只要想起那些將士們的斷肢殘骸，我就吃不下東西。」

「我知道。」蕭一鳴聽杜太醫說起這個，稍稍緩和了一些情緒，開口道：「我聽我母親說過，上回杜太醫去邊關，還是因為我父帥被韃子的殺手刺殺，受了重傷。我母親因為這事嚇得提前生產，幸好有杜夫人在法華寺中為母親接生，這才轉危為安。說起來，杜太醫一家都是我們家的救命恩人呢！」蕭一鳴說到這裡，隱隱覺得傷口有些疼，忍不住皺了皺眉頭。

杜太醫笑著道：「這些都是做大夫的本分。你胸口的刀傷也不輕，要好好休養幾日。」別看杜太醫長得溫文爾雅，因了職責的關係，這些公侯府邸的少爺、小姐們瞧見他還有幾分發怵呢，因為他總是給他們開很苦很苦的藥吃，在這些孩子心中留下了很深的陰影，即便蕭一鳴現在長得人高馬大的，被杜太醫這麼說了一句，也只敢乖乖地點頭答應。

蕭一鳴閉上眼睛靠了一會兒，忽然就睜開眼睛，看著杜太醫問道：「杜太醫，你是怎麼娶上杜夫人的？我聽說杜夫人老家在牛家莊，以前也是個不折不扣的村姑。」蕭一鳴說話間不由自主就用了一個「也」字。明明一樣是村姑出身，為什麼杜夫人能嫁入杜家，可他和趙彩鳳卻沒有這種緣分呢？

杜太醫對蕭一鳴和趙彩鳳的事情不甚瞭解，聽他這麼問起，倒也不隱瞞什麼，笑著道：「為了這門親事，我也算是絞盡腦汁了，光病都病了好幾回呢！」杜太醫說到這裡，臉上卻不見半點的苦楚，只有對往昔的懷念。「門當戶對這幾個字，確實害慘了世上多少的有情人。」

蕭一鳴聽杜太醫這麼說，鬱悶地低下了頭。人家是有情男女，他是剃頭擔子一頭熱，即便真的門當戶對了，只怕也是成不了的。蕭一鳴想到這裡，心下又隱隱作痛，也不知道到底是心口痛呢，還是傷口痛……

第四十七章

蕭一鳴和杜太醫兩人在路上搖了一天一夜，到京城時正好是大年夜晚上。蕭家早已經備好了院落，只等蕭一鳴帶了人回來。

杜太醫急忙回了一趟寶善堂取藥，臨走時派了小廝去趙家遞消息，那小廝偏生又不知道趙家搬了家，去討飯街上空跑了一趟，這才打聽到他們家搬到了廣濟路上，待找到地方的時候，都已經過了亥時。

原本大年夜是要守歲的，可家裡老的小、小的小，宋明軒和趙彩鳳兩人守著也沒意思，便早早地回房去了，兩個打雜的婆子也放她們回家過年了。

那小廝在門口敲了好一會兒門，趙彩鳳才隱約覺得外頭似乎有敲門的聲音，讓宋明軒披了衣服過去瞧一瞧。

宋明軒到門口，聽那小廝把話說完，頓時也嚇出了一身冷汗，一下子六神無主了。前兩日才收到了報平安的信，哪裡能想到這麼快就出事了呢？宋明軒擰眉想了想，那些信都是通過驛站送回來的，必定是在路上耽誤了。這事若是讓楊氏知道了，只怕又要嚇出一個好歹來。宋明軒忙穩住了心神，謝過了那小廝後，急忙往正房裡頭去，途中扭頭看了一眼楊氏廂房裡的燈已經滅了，這才稍稍放下心來，進房對趙彩鳳道：「娘子，錢大叔回京了！方才寶善堂的小廝來傳話，說錢大叔受了重傷，這會兒正在蕭將軍府上呢！聽那小廝的口氣，似乎是不大好了。」

趙彩鳳雖然不知道古代打仗是個什麼流程，但就算在現代，前線也只有重傷的將士才會轉移至大後方的！

「到底怎麼了？相公你別慌，先換一件衣服過去瞧瞧，不要讓我娘知道了。」趙彩鳳心裡雖然咯噔了一下，可眼下還不是擔心的時候，總要先穩住了再說。

「岳母房裡的燈已經熄了，想來方才沒聽見敲門聲。我們偷偷地出去看一眼到底是個什麼情形，若錢大叔真的不行了，也不能讓他……」宋明軒說到這裡，已經紅了雙眼。他去年才失去一個至親，如何忍心看著錢木匠去呢！

「別著急，先去看看再說，杜太醫是神醫。」趙彩鳳這會兒也是亂了心神，分明知道中醫療效甚微，可如今也只能指望著這世上真的能有神醫了。

兩人當下就換上了衣服，悄悄熄了房裡的燈，往外頭去了。

蕭家的小院裡，幾個丫鬟正探頭探腦地在門口守著，從裡面拿出來的臉盆裡滿是血水，讓她們這些沒見過世面的小丫鬟嚇得走路都抖了幾分。

孫嬤嬤瞧著那幾個小丫鬟的樣子，搖了搖頭道：「有什麼好怕的？蕭家的基業就是這麼來的，妳們在府上吃香的、喝辣的，老爺和少爺們還在前線奮勇殺敵呢！不過就是見了一點血，有什麼怕的？妳們來癸水的時候怎麼不抖腿呢？」

幾個小丫鬟臉皮薄，被孫嬤嬤這麼一說，都低下了頭，端著盆子去換乾淨的水進來。

蕭一鳴看著杜太醫將金瘡藥撒在錢木匠後腰處兩寸長的傷口上，這才發現錢木匠的後背上有一條橫跨整個後背的傷口，這樣的傷痕絕不可能是一般打家劫舍能受的傷，唯一的解釋就是，錢木匠以前必定也是個行伍之人。

「杜太醫，錢大叔的傷如何了？」

杜太醫洗去手上沾染的血水，面色沈重，只低著頭道：「藥也用全了，接下來就是盡人事、聽天命了。要是傷口不惡化，沒有高燒炎症，他的身子骨結實，這一口氣吊住了，沒準也就過來了。可要是引起發熱上火，只怕就——」

杜太醫的話還沒說完，孫嬤嬤已急急忙忙地從外頭進來，小聲道：「三少爺，錢爺的家裡人來了，是趙姑娘和宋舉人。」

蕭一鳴微微一愣，看向杜太醫。

杜太醫坦然開口道：「人當初是我帶著去邊關的，如今我回來了，自然要通知他們一聲。更何況，若是真的救不回來了，總也要跟他家裡人交代的。」

蕭一鳴聞言，恨恨地一拳打在牆上，低頭道：「怎麼交代？你讓我拿什麼交代！」蕭一鳴堂堂七尺男兒，就連蕭將軍甩他鞭子也不曾落過半滴眼淚，可這會兒卻忍不住伸手抹了一把臉上的淚，開口道：「孫嬤嬤，妳讓他們在外頭廳裡等一會兒，我這就出去。」

蕭一鳴話音剛落，只見外頭簾子一閃，小丫鬟已經領了趙彩鳳和宋明軒進來，被炭盆烘得暖熱的房間頓時飄出一團霧氣來。

趙彩鳳抬起頭，看見站在牆邊的蕭一鳴，以往乾淨清爽俐落的小夥子這會子髒亂得不像個人樣，左臂還掛著傷布，衣服上透出血印子來，分明也是掛了重彩的模樣。

蕭一鳴瞧見趙彩鳳，血紅的眸子頃刻間就愣住了。整整一年多不曾見面，他有時候甚至覺得自己已經忘了趙彩鳳的模樣，可再次看見她的時候卻發現，趙彩鳳還是他記憶中的樣子，不曾改變分毫。雖然她綰著圓髻，一派少婦的打扮，可那一張臉還是那樣明媚動人。蕭一鳴鼻子一酸，眼看著眼淚就要落下來了，忙撇過頭去，扶著牆蹙眉不語。

趙彩鳳也刻意避開蕭一鳴的視線，扭頭看著床上的錢木匠，心急地問道：「杜太醫，錢大叔怎麼樣了？」

杜太醫微微嘆了一口氣。

宋明軒見他神色沈重，開口道：「還請杜太醫直說，我們心裡也好有個數。」宋明軒進門時就瞥見了小丫鬟送出去的一盆血水，心下強自鎮定了幾分，可瞧見床榻上躺著半點知覺也沒有的錢木匠，一顆心還是越來越沈重。

杜太醫點了點頭，開口道：「我們去外廳說吧。」

趙彩鳳聽了這話，越發就覺得有問題，一般只有情況不妙的時候，才會這樣諱莫如深的。趙彩鳳走到錢木匠的床前，低著聲音略略叫了他幾句，錢木匠沒有半點動靜，看著似乎睡得很安穩，可趙彩鳳知道，錢木匠這會兒正是處於失血過多造成的深度昏迷中。

趙彩鳳彎腰坐在錢木匠的床前，伸手揭開蓋在他身上的錦被，視線順著那白色的傷布一路下滑，看見錢木匠腰腹處的傷布透著血跡，而身下的床單上還有一大塊血跡沾染的痕跡，很明顯傷口是從後背一直穿透到了腹部。這樣的傷便是在現代那都是要人命的，更別提是在古代，這一路奔波回來，中間到底失了多少血也未可知，錢木匠這會兒還能吊著一口氣，要麼是杜太醫實在醫術高明，要麼就是他自己忍著一口氣，一直熬到現在。趙彩鳳心裡一直繃著的那一根弦忽然就斷了，忍不住摀著嘴哭了起來。

「錢大叔的功夫很好，怎麼會受這麼重的傷呢？」趙彩鳳不是沒瞧見過錢木匠的身手，等閒四、五個大漢都近不了身的，況且那還是他故意藏著掖著的時候。也正因為如此，趙彩鳳才覺得錢木匠既然想去前線，也就隨了他，哪裡知道這戰場當真如此的凶險。

蕭一鳴瞧見趙彩鳳哭了，遂開口道：「都是因為我，錢大叔是為了救我才……」

趙彩鳳聽到這裡，再也不忍心聽下去了。錢木匠哪裡是為了你？他不過是為了……趙彩鳳想起程蘭芝來，嘆了一口氣道：「現在說什麼都晚了，還是聽聽杜太醫怎麼說吧。」

外頭廳裡，丫鬟們奉了茶上來。大年夜事情多，幾個人一回來就扎進了小院，蕭夫人好不容易把外頭都打點好了，這才急急忙忙地過來這裡探望蕭一鳴。她原本以為蕭一鳴沒受傷，待看見蕭一鳴胸口透出的血跡和手上的傷布時，嚇得連忙迎了上前，驚問道：「我的兒，你信上怎麼沒說你也受傷了呢？你父親和你兄長呢？他們都好嗎？」

蕭一鳴此時心中一團亂麻，哪裡有閒心聽蕭夫人嘮叨這些？蹙眉道：「母親，兒子身上的傷無礙，父兄也安好。母親若是無事，兒子明天再去向母親請安。」

蕭夫人心疼道：「還請什麼安啊？好好在家休養幾日，不用給我請安了。」

蕭一鳴聞言，開口道：「等錢大叔的傷勢穩定下來後，兒子馬上要趕回前線。將士擅離職守是要軍法處置的，父親這次已經法外開恩了。」

「什麼法外開恩？你都傷成這樣了，還要去打仗？我不讓你去！」

「母親，行軍打仗豈是兒戲？時辰不早了，母親早些睡去吧！」蕭一鳴這會兒心裡正難受，想起躺在裡頭的錢木匠，恨不得立時能飛回前線，將那些韃子都撕成碎片，方能解心頭之恨，聽蕭夫人這麼說，早已經沒了耐心。

蕭夫人心疼他心疼得緊，開口道：「天塌下來，有你父親頂著呢！你都傷成這樣了，再去前線豈不是去送死？你乖乖在京城待著，我也另外幫你物色一門好親事。」

趙彩鳳和宋明軒兩人正在和杜太醫研究錢木匠的傷勢，冷不丁聽見蕭夫人蹦出這麼一句話，說者無心，聽者有意，趙彩鳳微微擰眉，忍不住往蕭夫人那邊多看了一眼。

蕭一鳴開口道：「兒子如今沒心思說什麼親事，還請母親不要為難兒子。再說，母親不是已經幫兒子定下親事了嗎？隨便娶一個進門吧，只要母親合意就好！」

蕭夫人聽蕭一鳴這麼說，也是急了，可這邊還有外人在，那些話如何能說得出口？鬱悶地看了蕭一鳴一眼，眼睜睜地瞧著他往杜太醫那邊湊過去。

方才杜太醫已經將錢木匠的傷勢完全分析給了趙彩鳳和宋明軒聽，人到了這個時候，差不多已是藥石罔效的地步了，只能期待奇蹟發生。

杜太醫擰眉道：「錢大叔雖然身子骨硬朗，可畢竟傷勢過重，失血過多，保命丹已吃了兩顆下去，若是傷口再惡化，那真是回天乏力了，除非……」

蕭一鳴見杜太醫遲疑，忙開口問道：「除非什麼？」

「除非能求皇上賜藥，說不定還能多一線生機。」杜太醫開口道。「十多年前，西域樓蘭曾經進貢給大雍五顆十全還魂丹，當年給太后娘娘做截肢手術的時候，我叔父曾給太后娘娘用過，對傷口癒合有奇效；後來蕭將軍在邊關遇險的時候，皇上也賜了一顆，蕭將軍服用後果然轉危為安；七年前滇南大戰的時候，恭王世子重傷，皇上也賜了一顆。算來算去，如今宮中也餘下兩顆而已。」杜太醫說完，扭頭看了一眼蕭一鳴。這樣價值千金的藥材，就算是蕭一鳴受了傷，只怕皇帝也未必肯拿出來，更何況是一個名不見經傳的莽夫？若是自己貿然進宮求藥，只怕還會遭到皇帝的一頓數落，故而杜太醫一直都不曾開口提及，可如今眼看著錢木匠性命垂危，杜太醫終究還是忍不住說起了這藥來。

蕭一鳴開口道：「我去求！我去找蕭貴妃求藥！」

蕭夫人聞言，急忙攔住了他道：「你這孩子，胡來什麼？那藥若是這麼好求，杜太醫自己就去求了！你沒聽見說整個皇宮只剩下兩顆了嗎？這若是以後還有別人有什麼危險，那怎麼辦？況且杜太醫也說了，只是多一線生機，未必就真的能救活了啊！」

趙彩鳳聽蕭夫人這麼說，氣得胸口都痛了起來。她本就是一個現代人，骨子裡秉承著人人平等的原則，雖然很努力地在適應這種等級森嚴的封建制度，可她還是沒辦法像蕭夫人一樣視人命如草芥。「蕭夫人說這話，也不怕天打雷劈嗎？若不是錢大叔，只怕現在躺在這裡的便是蕭公子了！若是蕭公子躺在這裡，難道蕭夫人不去為蕭公子求藥嗎？怎麼說錢大叔還是蕭公子的救命恩人呢！」

蕭夫人方才進門的時候，就聽孫嬤嬤說起了趙彩鳳，她原本對趙彩鳳有幾分好感，以前還想著抬回來給蕭一鳴做妾室，哪裡想到趙彩鳳居然是個這麼厲害的人，一張嘴跟刀子一樣，頓時就激起了蕭夫人無限的戰鬥力。

「他救了老三的命，我們感激他、救治他，那是本分，可是進宮求藥那可不是小事，妳一個村婦懂個什麼？妳當皇帝的東西容易得嗎？萬一皇上遷怒於老三那又怎麼辦？」

宋明軒聽了這話，也覺得刺耳，忍不住開口道：「蕭夫人，晚輩有幸面見過當今聖上，聖上為人謙和，定然不會遷怒於蕭公子的。況且錢大叔除了是蕭公子的救命恩人之外，也是大雍的有功之臣，若不是錢大叔，只怕大雍和韃子這一仗還不知道要多死多少將士呢！」

蕭夫人見這白面書生也開口數落自己，氣得臉色一陣紅、一陣白。「你有本事面見皇上，那你求去！老三，你跟我回房！這人跟你非親非故，你何必為了他惹得蕭貴妃為難、皇上不快呢？」

趙彩鳳原本以為蕭夫人身為將軍夫人，必定是顧全大局、重情重信，哪裡知道她是這樣的人！這要是程姑娘嫁了進來，有朝一日讓她知道了程姑娘的身世，還不得一封休書就給打發了？趙彩鳳想到這裡，心中頓時多了幾分怒氣，索性喊住了蕭一鳴道：「蕭一鳴，你知道錢大叔為什麼要救你嗎？是因為──」話已經到了嗓子眼，卻被宋明軒給打斷了。

宋明軒急忙拉住了趙彩鳳道：「娘子，妳別著急，杜太醫也沒有說錢大叔熬不過去。求藥的事情明日再議吧，我先送妳回去，妳陪著娘，我再過來守著錢大叔。」

趙彩鳳鼻子一酸，伸手抹去了臉上的淚，點了點頭道：「相公，這事我們先不要跟娘提起，她有了身孕，禁不起嚇的，萬一再鬧出什麼三長兩短，可就麻煩了。」

宋明軒點了點頭，正要送趙彩鳳出門，那邊杜太醫開了口。

「宋舉人不必多跑一趟了，現下錢木匠的病情還沒有反覆，我也要回府一趟，我送宋夫人回去吧。」

這大冷的天，外頭地上還結著冰，趙彩鳳也不忍心宋明軒來回地跑，便開口道：「你在這兒看著錢大叔，我跟杜太醫回去就好。明兒一早是初一，若是沒事，你五更天回來，省得讓娘起了疑心。」

宋明軒點了點頭，送了趙彩鳳到外頭，親自為她披上了衣服，這才折回了廳中。

大廳裡頭，蕭夫人正冷著臉坐在一旁，見蕭一鳴並不搭理自己，本還想再勸說幾句，卻是開不了口，最後氣呼呼地帶著丫鬟離開了，囑咐孫嬤嬤一定要好好看著這裡，務必請蕭一鳴早點休息，不能熬壞了身子。

這時候已是亥時末刻，丫鬟、婆子也都睏得不得了，唯有宋明軒和蕭一鳴卻不敢合眼，一邊看著錢木匠的近況，一邊盼著杜太醫早些回來。

茶又續了好幾杯，這時候蕭一鳴的腦子似乎清醒了許多，想起方才趙彩鳳那震怒的表情，覺得有些不對勁。趙彩鳳向來快人快語，卻不曾像今日這般忿怒，幾乎失了儀態，且方才分明就是有話想說，卻被宋明軒給攔住了。

蕭一鳴抬起頭，看著宋明軒低頭喝茶的樣子，待宋明軒把茶杯放下，轉過頭看著蕭一鳴的時候，視線中多了幾分讓人捉摸不透的神色。

「蕭公子，你若是喜歡一個女子，會在意她的出身嗎？」

蕭一鳴再沒有料到，宋明軒會問他這樣一句前不著村、後不著店的話來，微微一愣，腦中卻想起了趙彩鳳，旋即開口道：「自然不會。」

宋明軒聞言，微微點了點頭，又道：「此時夜深人靜，蕭公子可願意聽在下講個故事？」

蕭一鳴素來知道宋明軒耿介，說話也鮮少如此拐彎抹角，此時卻沒急著揭穿他，開口道：「宋兄想說什麼故事，我洗耳恭聽就是。」

方才蕭夫人的話宋明軒也聽在了耳中，且不管蕭夫人是否聽到了什麼風言風語，至少蕭夫人已經動了不想跟程家結親的心思。而錢木匠這一行，無非就是為了程蘭芝，要牢牢地看住蕭一鳴。他們父女雖然不曾相認，可這份骨肉親情，還是讓宋明軒覺得震撼。

宋明軒嘆了一口氣，娓娓道來。他平素談吐優雅，說起故事來不疾不徐，一直從十幾年前的故事說起，其中雖有一些出入，卻也相差不大。

這時候，正好孫嬤嬤送了蕭夫人後回來，見外頭竟連個丫鬟都沒有候著，正想走進去教訓她們幾聲，忽然就聽見裡頭傳出說話的聲音。她們做下人的，平素就輕手輕腳慣了，這時候又安靜，裡頭人又說著話，哪裡能知道外頭還站著一個人？

「……後來，那位父親為了自己女兒未來的夫婿，也跟著去了前線，機緣巧合之下，還救了他一命……」

孫嬤嬤聽到這裡，將這些事前前後後想了一番，一下子沒忍住，「啊呀」一聲脫口而出。

蕭一鳴耳力靈敏，立即開口道：「是誰在外頭？」

孫嬤嬤知道這時候已避不過去，只好挽了簾子進去，笑著道：「少爺，夜深了，您早些休息吧！」

蕭一鳴見孫嬤嬤臉上早已經沒了方才的震驚，心中微微一動，站起來問道：「孫嬤嬤，妳知道這些事對不對？難道母親說要為我另外再物色一位姑娘，就是因為此事？」

孫嬤嬤雖是下人，可從小看著蕭一鳴長大，如何不疼他？為難道：「太太這樣打算，也是為了您好，這事情若是傳出去了，蕭家終究面上無光。」

蕭一鳴握緊拳頭，一拳砸在了茶几上，杯中涼透的茶水瞬間灑出了一片。「難道讓全京城的人知道我們蕭家知恩不報、毀親不娶，就面上有光了嗎？」

孫嬤嬤聽了，嚇得壓低了聲音道：「我的小爺，您好歹小些聲音，程姑娘的事情還沒在京城傳開呢！她一個姑娘家，若是知道了真相，可怎麼活呀！」孫嬤嬤畢竟也是從小看著程姑娘長大的，對她也有幾分心疼。

蕭一鳴這時候已經有了主意，開口道：「孫嬤嬤，我一會兒就回去換一身衣裳，明兒一早入宮面聖，妳千萬別告訴母親。」

孫嬤嬤見蕭一鳴臉上露出決絕的表情，頓時有些害怕，問道：「您這是要做什麼？萬一求不到藥，還惹得蕭貴妃生氣，那要如何是好？」

蕭一鳴擰眉道：「孫嬤嬤，妳明知那床上躺著的是我未來的岳父，我如何能見死不救？」

「太太的意思是，等將軍回來了，這門親事還要再議呢！」孫嬤嬤著急地解釋道。

「不用再議了！程姑娘好得很，我們從小一起長大，也算得上青梅竹馬，我這就入宮求貴妃娘娘賜婚！」蕭一鳴說完這句話，臉上的線條似乎也比從前更硬朗了幾分，抬起頭，看著宋明軒道：「宋兄講的故事果真精彩，只是，這故事以後莫要再對別人講了。」

宋明軒素來知道蕭一鳴是個光明磊落、至情至性之人，如今見他打定了主意，頓時也鬆了一口氣，心道自己終究是沒有看錯人的。這樣的人，雖然和自己一樣喜歡彩鳳，卻無論如何也讓人恨不起來。宋明軒站起來，拱手道：「那在下就在這裡等著蕭公子的好消息了。」

孫嬤嬤一時間也急了，忙勸道：「少爺，您這是要做什麼？您這樣做，太太若是知道了，只怕會傷心的。」

蕭一鳴抬起頭來，臉上露出無比堅毅的神色，淡淡地開口道：「小時候，只因為母親一句話，我就要棄武從文，母親又何曾想過我會不會傷心，便是她傷心了，我也只傷她這一次。嬤嬤，還請妳一定要保守這個秘密！」蕭一鳴單膝跪地，竟是要去求孫嬤嬤。

孫嬤嬤急忙上前攔住，略帶著皺紋的眼眶已經泛紅，重重地點了點頭道：「少爺，您去吧，老奴只當不知道這事情。」

蕭一鳴點著頭，握著拳，轉身對宋明軒道：「宋兄，時辰不早了，我先去準備準備，明日一早進宮面聖。」

孫嬤嬤就這樣看著蕭一鳴離去，忍不住用手擦了擦眼角的淚。蕭家有五個兒子，蕭老三雖然不前不後，卻是蕭家最得人寵愛的孩子，這樣的蕭一鳴，如何能不讓人心生疼愛呢？

蕭一鳴從小院出來，外頭正是子時時分，四周的高門大戶人家正燃放著煙火，周圍傳來響徹天際的聲音。這些生活在京城的貴府豪門，有幾個人知道邊關將士的艱苦？又有幾個人會在這時候想起那些正浴血奮戰的將士呢？

就在幾個月前，蕭一鳴也是他們當中的一員，不知天高地厚，不明白這世上的富貴都曾是染過鮮血的。出身侯門又如何？出身草芥又如何？在戰場上，他們都只是奮勇殺敵的將士，保衛著大雍這一片熱土。

煙花漸漸散去，空氣中有著淡淡的硫磺氣味。

蕭一鳴低下頭，將身上的大氅摟緊，頭也不回地回了自己的院子。

一夜鞭炮煙火，沒睡好的人又豈止這麼幾個？

程夫人端著一碗銀耳蓮子羹，坐在程蘭芝的床前。往年大年初一都有宮宴，今年因為前方戰事吃緊，皇上也沒有心情過年，便把宮宴取消了，倒是省得她們這一群誥命夫人三更半夜就得起個早。可饒是這樣，程夫人這廂也是一夜難眠。

「蘭芝，妳好歹吃一些吧？」程夫人遣退了眾丫鬟，只留了劉嬤嬤在跟前服侍，瞧見程蘭芝失魂落魄的樣子，忍不住落下淚來。「妳有什麼難受的就說出來好了，別憋著。這事情就算傳了出去，蕭家要退親，咱也不怕。妳父親是皇上欽封的二品車騎將軍，我們程家祖上也還有些基業，總能給妳找一戶好人家，保妳一輩子榮華富貴。」

劉嬤嬤聽了這話，也忍不住落下淚來，低頭偷偷壓了壓眼角，勸慰道：「姑娘想開些，蕭家那邊也沒有什麼動靜。我聽說蕭三少爺帶了一個重傷的人回府，只怕這幾日也無暇顧及此事，等這一陣子的風聲過去了，沒準蕭家就忘了這事了，姑娘可要放寬心啊！」

嘴碎的奴才到處都是，況且那日那錢老大的媳婦那樣大鬧了一場，便是沒什麼事情，也會被人數落出個事情來，程家如今想要捂住這件事，還當真有些有心無力了。

一想起這些，程夫人便落下淚來。「天下沒有不透風的牆啊！當初我那麼做，也不是沒想到會有這一天，可是我不想妳從小在別人的指指點點之下過口子……蘭芝，妳要怪就怪我，怪我當初非要把妳娘嫁給別人……」程夫人說起這些事情，也是悔不當初啊！那時候她如何知道自己的女兒已經珠胎暗結？還以為只要把她嫁出去了，必定能斷了她的念想，當初明明想得很周全的事情，到最後卻變成了一步錯、步步錯！程夫人老淚縱橫，不知道如何是好。

程蘭芝從被窩裡透出半顆頭，露出一雙哭得像核桃般紅腫的眸子來，見程夫人這般傷心，忍不住撲到她懷中道：「母親，我一輩子不嫁人，就留在府裡服侍你們兩老，替大姊盡孝道！」

程夫人稍稍止住了哭，苦笑著搖頭道：「別說傻話了，俗話說女大不中留，留來留去留成仇，妳大姊當初可不就是這樣嗎？我錯了一次，如何還能錯第二次？我們不怕，慢慢等著，他蕭家若是真要退親，我們就再找個更好的！」

程蘭芝撲在程夫人懷中不斷點頭，劉嬤嬤也跟著抹淚。

忽然間，外頭有小丫鬟急急忙忙地跑了進來通稟道：「太太、姑娘，老爺讓妳們趕緊梳洗一下去前院接旨，宮……宮裡頭來聖旨了，是給四姑娘賜婚的！」

程夫人正傷心呢，冷不丁冒出這樣一個消息來，急忙擦了一把眼淚問道：「好好說，宮裡頭賜婚，賜給誰啦？」

那丫鬟本就跑得上氣不接下氣的，聽程夫人這麼問，先喘了一口氣才納悶地回道：「還能有誰？就是蕭家的三少爺唄！」

程夫人聞言，覺得一顆心從嗓子眼一路滑到了胸口，一時竟激動得不知說什麼好，急忙問道：「好好的，怎麼來了聖旨？」

「這個奴婢也不清楚，外頭公公正候著呢，太太還是先跟姑娘一起梳妝打扮接旨吧！」

這丫鬟平素在程老將軍的書房服侍，有些眼力勁兒，程夫人聽她這麼說，點了點頭道：「妳先出去回老爺，說我們稍後就到。」說完後，看了一眼還呆愣著的程蘭芝，吩咐道：「劉嬤嬤，快讓丫鬟們進來，服侍姑娘梳妝打扮！」

劉嬤嬤也是喜極而泣，急忙道：「哎哎……好好！」

程老將軍接過了聖旨，心下還有些疑問，想留了宮裡的公公稍坐片刻，也好問問緣由。他知道前日家裡發生的事情，一顆心也是懸著，甚至做好了這事情傳出去後蕭家前來退婚的準備，誰知道等了兩日，卻等到了一道聖旨，真是讓他喜出望外。

「蕭公子對令嬡真是情深義重啊，說自己在外殺敵，掛念得很，生怕這仗一時打不完，程姑娘不肯等他，另覓佳婿，非求著蕭貴妃請皇上下了這道賜婚的聖旨才肯干休呢！」傳旨的趙公公一邊笑一邊說道：「皇上說他是小兒心性，可架不住他身上幾處掛彩，瞧著又心疼了幾分，就應下了。」

程老將軍聽得一愣一愣的，問道：「當真如此？」

趙公公見程老將軍不信，便道：「咱家能騙您不成？這大年初一清早，不為了這事，咱家還能往您家跑來？」

程老將軍這才笑著道：「這大過年的，確是辛苦趙公公了！徐管家，快去備上好茶，取一份開門紅包來！」

趙公公見程老將軍一點就通，臉上的笑容更甚，笑道：「茶就不吃了，還要去蕭家傳旨呢！開門紅包咱家就不客氣了，討個好彩頭也是好的。」

程老將軍送走了趙公公，回到書房的時候，果見程夫人正在書房裡頭等著自己。

程夫人見他回來，急忙開口問道：「老爺，這到底是怎麼一回事？好端端的，皇上怎麼會為蘭芝賜婚呢？」

程老將軍這會兒也帶著幾分疑惑，開口道：「我若告訴妳，這賜婚是蕭家老三自個兒求來的，妳信不信？」

程夫人雖然沒開口，可她的表情早已經出賣了自己。說句老實話，若不是知道程蘭芝心裡有蕭一鳴，她對蕭一鳴還真沒什麼好感，可夫婿這麼說，倒是由不得她不信了。「蕭老三開竅了？」

「不對，這事很是蹊蹺！」程老將軍搖頭道：「我們擔心蕭家退親，蕭家不但沒退親，反倒求了皇上賜婚，這裡頭……總感覺有什麼貓膩！」程老將軍畢竟閱歷豐富，覺得這事情沒這麼簡單，可一時也想不通透。

正這時候，外頭的小廝在門口稟道：「老爺，邊關的八百里加急！」

程老將軍聞言，急忙讓人把信遞上前來，抬眸對程夫人道：「我說這事情沒那麼簡單，也許貓膩就在其中。」

信是蕭將軍寫來的，在蕭一鳴帶著錢木匠啟程回京之後，他就寫下了這封信。蕭將軍知道錢木匠原本就是程老將軍的親兵，且對程老將軍也有救命之恩，如今又救了蕭一鳴，命在旦夕，若真的有什麼不測，總也要跟程家交代一聲的。

程老將軍看完信後，臉上的神色越發凝重了，半晌說不出一句話來。對於錢浩這個人，他一開始是欣賞到極致，後來又恨到極致，可這會子知道他要死了，程老將軍才發現，自己的心也疼到了極致，竟一時間說不出話來，擰眉不語。

程夫人瞧見程老將軍臉上忽然變色，便上前拿了那信看，驚訝道：「他……他要死了？」

程老將軍搖了搖頭，臉色並沒有好看多少，嘆息道：「他命大得很，當年身受重傷還能把我從死人堆裡揹出來，這一次一定也不會有事的。」

程夫人卻對程老將軍的話有些疑惑，搖頭道：「不可能，他若不是快要死了，蕭將軍怎麼會寫這封信來？這分明是求著我們要讓蘭芝替他送終啊！」

「妳少胡說，蕭將軍根本不知道這些事情。他大概只是想跟我說一聲吧，畢竟錢浩以前是我的親兵。」程老將軍說到這裡，眸中也多出一片水霧來，嘆息道：「當年我手下有三十親兵，燕子谷一役後僅剩五人，到如今只有三人活著，他便是那三分之一啊！」

程夫人含淚看著程老將軍，擰眉道：「你……你該不會想讓蘭芝去吧？」

「夫人，如今我們有了皇上賜婚的聖旨，怕什麼？若是蘭芝肯認他，那就讓她認去，難道夫人真的要當蘭芝一輩子的母親嗎？夫人啊，妳只是蘭芝的姥姥啊！」

程老將軍的話像一柄利刃，刺入程夫人的胸口。程夫人又落下淚來，喟嘆道：「是啊，你說得沒錯，我只是她的姥姥，而你也只是她的姥爺，我們騙得了天下人，卻騙不了自己……」

卻說大年初一，皇帝雖沒上朝，倒是聽了一齣精彩的故事，此時正躺在蕭貴妃宮裡的暖榻上，笑著道：「蕭家這幾個小子，妳素來最寵愛的就是老三，朕原先還不明白，畢竟長輩素來不是疼老大，就是疼老么，哪裡有疼中間一個的？可今兒朕倒是也覺得他有幾分可人疼的。」

蕭貴妃把煮得軟軟糯糯的芝麻湯圓送進皇帝的口中，笑著道：「皇上這就不知了，正因為人人都跟皇上一樣想，生怕虧待了老三，所以人人便特意又多疼他一些，結果他反倒成了最得人疼的了。」

皇帝一聽，覺得確實有些道理，笑著道：「果然愛妃聰慧，可不就是這個理嗎？」

蕭貴妃又餵了皇帝一粒湯圓，嘆息道：「誰能想到，這求藥的背後還有這樣的故事。那姓錢的木匠聽著倒是有些血性，為了閨女千里迢迢地趕去邊關，也真是可憐天下父母心啊！」

皇帝和蕭貴妃算不得情深意篤，總覺得武將家的姑娘過於硬冷，如今聽蕭貴妃這麼說，反倒覺得她多了幾分人情味，笑著道：「可惜為了妳家老三能做個孝順女婿，朕還損失了一顆靈藥，妳要怎麼補償朕？」

蕭貴妃聞言，放下手中的白玉瓷碗，順勢倚到皇上的胸口，柔聲道：「皇上想要怎麼補償，就怎麼補償。臣妾的兄長和幾個姪兒都在邊關為皇上奮勇殺敵，臣妾也在宮中服侍皇上，我們蕭家祖祖輩輩都是皇上您的忠僕，這還不夠補償嗎？」

皇帝聽了這話，果然喜上眉梢，臉上的笑容又多了幾分，遂開口道：「朕一直擬著要賜蕭將軍一個爵位，又怕那些被朕削去爵位的老世家嫉恨，所以這事情一直拖到現在。不過，以蕭將軍現在的軍功，這一次得勝歸來後，朕必定准他位列公侯！」

蕭貴妃聞言，越發地歡喜。原本以為這一早上的事情會惹得皇帝不快，誰知道皇帝卻正吃這一套，非但沒有弄巧成拙，反倒幫了一個大忙。蕭貴妃連忙起身，福身謝恩。

前方捷報頻傳，皇帝自然高興，且蕭將軍也在捷報中提起了為大軍做嚮導的錢木匠。皇帝賜藥一舉不僅仁厚，又能籠絡人心，至於那些雜七雜八的家務事，跟皇帝又有什麼關係呢？不過就是一道聖旨能解決的事情，何樂而不為？

這幾日正是最凶險的時候，容不得有半點疏忽，因此杜太醫也只是回府打了一聲招呼，換了一件衣裳便又來了，一來便急忙上前替錢木匠把了脈搏，見雖沒有起色，病情卻也不見加重，這才稍稍地放下了一些心來。

宋明軒把蕭一鳴進宮求藥的事情說了一下，至於是怎麼瞞過了蕭夫人，這裡頭的事情便沒有提及。

杜太醫聞言，精神一振，從藥箱中又拿出了幾個瓷瓶，開口道：「既然蕭公子去求藥了，那我姑且再等上幾個時辰吧，眼下也確實無藥可用了。」

宋明軒雖然不懂醫術，可「無藥可用」這幾個字卻還是能聽明白的，只覺得揪心得很，遂起身走到錢木匠的床前又看了幾眼，這才轉身向杜太醫拱手道：「杜太醫，錢大叔就拜託你了。我岳母如今已是八、九個月的身孕了，若是讓她知道了，只怕又要出事，所以我得先回去一趟，等天亮了再過來。」

杜太醫把宋明軒送到了門口，看見外頭天色漸漸亮了起來。

孫嬤嬤送了早膳過來，又讓丫鬟換了熱茶、布好了小菜，這才看了看天色道：「太太也要起身了，老奴就先告退了。」

杜太醫方才在家已用過一些點心，這時候倒是不怎麼餓，只稍稍吃了一口，就聽見外頭有小廝鬧哄哄地跑來，扯著聲音道——

「三少爺回來了、三少爺回來了！」

蕭一鳴素知宮裡的規矩，皇帝向來勤勉，便是逢年過節也都是四更起身的，所以三更就去宮門口遞了牌子。說來也是巧合，如今後宮無主，昨夜宮宴便設在了太后娘娘的壽康宮，正好離蕭貴妃的毓秀宮最近，所以皇帝就歇在了毓秀宮裡頭。

蕭貴妃見蕭一鳴一早便遞了牌子進宮，心下也疑惑。往年大年初一有宮宴，京城四品以上的誥命夫人都要進宮朝拜，這個時辰也確實到了她們遞牌子的時候，可今年既無規定，大家難得能在自己府上休息上一日，如何會這麼早到呢？蕭貴妃心下狐疑，又想起蕭一鳴此時分明應該在邊關抗擊韃子，怎麼會回京了？思及此處，頓時嚇出了一身冷汗，還以為蕭將軍在邊關出了什麼事情，連忙命人將蕭一鳴給傳進了宮。

蕭一鳴原本換了一件衣裳出門的，因怕驚動了蕭夫人，故而自己偷偷騎了馬，可身上那幾處傷口頗深，待到進宮面聖的時候，傷口早已經開裂，滲出血來，且原本長著幾兩肉的臉頰也清瘦不少，外加那一臉沒整理乾淨的鬍渣，讓蕭貴妃只看了一眼就心疼得緊，本想差人去太醫院傳太醫，又怕驚動了皇帝，便只悄悄地讓他在偏殿裡頭等著。

蕭一鳴和蕭貴妃素來感情親厚，便一五一十地把事情的來龍去脈說了個清楚，並把自己要娶程蘭芝的事情也說了，懇求蕭貴妃賜婚。

蕭貴妃素知蕭夫人的性情，恐自己開了這口，今後這姑嫂間的關係要生了嫌隙，所幸這會兒也到了皇帝起身的時候，便把這事情又原原本本地告訴了皇帝。

皇帝本就自詡是性情中人，非但沒有怪罪蕭一鳴，還覺得蕭一鳴知恩圖報，當真就把藥賜給了他，並大方地下了一道聖旨，說將程老將軍之女賜婚於蕭家三公子。既然連皇帝都認定了程蘭芝是程老將軍之女，那麼這天下的悠悠之口，又有誰敢說不是呢？

蕭一鳴斂袍進門，渾身上下還帶著一股寒氣，忙將手裡放著藥的錦盒遞給杜太醫道：「杜太醫，救人如救火，還請杜太醫用藥吧！」

杜太醫見他渾身上下寒氣深重，外袍的胸口又被鮮血染紅了，開口道：「我先讓下人去熬藥引，蕭公子這一路奔波，也該歇一歇了，雖是小傷，若是不好好保養，只怕也要釀成大病的。」

蕭一鳴原本心上懸著一根弦，如今這藥求來了，那弦也像是一下子斷開了一樣，頓時覺得有些頭重腳輕，便點了點頭道：「我先回房，一會兒再過來。」

杜太醫這會子倒是有些放心不下他，笑著道：「你也不用回房了，我先幫你重新處理一下傷口，這裡有剛上的早膳，你吃一些後，就在這臨窗的榻上睡一會兒，省得你回去了放心不下，也休息不好。」

蕭一鳴正有此意，便解開了上衣重新讓杜太醫包紮傷口，又一口氣吃了三碗雞絲粥、一籠蝦仁燒賣，這才安安穩穩地躺了下來，不過片刻工夫就睡沈了。

程老將軍府上。書房裡頭的程夫人還是一臉的憂傷，方才分明得知了一件天大的喜事，可從邊關來的這封信，似乎又把他們打入了冷宮。

程老將軍嘆了一口氣，吩咐下人道：「你去把四姑娘請過來，就說我有話要對她說。」

程夫人站起身來，分明是要阻攔，卻沒來得及說出口，眼看著那下人走遠了，這才開口道：「老爺真的要讓蘭芝去看那個人嗎？」

「蘭芝她已經知道了真相，若是不讓她去見最後一面，只怕將來她知曉後，會怨恨於我們的。夫人妳放寬心，如今有了聖旨在手，妳還怕什麼呢？」

程夫人心下卻還帶著幾分猶豫，緩緩坐下來，開口道：「但願如此。只是……若是蘭芝不願意去，老爺切不可逼迫於她。」

「那是自然，但看蘭芝的意思吧。」

程蘭芝坐在梳妝檯前，用冷水敷過的雙眸還帶著些許紅腫。

丫鬟送了香膏上來，小聲道：「姑娘，這香膏是雅香齋老闆新研製的，說是可以消除眼周紅腫，姑娘要不要試一下？」

程蘭芝想起方才的聖旨，心裡便多了幾分柔情密意，點了點頭道：「妳幫我取一些出來用吧。」程蘭芝閉上了眼睛。

丫鬟以指尖取了香膏，緩緩地為她按摩消腫。

這時，外頭的小丫鬟進來傳話道：「姑娘，老爺請妳去書房一趟。」

按摩的丫鬟便停下手中的動作。

程蘭芝睜開有些微紅的眸子，開口道：「妳先去回話，說我馬上過去。」因為這一道聖旨而吃下了定心丸，程蘭芝深呼一口氣，起身理了理自己的衣襟，讓自己看著多幾分喜色，勉強朝著銅鏡笑了笑，這才往前院的書房裡去了。

書房外的紅梅開得正嬌豔，暗暗的香氣浮動著，書房裡頭靜得沒有人聲。程蘭芝進去後，卻見程夫人也在，手裡端著青花瓷茶盞，看見她進門後，放下茶盞欲言又止。

程老將軍明白知道程蘭芝已經得知了真相，索性也不藏著掖著，開門見山道：「妳生父去了邊關，如今為了救蕭老三身受重傷，不知道能不能挺得過這一關。現下他人在蕭府，妳若是願意，就去看他一眼，也許……也是最後一眼了。」

程蘭芝雖然沒猜出等待自己的會是什麼事情，可也萬萬沒想到會是這樣的消息，當下就愣在了原地，一雙秀美的杏眼頓時紅了，微微發怔。

程夫人忙開口道：「妳若不願意去，我們也不逼妳。如今聖旨已經下來了，諒蕭家也不敢退親，妳只要好好地待在家裡，等著蕭府的花轎便好了。」

程蘭芝眼眶中的淚終是落了下來，哽咽道：「若是他死了，我如何能當作無事般地嫁入蕭家？他沒有養我這十幾年，難道頭一次相見，就要死給我看嗎？我不信……母親，妳帶我去見他！我要問問他，為什麼生下我，卻又不要我……」

程夫人眸中也含著熱淚，點頭道：「好好，妳別著急，我這就去備馬車。眼下蕭家的男丁都在外打仗，老爺你也不便去了，就讓我帶著蘭芝過去走一趟吧。如今有聖旨傍身，蕭夫人就算知道了什麼，總也該守口如瓶的。」

程老將軍聞言，點點頭道：「去吧，說話的時候小心些，記得遣散眾人……只說是去看蕭老三的，明白嗎？」

程夫人點頭道：「這個我自然知道。如今有了聖旨，我們和蕭家也算是兒女親家了，蘭芝去看一眼蕭老三也是人之常情，你不說我也明白。」

蕭一鳴快了一步回府，彼時蕭夫人未曾起身，而宮裡傳旨的太監又先去了程家。

蕭夫人問了孫嬤嬤蕭一鳴的近況，孫嬤嬤只說是吃過了東西，如今正在睡覺，想來身上的傷並無大礙。

蕭夫人聽了這話，鬆了一口氣道：「老三就是性格太仁厚了，容易被別人牽著鼻子走。那大漢的命再矜貴，能矜貴得過當今太后、老爺還有恭王世子嗎？隨便一個人病了就要進宮去求藥，這宮裡頭又不是菜市場！」

孫嬤嬤聽了，臉上尷尬得沒法開口，只一味地低頭說是，上前服侍著蕭夫人用早膳。

蕭夫人高高興興地坐下來吃著早膳，又將幾樣好吃的東西留了下來，命孫嬤嬤給蕭一鳴送過去後，便等著兩個媳婦過來請安，結果這人還沒等來，倒是等來了宮裡的太監，說是來傳聖旨的。

今日乃是大年初一，蕭夫人心道大抵是蕭貴妃的賞賜到了，便忙不迭地進房裡換了衣服，吩咐前頭的人先擺了案條祭天接旨。這人還沒走到門口呢，就見大媳婦笑著迎了過來。

「婆母，說來也奇怪，咱家老三和程姑娘的婚事不是已經定了下來嗎？皇上這時候下個聖旨賜婚，倒是什麼意思呢？」

蕭夫人原本想著，等過幾日蕭一鳴心情好一些了，再把程蘭芝的事情好好跟蕭一鳴說一說的，他老爹是一品驃騎大將軍，自己又年輕有為、上了疆場，將來少不得也是個將軍，如何愁找不到好媳婦？只消把程蘭芝的身世跟蕭一鳴一透露，只怕他自己也先要換個媳婦呢！可她哪裡知道，她這如意算盤還沒開始打，皇帝居然捷足先登，下了賜婚的聖旨！

蕭夫人氣得手都顫抖了，腳底下連步子也邁不開，見小廝在院子裡跑來跑去的，喊住了一個人問道：「到底怎麼回事？好端端的，皇上怎麼會賜婚呢？」

那小廝如何知道？急著下跪磕頭道：「太太，奴才也不清楚，聽那傳旨的公公說，是少爺昨兒三更在宮門口候著，自己給求來的！」

蕭夫人聞言，氣得白眼都翻了起來，抖著手道：「他……他他……混帳東西！」

趙公公心下很是納悶，這同樣是傳聖旨，程家人高興得跟什麼似的，臨走前還給他封了一個一百兩銀子的紅包，可這蕭家，怎麼蕭夫人竟是哭喪著臉出來了，且看著自己兒子的眼神竟像要把他吃了一樣？嚇得趙公公連開門紅包都忘記討要便急忙離開了。

趙公公才走，蕭夫人就喊住了蕭一鳴，破口罵道：「老三，你知不知道自己在做什麼？你可知道那程姑娘是——」

蕭夫人的話還沒說完，蕭一鳴便壓低了聲音道：「母親若是絲毫不顧念自己三兒媳的名譽，想讓外人看笑話，儘管再大聲些。」

蕭夫人從未見過蕭一鳴這樣的神色，嚇了一跳，顫巍巍地退後了一步，被孫嬤嬤扶住了。她落下淚來，道：「妳瞧瞧，他以前是最聽話的，怎麼如今也會這樣對我說話了？」

孫嬤嬤忙勸慰道：「太太別傷心，三少爺出門打仗，見了世面，過的是刀口舔血的日子，心腸自然要比以前冷硬些了，太太也要心疼他幾分。」

蕭夫人見孫嬤嬤說的有道理，搖頭嘆道：「我就說當初應該讓他棄武從文的，這帶兵打仗的人，總是比一般人更冷心冷肺一些。」

蕭一鳴這時候卻不想和蕭夫人廢話了，繼續道：「母親閒來無事，就幫兒子籌備婚事吧，等邊關告捷，兒子這就聽從母親的吩咐，早日成家。」

蕭夫人被噎得不行，開口道：「妳聽聽，這哪裡像是在求我？分明是在命令我！我怎麼就生了這樣一個兒子？」

孫嬤嬤只好繼續勸慰道：「太太以前老是勸少爺要早日成家立業，難得他現在想通了，太太應該高興才好。」雖然知道蕭夫人如今只怕是高興不起來，可該勸慰的話還是一句也不能少的。

趙公公剛走，門房的人又來傳話道：「回太太，程夫人帶著程姑娘來了，說是得了老爺的加急書信，聽說三少爺重傷回京，特意過來探視的。」

蕭夫人這廂怒氣還沒消呢，又聽說程家的人來了，開口道：「什麼重傷回京？讓她們請回吧，就說三少爺好得很！」

那傳話的小廝愣了片刻，正要轉身去傳話，卻被蕭一鳴給喊住了。

「請程夫人和程姑娘進來，就說我在西院養傷，讓她們上西院來。」

蕭夫人哪裡知道那病床上躺著的錢木匠就是程蘭芝的生父，心下納悶，又瞧見蕭一鳴臉上的神色，到底不敢再趕人，遂開口道：「去把她們請進西院吧！」

孫嬤嬤是從頭至尾知道得一清二楚的人，眼下程家的人跑得這樣快，難保程家也已經知道了真相，只怕來看蕭一鳴是假，看那躺著的大漢是真！

瞧著蕭夫人那一臉茫然的表情，孫嬤嬤到底有些著急了，這事情瞞得了一天，瞞不了一世啊！

第四十八章

蕭夫人心情本就不佳，知道程夫人過來也無心迎過去，只帶著孫嬤嬤回了自己的院子；兩個兒媳也不知道自家婆婆今日如何生了這樣大的氣，乖乖的告退，各自忙各自的去了。

孫嬤嬤跟著蕭夫人這麼年，哪裡不知道她的脾氣？也不忍心騙她。待將屋裡的丫鬟都遣走了後，便跪下來道：「老奴有事情瞞著太太，請太太責罰。」

蕭夫人本就覺得奇怪，昨夜她讓孫嬤嬤照看著蕭一鳴，即便孫嬤嬤失職，也不至於連蕭一鳴出了門都不知道吧？如今見孫嬤嬤跪下來認罪，便知道這其中必有貓膩，怒道：「孫嬤嬤，妳跟了我多少年了，居然幫著外人騙我？妳……妳也太讓我心寒了！」

孫嬤嬤老淚縱橫地道：「實在不是老奴要騙太太，只是老奴怕太太一怒之下，做出母子生分的事情來。太太可知道為什麼程家人來得那麼快？太太又可知道為什麼少爺拚了命也要進宮去為那個大漢求藥？」

「老三進宮求藥，不過就是為了報答他的救命之恩……等等，妳說老三非但進宮求了賜婚的聖旨？連藥也求來了？」

孫嬤嬤擦了擦眼淚，點頭道：「昨晚太太震怒離去後，老奴奉命照看著三少爺，卻讓我得知了這大漢的身分，他……他就是當年拐了程家大小姐淫奔的那個！」

蕭夫人聞言，嚇了一跳，驚訝道：「妳是說……他……他是程姑娘的生父？」

孫嬤嬤無奈地點了點頭，開口道：「少爺的脾氣您也清楚，是個知恩圖報的人，這大漢大抵也是因為知道少爺會是程家將來的姑爺，所以才拚死救下了少爺的，這份恩情，確實無以回報，少爺知道了真相，哪裡還能坐得住？只求了老奴不要告訴太太，自己進宮求藥去了。只是……只是這賜婚聖旨一事，老奴確實不知。」

孫嬤嬤想了想，還是將賜婚聖旨的事情給瞞了下來，畢竟現如今木已成舟，這門婚事已經是鐵板釘釘的事情了，她也不想在蕭夫人面前失去了原有的信任，繼續道：「大抵是少爺為了報那大漢的救命之恩，所以才求了皇上的聖旨，如此也可以將那些流言蜚語給壓下來，多少也保全了程姑娘的名聲。」

蕭夫人聽孫嬤嬤分析得有理有據，緩緩坐了下來，細細將這些事情理了理，越發就覺得胸口堵得慌。蕭一鳴的每一步都把她要走的路堵得死死的，哪裡還有她翻盤的餘地？蕭夫人愣了半晌，搖了搖頭道：「孫嬤嬤，老三大了，越發有自己的主意了，我這個兒子，算是白養了……」

西院裡頭，程蘭芝跟著程夫人入了正廳後，便聞到房裡頭淡淡的中藥味夾雜著血腥氣，讓人一進門就有些頭暈。程蘭芝抬起頭，看見左手裹著傷布的蕭一鳴，撇了撇嘴，眼眸略略紅了幾分。

杜太醫從外頭出來，倒是有些看不明白這中間的貓膩，不過他本就是一個醫者，對於探聽別人家的隱私也沒什麼興趣，聽程夫人說起這錢木匠原是程老將軍麾下的一位親兵，也算明白了她們的來意。

程蘭芝緊張地往房裡探了探身子，瞧這個架勢，她必定是知道了自己的身世，於是蕭一鳴便轉身對杜太醫道：「杜太醫，你隨我去外頭走走吧。」

程蘭芝眼看著杜太醫要離去，忍不住開口問道：「杜太醫，裡面這位大叔怎麼樣了？還救得活嗎？」

杜太醫開口道：「已用了御賜的十全還魂丹，不過眼下還不能確定，還要等一些時辰，至少得熬過這兩日，方能看出成效。」

程夫人怕程蘭芝露了餡，拉著她道：「我們進去看一眼就走，不過是替妳父親來看一眼舊部而已。」

程蘭芝便低下頭去。

見杜太醫和蕭一鳴都出去了，程夫人這才朝著她揮了揮手道：「妳進去吧，我不想見到他，妳看了他一眼就走吧！」

程蘭芝點點頭，提著裙往房裡頭去，才進門便是一股子金瘡藥的氣息撲來，小時候程老將軍也經常受傷，這種氣味程蘭芝再熟悉不過。她緩緩地走近了幾步，瞧見錢木匠睡在床上，這房間裡四周都布著暖爐，可錢木匠的臉看起來卻是那樣蒼白冰冷。

程蘭芝跪在了床前，握著錢木匠滿是老繭的手掌，將臉頰靠上去，哭著道：「爹……你為什麼不讓我跟著你？哪怕吃糠嚥菜我都不怨你，我只求你不要這樣躺著，你睜開眼看一眼我，看一眼女兒啊！」

錢木匠雖然身子硬朗，但這次傷得太重，他原本已是抱了必死之心，可一想到在京城待產的楊氏，還有從來沒正眼看過自己的程蘭芝，心下便又生出幾分不捨，只吊著一口氣，熬到了京城，卻是渾渾噩噩，全然沒了清晰的神智。有時候他似乎聽見有人說話，卻睜不開眼睛；有時候作著光怪陸離的夢，卻怎麼也醒不過來。如此折騰了兩日，早已經沒有了半點力氣，只等這一口氣散了，也就去了。

這時候，猛然聽見有人跪在他床前喊爹，這一聲將他那一息尚存的思維牢牢給拽住了，錢木匠又驚又喜，猛地睜開眼來，看著在自己床前哭成了淚人的程蘭芝，啞然開口道：「蘭芯，妳來接我了嗎……我……我……我還不能走……」

程蘭芝正哭得傷心，看見錢木匠睜著布滿血絲的雙眼看著自己，又驚又喜，忙不迭地喊道：「杜太醫，快來！我……」程蘭芝怔了怔，愣生生把「爹」字給嚥下了肚，繼續道：「錢大叔醒了！」

杜太醫方才雖然給錢木匠餵下了藥，卻也沒想到療效如此之快，和蕭一鳴兩人急忙進來了，見錢木匠合著眸子，趕緊握住他的脈搏，低頭探了半晌，蹙眉道：「脈象平穩，但似乎沒有要醒的跡象。」

程蘭芝忙開口道：「不……我真的看見他醒了！他還叫了我們的名字，真的！」

程夫人見程蘭芝這樣激動，也上前勸慰道：「蘭芝，妳別著急，讓杜太醫再看一看，杜太醫醫術高明，一定會治好他的。」

程蘭芝這時候早已經難過得肝腸寸斷，跪在床前擦著眼淚。

杜太醫是個聰明人，這一來二去也看出了幾分端倪來，依舊淡然道：「程夫人、程姑娘不必心急，這藥起效也要兩、三個時辰，我們再等等看吧。」

蕭一鳴見程蘭芝那傷心欲絕的模樣，越發內疚了，開口道：「杜太醫，我們在廳裡等著吧。」

趙彩鳳昨夜回去之後，也擔心得一宿沒合眼，眼看著天快亮了，總算把宋明軒給盼了回來，急忙為他倒了熱水，又問了他幾句錢木匠的近況。

宋明軒將勸蕭一鳴進宮的事情說了一下，趙彩鳳見他凍得臉都白了，便伸手暖著他的臉道：「我家相公的口才可是越來越好了，只希望蕭公子能求到良藥，錢大叔早日好起來。」

宋明軒一邊搓手，一邊道：「主要還是我信得過蕭兄弟的為人，若是別人，我可不敢說出這些話來。」

趙彩鳳看了宋明軒一眼，笑著道：「我瞧著你鐵定也沒安什麼好心，蕭公子若是和程姑娘成了，你也可以高枕無憂了不是？」

宋明軒雖然有那麼一點兒私心，可這畢竟只占很小很小很小一丁點兒部分，被趙彩鳳這麼一說，越發就不好意思了，紅著臉道：「娘子，妳也太把人給看扁了，我……我有那麼小心眼嗎？」

趙彩鳳湊過去，盯著他的眼睛問道：「你沒有嗎？沒有嗎？我看你就有！」

宋明軒被說得面紅耳赤，一時間也找不出話來反駁，開口道：「娘子，我們再稍微躺一下吧，再過一會兒娘就要起床了，到時候肯定會來喊我們起床，我們先別露餡才好。」

趙彩鳳忙點了點頭，又脫了衣服躲到被窩裡，擰眉道：「我一宿沒睡著，被窩越睡越冷，你快進來稍微給我暖一暖。」

兩人也確實有些累了，結果這一覺便睡得有些過了時辰。

楊氏一早就起來了，見他們小倆口還沒起來，笑著和陳阿婆玩笑道：「肯定是昨晚守歲睡遲了，今兒大年初一的，反倒起不來了。」

說話間，趙彩鳳已經穿了衣服從裡面出來，她雖然心裡著急，卻不能讓楊氏看出來，因此笑著道：「娘，一會兒我和相公去劉家拜年，晌午之前再回來。」

楊氏也沒覺得有什麼不對勁的地方，劉家每年都來他們家拜年，今兒彩鳳他們先過去也是應該的，可頭一天那都是親戚之間走動，很少有朋友之間大年初一就拜年的，因此楊氏不免多問了一句。「不知道他們今兒要不要出門拜年呢，你們這一大早就過去，萬一沒遇上，倒是白跑了。」

趙彩鳳便道：「白跑了就再回來。」

楊氏聽趙彩鳳這麼說，便應了道：「吃些百歲圓再去吧。」

趙彩鳳應了一聲，等宋明軒穿戴洗漱好了，便急急忙忙拉著他出門去了。

楊氏瞧著趙彩鳳他們空手出門，不禁嘆息道：「越大越不像樣了，有空著手出門拜年的嗎？」

趙彩鳳隨便應付道：「我帶著銀子呢，一會兒買點東西去。」

楊氏扯著嗓門道：「這大年初一的，妳上哪兒買東西去啊？」眼見話還沒說完呢，趙彩鳳和宋明軒已經走遠了，楊氏又嘆了一口氣，笑道：「這兩個孩子，究竟還是小孩子脾氣。」

陳阿婆笑著道：「等他們自己有了娃兒，自然就懂了，現在咱也就睜一隻眼閉一隻眼吧！」

趙彩鳳和宋明軒到蕭家的時候，才知道程蘭芝也來了。

聖旨都下來了，違抗聖旨的事情蕭夫人也不敢做，只好又請了孫嬤嬤到西院來，好好看著丫鬟、婆子，生怕她們也說起閒言碎語來，那可真是了不得了。

孫嬤嬤命丫鬟們送了茶上來後，便遣了她們都下去。

這時杜太醫說道：「眼下藥已經用了下去，脈象也平穩了很多，如今卻只能等著了。方才聽程姑娘說曾醒過一回，可惜我沒瞧見，也不知道神智是否清醒。」

趙彩鳳心下又擔憂了幾分，可這時候除了等，真的是一點兒辦法也沒有，因此低下頭，難得學著陳阿婆的樣子，心裡默唸了幾句阿彌陀佛。

程蘭芝從房內走出來，瞧見蕭一鳴身上還帶著傷，不禁紅著眼睛道：「你怎麼還不去休息？這兒又用不上你。」

蕭一鳴方才小睡了一會兒，這時候精神已有些復原，開口道：「妳不是過來看我的嗎？我上哪裡睡去？要睡自然也只能睡在這裡。」

程蘭芝的臉頰微微泛紅，低頭擦了擦眼淚道：「那你進去睡去，我……我也守著你。」

蕭一鳴以前只知道程蘭芝嘴巴厲害，說話又直爽，被她坑過無數次，現如今見她這樣紅著眼睛、低聲下氣的說話，倒是讓他生出幾分憐愛來。兩人畢竟是從小青梅竹馬長大的情分，蕭一鳴想起日後她會是自己的妻室，便爽朗道：「那好，我進去小睡片刻。」

卻說事有不巧，趙彩鳳和宋明軒走後，劉家的下人正好前來給宋明軒拜年，並帶了年禮過來。楊氏見過劉家這幾個下人，平素裡都是在劉八順身邊跑動的，因此便笑著道：「兩位小哥，我家彩鳳和明軒不是去你們家了嗎？這些東西讓他們帶回來就行了，倒是又勞煩兩位了。」

那兩個小廝聽了，疑惑道：「宋舉人和宋夫人沒去我們家呀！難道是路上沒遇著？我家大姑奶奶今兒一早派人送信過來，說是我家大姑爺回京了，今兒讓我家少爺抽空過去坐坐呢，宋舉人這會子過去，只怕我家少爺已經走了吧！」

楊氏聽了這話，心下咯噔一聲。錢木匠當初去邊關的時候，還是宋明軒去請了杜太醫帶著一起過去的，眼下杜太醫回來了，可錢木匠卻沒回來，這算什麼事啊？楊氏越想越怕，急忙開口問道：「那你們可知道，跟著你們大姑爺去邊關的那大漢回來了嗎？」

那兩個小廝如何知道楊氏和錢木匠的關係？見她問起，便擰眉想了想。「這我們倒是不知道，就知道我家姑爺帶了一個快死的人回來，這會子正在蕭將軍府裡救著呢，聽說是救不回來了，也不知道是不是妳說的那個人？」

楊氏本就膽小，且懷著孩子越發容易胡思亂想，聽了這話頓時就嚇呆了，「啊呀」一聲，整個身子就不自覺地往後栽了下去，溫熱的液體順著大腿根部流淌而下，黏在厚重的棉褲上。這種感覺如此熟悉，楊氏不禁捣著肚子在地上呻吟道：「啊……孩子……我的孩子……」

兩個小廝見楊氏跌倒，急忙上前去扶，眼見著鮮血從楊氏的小腿根滑落下來，嚇得大喊道：「不好了，快來人吶！這位大嫂要生了！」

陳阿婆正在前頭正廳裡跟楊老太嘮嗑，聽見外頭的響動，兩人一起趕了出來，見楊氏倒在地上，急忙過去扶，又問道：「這是怎麼了？」

楊氏早已經是滿臉淚痕，忍著疼道：「娘，妳去……妳去……把彩鳳找回來！」

楊老太一早就聽說趙彩鳳和宋明軒去了劉家，這會兒又見楊氏讓她去找人，開口道：「找彩鳳做什麼？她一個小媳婦，又不會幫妳生孩子，我先替妳找穩婆去！」

楊氏牢牢拉住了楊老太的袖子，咬牙道：「妳去……妳去……妳去找她回來！」

楊老太這時候也著急了，看著楊氏身下血流不止，急忙道：「妳這都要生了，我還上哪兒找人啊！」楊老太見那兩個小廝還愣在一旁，忙開口道：「兩位小哥，麻煩幫忙把彩鳳和明軒找回來成不？」

那兩個小廝這會兒已嚇破了膽，結結巴巴地道：「找……找……上哪兒去找？」

楊氏疼得咬牙，喘著粗氣道：「去……去……蕭將軍府！去……」

蕭家西院，程夫人把那錢木匠和自己家的事情說給了杜太醫聽後，嘆息道：「我知道你們當太醫的，多少豪門秘辛沒聽過，所以我也不怕向你吐露了實情，只求你能盡力把他救活過來，也算是讓這兩個孩子安心了。」

杜太醫原本就覺得奇怪，聽了這麼一番話後，越發對錢木匠生出幾分佩服來，開口道：「程夫人放心，在下定當竭盡全力，可唯今之計，也只有靜觀其變了。」

一時間，廳中眾人都忍不住嘆息了一聲。

這時候，門外有一個小丫鬟火急火燎地跑進來喊道：「宋夫人！劉家的小廝來傳話，說妳娘要生了，讓你們趕緊回去！」

趙彩鳳這廂正為錢木匠擔憂，猛然聽說楊氏要生了，頓時嚇了一跳，忙站起來問道：「到底怎麼回事？我娘還有一個月才到時間呢！」

那小丫鬟也弄不清狀況，苦著臉道：「奴婢、奴婢也不清楚，瞧著劉家小廝那樣子，似乎挺著急的，宋夫人還是快些回去吧！」

趙彩鳳急忙走了兩步，才到門口又轉身，看著杜太醫道：「杜太醫，你會接生嗎？我娘這一胎早產了，這會兒你能抽空過去瞧一眼嗎？」

杜太醫心知救人如救火，也跟著起身道：「現下錢木匠情況還算穩妥，我先跟妳走一趟，一會兒再過來。」

宋明軒也急忙幫杜太醫揹上了藥箱，三人一行急忙往門口去。

劉家的小廝見宋明軒和趙彩鳳出來了，又瞧見杜太醫也在，急忙行禮後，又道：「宋舉人、宋夫人，你們果真在將軍府啊！」

宋明軒平日和劉八順交好，跟他的小廝也很相熟，忙開口問道：「到底怎麼回事？我丈母娘還沒到月分，怎麼就要生了呢？」

那小廝便把方才在趙家的事說了一遍，卻仍丈二金剛摸不著頭腦地道：「我也不知道怎麼回事，好好的她就栽了一跤，要生了！」

趙彩鳳聽那小廝說完，知道楊氏必定是猜到了什麼，咬唇道：「看來錢大叔的事情怕是瞞不住了，我們快些回去吧！」

杜太醫開口道：「坐我的馬車回去，快一些。錢夫人這是第五胎了，應該不會出大事，我先跟你們一起過去看看。」

廣濟路院子裡，楊老太已經請了穩婆過來，楊氏正躺在床上用力。她雖是第五胎了，可這一胎卻並非是瓜熟蒂落下來的，這會兒還沒入盆呢，可陣痛已經來了。

那穩婆看楊氏喊得痛楚，勸慰道：「大妹子，妳先忍著點，孩子還沒下來，這月分不到，我連孩子的頭都沒摸到呢！」

楊氏前幾胎都順遂得很，除了生趙彩鳳的時候受了一些罪，生後面幾個的時候，說是母雞下蛋也不為過了，每一個都是一個時辰不到就搞定的。可這一胎偏生是早產，如何能跟之前的比？她一時疼得受不住了，又想起錢木匠生死未卜，便有了幾分輕生的念頭，拉著那穩婆的手道：「大嫂子，妳一定要保孩子……我……我不行了……」

那穩婆本就著急，見楊氏說這些喪氣話，聽著也見氣，勸慰道：「妳別著急，我先給妳看看胎位，這胎位要是正，便是早產也不打緊的。孩子還小，等入了盆，生下來也快得很。」

說話間，楊氏又大喊了一聲，身子疼得扭了起來，那穩婆好不容易把手探進去摸了一下，嚇了一跳，對一旁的楊老太和陳阿婆道：「不得了了，是腳朝下，難產啊這是！」

楊老太聞言，頓時嚇出一身冷汗來，開口問道：「那怎麼辦？」

「還能怎麼辦？趕緊送寶育堂去，只有送子觀音能救她啊！」那穩婆倒是經驗豐富地開口道。

「這大過年的，寶寶寶……育堂開門嗎？」楊老太急得話都說不清楚了。

「寶育堂一年到頭都開門的，送子觀音說了，這生娃兒挑不了時間，所以那邊天天都有人，只是不一定她本人在而已。」

楊老太連忙點了點頭，看著在床榻上不斷掙扎的楊氏，急忙道：「二姊兒，妳忍著，我這就出門喊車去！」

楊氏一把抓住了楊老太的袖子，哭著道：「娘……我不去，我要等彩鳳回來！我要等彩鳳回來……啊……」

那穩婆見了，急忙勸慰道：「大妹子，這可等不了了！老姊姊不是嚇唬妳，這再拖下去，可是要一屍兩命的啊！」

楊氏還是一味地搖頭，拉著楊老太的袖子不放，疼得連下嘴唇都咬破了，卻不肯讓楊老太走。

床上的血越發多了，楊老太揪心道：「二姊兒，妳這到底是怎麼了？妳說啊！」

楊氏疼得滿頭大汗，咬牙道：「我要等彩鳳回來，我要見她叔，我不走……」

這時候，趙武扯著嗓子從門外一路喊進來道：「娘……娘……大姊和姊夫回來了，還帶了杜太醫過來！」

楊氏聽說趙彩鳳回來了，覺得一股氣鬆懈了下來，短促地吸了幾口氣，扭頭時正好瞧見趙彩鳳進門。

趙彩鳳急忙走到楊氏床前，拉著楊氏的手道：「娘，妳怎麼樣？」

楊氏睜大眼睛，眸中充著血色，咬牙問趙彩鳳道：「妳叔……妳叔人呢？他人呢……」

趙彩鳳見楊氏放心不下錢木匠，開口安撫道：「叔沒事了，他受了傷，暫時不能回家啊！杜太醫已經幫他醫治了，休息幾日就好了。我怕妳擔心才沒告訴妳的，娘妳千萬別多心啊！」

楊氏唯恐趙彩鳳騙她，不信她的話，見杜太醫也進來了，便看著他問道：「杜……杜太醫，我……我家男人他……」

杜太醫思量了片刻後，開口道：「錢大嬸，皇上已經賜了良藥，錢木匠很快就要醒了，妳也得加把勁兒，讓他醒過來就能抱到自己的娃兒啊！」

楊氏見杜太醫也這麼說，才算信了。伴隨著陣痛襲來，她咬牙用起了力氣。

邊上的穩婆見他們請了杜太醫來，急忙開口道：「杜太醫，這大妹子胎位不正，腳朝下，不能這樣使蠻力，這樣孩子也出不來啊！」

杜太醫聞言，伸手按了一下楊氏的肚皮。她如今才八個月身孕，並未入盆，但產道卻因生育過幾個胎兒，早已經軟化。「我開催產藥，你們馬上熬了給她喝。這位大娘，如今胎兒還沒入盆，妳試著把孩子揉過來，一會兒入了盆可就不好揉了。」

那穩婆聽了，擦了擦額頭上的汗道：「我……我沒遇上過這事，但凡有事，我總讓家裡人把產婦往寶育堂送去……」

杜太醫見那穩婆這麼說，也是無語了。

趙彩鳳立即站起來道：「杜太醫，你教我，我來揉！」

杜太醫先將藥方開了出來，宋明軒甩了袖子就跑出去抓藥。

約莫半個時辰後，趙彩鳳已和杜太醫兩人配合著，將胎兒在楊氏的腹中換了一個方位。

楊老太送了藥進來，趙彩鳳服侍楊氏喝了下去。

不到半個時辰，楊氏覺得陣痛一次比一次密集，下身忽然嘩啦啦一聲，黃色的液體溢得滿床都是。

杜太醫檢查了一下楊氏的胎位後，不慌不忙地道：「羊水破了，胎兒也已經入盆了，大嬸，妳可以開始用力了。」

楊氏聽說錢木匠無事，總算了卻了一樁心事，只一心想著孩子能平平安安出生。她素來又忙碌慣了，身子骨也硬朗，雖說上了年紀，倒也不至於體力不支，便咬牙用了幾回力。

杜太醫又開口道：「大嬸，能看見胎兒的腦袋了，大嬸再用一回力，孩子就能出來了。」

楊氏扯著床單瘋狂地搖頭，一時間面容扭曲，下身繃得筆直，忽然間就感覺下腹緊繃之處骨碌一下鬆垮了下來，原來孩子的頭已經出來了。

杜太醫雙手按著胎兒的肩胛骨，稍稍向後用力，連帶著嬰兒一整個身體都離開了母體。

與空氣接觸的瞬間，孩子朗聲啼哭了起來。

趙彩鳳激動得落下了眼淚，往那小子細瘦的兩腿之間看了一眼後，笑著道：「娘，是個兒子！妳給錢大叔生了一個兒子！」

楊氏用力過猛，早已經虛弱得沒了力氣，聽趙彩鳳這麼說，微微點頭，睡了過去。

楊老太高興地拍著大腿道：「是個兒子啊！我又添了個外孫了，真是太好了！二姊兒，妳別睡啊，快看看妳的孩子！」

杜太醫幫楊氏分娩出了胎盤，伸手探了一下楊氏的脈搏，見脈搏平穩，便開口道：

「錢大嬸只是太累了，休息一會兒就好了。」
趙彩鳳這才鬆了一口氣。
正這時候，外頭又傳來了敲門聲，宋明軒急忙去開門，見是蕭家的下人。
來人見了宋明軒，忙開口道：「那……那……那位大叔醒了，我家少爺讓杜太醫趕緊回去瞧瞧！」
這頭剛剛得了一個好消息，那邊又傳來一個好消息，宋明軒撫掌高興道：「太好了！你稍等，我這就請了杜太醫過去！」
蕭家西院，程蘭芝坐在床前，目不轉睛地看著錢木匠，她雖然羞怯，可父母之間的血緣關係卻是與生俱來的。
錢木匠看著她的眼神也多了幾分柔和。
程蘭芝低著頭，伸手摸著錢木匠粗糙的大掌，低聲喊道：「爹，你現在覺得怎麼樣？」
錢木匠一時口乾舌燥，想要張口，只覺得唇瓣都黏在了一起，嗓子沙啞得說不出話來，便勉強搖了搖頭。
程蘭芝見了，一個勁兒地抹淚。
蕭一鳴見錢木匠似乎有話要說，便開口道：「岳父，你有什麼話，等傷好了再說不遲。」

程蘭芝見蕭一鳴冷不丁冒出一聲「岳父」來，頓時就紅了臉。

錢木匠最擔心的就是程蘭芝的婚事，蕭一鳴這一聲岳父正是喊到了他的心坎裡頭，一下子覺得氣都順了幾分，微微閉上眼睛。

程蘭芝以為他又要昏過去，嚇得握住他的手道：「爹，你別睡啊！杜太醫一會兒就到了！」

這幾日杜太醫跟著蕭一鳴等人奔波勞累，連黑眼圈都熬出來了。宋明軒見他靠在馬車壁上閉目養神，本想道謝，又覺得大恩不言謝，一時間只覺得自己反倒一無是處，遂嘆了一口氣。

杜太醫聽見宋明軒嘆了一口氣，以為他在擔心錢木匠的傷勢，便睜開眼睛開口安慰道：「你放心，錢大叔甦醒的時間已經比我們預計的早了很多了。」

宋明軒點了點頭，這才想起來這時候已是未時末刻了。在家中一陣忙亂，連吃中飯的時間都忘了。宋明軒聽劉八順說過杜太醫有個胃疼的毛病，此時便擔憂地道：「這幾日叨擾杜太醫多時，晚生真是感激不盡，還請杜太醫也要保重身子。」

杜太醫笑著道：「不礙事，我的老毛病調理多年，如今已經幾年沒有復發了，我們還是先回蕭家去看一眼錢木匠再說。」

宋明軒見杜太醫這般彬彬有禮，想著他從小錦衣玉食，又身為太醫院副院判，還有這樣的仁者醫心，真是讓人欽佩不已。

蕭家門口，幾個小廝早已經在門口候著了，見杜太醫回來，急忙迎了出來，替他揹上了藥箱，替他們在前頭引路。

才到小院門口，蕭一鳴也從廳中迎了出來，開口道：「杜太醫，你快去看看！方才錢大叔醒了，這會兒又睡了，不知道究竟是個什麼情況？」

杜太醫忙不迭地進門淨了手，走到錢木匠的床前。

程蘭芝讓了一個位置給杜太醫，站在他身後目不轉睛地看著他為錢木匠把脈診治。

過了片刻，杜太醫臉色稍稍緩和，嘴角帶著一些笑意，欣慰道：「脈象比我走之前更平穩了一些。」

眾人聞言，都鬆了一口氣。

宋明軒探著身子看了錢木匠一眼，見他眼皮似乎動了一下，以為他又要醒過來，著急地開口道：「叔，你醒了嗎？我岳母替你生了一個兒子，母子平安，叔，你有兒子啦！」

錢木匠本就體虛，方才醒來之後雖然頭腦清醒，可並沒有力氣耗著，所以忍不住又閉目養神了起來，這時候聽宋明軒這麼說，自是高興得強睜開眼睛，乾涸了幾日的嗓子啞然道：「真……真的嗎？」

眾人見錢木匠果真清醒了過來，都喜極而泣。

杜太醫急忙又替他把脈診斷。

宋明軒一個勁兒地點頭道：「當然是真的！叔，等你好一些後，咱就回家抱孩子去。」

錢木匠臉上擠出一絲笑意來，扭頭看了一眼程蘭芝，又瞧見程夫人也站在人群之後，合眸道：「蘭……蘭芝，這世上只有……只有程老將軍和夫人……是妳的父母，我……我不是……」

程蘭芝哭著跪下，心裡雖然難受，卻也明白錢木匠的一片好意，只又期期艾艾地喊了他一聲爹。

錢木匠伸出手擦乾程蘭芝臉上的淚痕，手指雖然粗糙，動作卻異常輕柔，斷斷續續地道：「妳……妳以後要好好……過日子，我也要好好……過日子……我們兩人，就當從來沒認識過，妳明白嗎？」

程蘭芝早已經泣不成聲，卻還一個勁兒地點頭，握著錢木匠布滿厚繭的手掌道：「爹，我知道了，以後咱就當不認識！」

程夫人見程蘭芝說出這句話來，也忍不住掉轉頭，哽咽著低頭擦乾了臉上的淚痕後，開口道：「蘭芝，我們來了好半天了，早些回去吧！」

程蘭芝吸了吸鼻子，鬆開錢木匠的手，拿起手絹擦了擦臉上的淚珠，扶著床沿站起來，走到程夫人的面前，福了福身子道：「母親，我們走吧。」

在場所有人的心中都哀嘆了一聲，可這對於程姑娘和錢木匠來說，無疑卻是最好的結局。

蕭一鳴送了程夫人和程姑娘到門口，程夫人頭一次覺得，蕭一鳴看著似乎比自己記憶中穩重很多，便也忍不住開口道：「你自己也要注意身體，戰場上刀劍無眼，你是有爹有娘的人，凡事不要強出頭，害人害己。」

蕭一鳴聞言，立馬低下頭道：「晚輩知道了。」小時候對程夫人的感覺就是一個嚴肅的老太太，如今還是覺得她太嚴肅了點，沒想到以後還得把她當岳母，蕭一鳴想想還覺得有幾分後怕。

程蘭芝看著蕭一鳴，臉上透著幾分關切，見他沒有話對自己說，便只福了福身子，跟在程夫人身後離去了。

一眨眼過去了四、五日，錢木匠的傷勢漸癒，前線又頻傳捷報，連贏了韃子兩處大戰，目前韃子軍心散亂，正在僵持之中，只要大雍再堅持一陣子，相信韃子很快就會潰不成軍了。蕭將軍畢竟也心疼蕭一鳴，便讓他留京養傷，不必再回前線去了，如此，蕭一鳴便在京城待了下來。

這日錢木匠已經能稍微下床走動，又覺得住在蕭家甚為不便，趙彩鳳便提議讓宋明軒把錢木匠接回家中。雖然楊氏在坐月子不能照顧錢木匠，但好歹家中如今有了兩個婆子，端茶送飯這等事情倒也容易解決，至於其他的，那就讓宋明軒服侍好了，反正他這一口一個岳父，也不是白叫的。

蕭一鳴挽留不住，也只好放錢木匠走了，親自送到了趙彩鳳的新家，又不知留了多少的人參、靈芝下來，說是給錢木匠補身子用。蕭一鳴見趙彩鳳他們的日子越過越好，心中也替趙彩鳳高興，又想起當日自己以為有些銀子，便對趙彩鳳有那些念想，如今想來，趙彩鳳原本就是一個有能耐的，又何須自己可憐心疼？

眾小廝把錢木匠扶上了輪椅後，宋明軒便請了蕭一鳴往院子裡坐一會兒，蕭一鳴卻推拒道：「不了，我還有別的事情，改日再和宋兄一敘。」宋明軒見蕭一鳴面露尷尬，也沒堅持讓他進去，目送他上了馬車離去。

趙彩鳳從屋裡出來，見蕭一鳴沒進來，探著脖子問道：「蕭公子怎麼沒進來？」

「他說他有事情辦，就不進來了。」

趙彩鳳如何明白蕭一鳴的那些個心結，見蕭家的馬車已經走出了巷口，嘆息道：「麵鋪的紅利我這幾日算出來了，正預備著給孫嬤嬤送過去，他都來了也不正好幫我帶一下，還要讓我再跑一趟。」

宋明軒見趙彩鳳提起孫嬤嬤，擰眉想了想道：「這次錢大叔得救，可要好好謝謝這位孫嬤嬤了，改日妳一定要備一份厚禮，送給孫嬤嬤去。」

楊氏生這一胎雖說吃了點苦處，但好歹底子不差，還可以親自奶孩子，如今紮著包頭布，靠在炕頭上給孩子餵奶。

楊老太興沖沖地進來道：「二姊兒，妳當家的回來了！」

楊氏聞言，掙扎著要從炕上下來，無奈手腳實在無力。

楊老太安撫她道：「妳別動，外面寒氣大，屋裡頭暖和，我讓明軒推了他過來，看看妳跟孩子。」

楊氏激動地把孩子抱在懷裡，又怕自己這個醜模樣嚇壞了錢木匠，便伸手理了理鬢角，確認頭髮不亂了，這才探著腦袋往門口望過去。

宋明軒推了錢木匠的輪椅到東廂房門口，奈何這古代的房子都有一個高門檻，這輪椅也過不去，楊氏坐在裡間，隔著簾子，哪裡能瞧見錢木匠？錢木匠便支起了身子要進去。

宋明軒急忙上前扶著他道：「叔，彩鳳怕娘坐月子，小孩子鬧覺影響你休養，所以你的房間在正房西邊那間。」

錢木匠擰眉點了點頭道：「我想進去看看你岳母和孩子。」

宋明軒會意，扶著他進去，撩開了簾子，便瞧見楊氏懷中抱著一個瘦小的嬰孩，臉上的皮膚還皺皺的，看著甚是可憐。錢木匠緩緩走過去，坐到了楊氏的炕邊，伸手想摸一下孩子的臉頰，又怕自己這粗糙的大手弄傷了他柔嫩的肌膚，只隔著襁褓拍了拍小寶貝，玩笑道：「我的娃兒，咋不像我這樣壯實呢？」

楊氏聞言，忍不住落下淚來，委屈道：「早產了一個多月，哪裡能壯實？」

錢木匠見楊氏哭了也心疼，開口道：「月子裡不能哭，傷眼睛。」

楊氏急忙擦乾了眼淚，嗔怪道：「你說好了，要回來看著我給你生兒子的，你說話不算話！」

錢木匠稍稍坐了一會兒，傷口已經疼得吃不消了。

楊氏見他這般難熬的表情，問道：「傷哪兒了？我瞧瞧？」

錢木匠一把抱住了楊氏和孩子，輕輕安撫道：「肚子上開了個洞而已，沒什麼大不了的，比起妳以前看見的那傷痕，這回小得很，只是年紀大了，身子骨不如以前了。」

楊氏又心疼地落下淚來，道：「你快歇著去吧，彩鳳給你準備好了院子。」

錢木匠朝四周看了一眼，笑道：「我就住這裡，睡在妳對面的炕上可好？」

楊氏便道：「孩子鬧覺，吵得你也睡不好。再說你如今行動不便，總不能讓明軒日日往我房裡跑。」

錢木匠想到這裡，也覺得不大方便，只好應道：「那我還是睡正房那邊去好了。」

趙彩鳳和宋明軒瞧著楊氏和錢木匠總算是團聚了，心下也安慰了不少，只怕再過幾個月，就能吃蕭一鳴和程姑娘的喜酒了。

卻說那日程夫人和程蘭芝回到府中之後，劉嬤嬤過來問話，說是錢老大媳婦和那孩子到底怎麼整治？這大過年的在下人房裡頭關了一天一夜的，總要有個說法。

程夫人腦仁脹得生疼，說起來這錢老大媳婦當初也是他們府上的丫鬟，本就不是什麼好貨色，勾引主子不成，就勾搭上了老實的錢老大。當年程家要發賣他們一家的時候，錢老大是在自己跟前賭咒發過毒誓的，說是這輩子絕對不上程家來。那時候還沒有程蘭芝，程夫人也沒想著要趕盡殺絕，這才准了他們自贖了出去。

後來錢老大也確實信守諾言，一家人安安分分地過日子。誰能想到，這十幾年都平安無事地過去了，這時竟還會出了這樣的事情來。

劉嬤嬤見程夫人蹙著眉宇，開口道：「奴婢問過那錢老大媳婦了，原來那錢老二錢浩每年都會往她家送銀子，這十幾年來從未間斷過。去年錢老二娶了一房續弦，帶著媳婦去過一次，錢老太連門都沒給進去。這錢老大媳婦是個貪心不足的，眼看著家裡窮得年關都過不下去了，便想來城裡面找錢老二要銀子，可進了城卻兩眼一抹黑的，壓根兒就不知道錢老二在哪兒，倒是還記得我們府上的位置，她覺得大老遠地來一趟了，不能空著手回去，所以就……」

程夫人聽到這裡，早已經氣得青筋暴露，怒道：「世上竟有這樣卑劣無恥的人！我不治她，實在難消我心頭之恨！」程夫人往身後的寶藍緞面引枕上靠了靠，稍稍平息了一下怒意後，開口道：「妳去熬一碗啞藥端過去，就說不計是她或者是她那個兒子，只要把這碗藥喝下去，我就放他們走。」

劉嬤嬤聽程夫人這麼說，知道程夫人這次是真的動怒了，便連勸慰也都省了，開口道：「那奴婢這就安排去，等事情辦完了，再來回太太。」

程夫人點點頭，心下還是有幾分怒意，遂開口道：「處置完了，直接喊了人丟到城外去，越遠越好。」

劉嬤嬤會意地應了是。

程夫人這才稍微舒了一口氣，又道：「妳去準備一些人參、鹿茸之類的補品，派人送去蕭家，指名是給蕭公子養傷補身子用的，明白了嗎？」

下人房裡頭，錢老大媳婦這時候也是悔得腸子都青了，她素來在人前是個狠角色，凡事不饒人的，況且她十幾年沒做奴才了，平常在錢老大跟前呼來喝去也是有的，早已經不知道天高地厚了。這次進城，原本是想找了錢木匠和楊氏要些銀子花，可誰知道進了城又不認識路，這京城這麼大，上哪兒找去？錢老大媳婦想著既然已經來了，如何能浪費了這一次車錢？好歹去程府走一趟，稍微訛一些銀子也是好的。

她原本是不知道程家把程姑娘當閨女養的，之前幾次偷偷在餘橋鎮的程家別院門口瞧見了程姑娘的長相，這才確定了。錢老大媳婦想得很簡單，心道這大戶人家的姑娘家，必定是不能隨便見到的，少不得通報的人還是要去請了程夫人出來，到時候只怕不用自己開口，程夫人自然也會懂得打點打點的。

誰知道這中間竟然出了岔子，程姑娘居然來了，這倒是讓錢老大媳婦也嚇了一跳。可是既然見著了程姑娘，那銀子自然是得跟程姑娘要了，於是錢老大媳婦一狠心，雖沒想著直接說出真相，但少不得套個近乎，說自己是服侍過程大姑娘的人。可沒想到，這話還沒說出口，程夫人就來了，指揮著兩個婆子摀著自己的嘴，劈頭蓋臉罵了一頓，還說要毒啞自己兒子！

錢老大媳婦哪裡吃過這樣的虧，一下子也被激怒了，索性就不顧三七二十一，把真相給說了出來。

錢寶被關在這裡餓了一天一夜，早已經連哭的力氣也沒有了，躲在錢老大媳婦的懷裡，一個勁兒地抽噎著。

錢老大媳婦的眼淚也哭乾了，聽見外頭有腳步聲經過，爬過去捶著門道：「快來人哪，開開門啊！求太太開恩啊，求太太開恩！」

腳步聲越來越近，只聽見咯吱一聲，門從外面打開了，錢老大媳婦則抱著自己的兒子慌忙躲到角落。

劉嬤嬤身後跟著兩個壯實的粗使婆子，還有一個端著盤子的小丫鬟，小丫鬟的盤子裡放著一碗漆黑的藥汁。之前被賣出去的那些奴才們都喝過這種藥，一碗下去，一輩子就都說不出一句話來了。

劉嬤嬤居高臨下地看著錢老大媳婦，臉上的神色僵硬冷酷，開口道：「太太說了，不計是妳還是這個孩子，只要喝下這碗藥，就放你們走，妳自己看著辦吧。」

那錢老大媳婦曾經也是程府的丫鬟，自然是認得劉嬤嬤的，哭著跪爬上前，抱住了劉嬤嬤的大腿道：「劉嬤嬤，您行行好，放過我和孩子吧！我錯了，我真的錯了！」

劉嬤嬤厭惡地踢開了錢老大媳婦，退後一步道：「這世上哪裡有什麼對錯？做下人的也從來不認對錯，只認主子。即便妳沒錯，太太讓我做什麼，我也只能這麼做！」

錢老大媳婦哽咽地看著那一碗藥，身子不住的顫抖。

劉嬤嬤又道：「別磨磨蹭蹭了，是妳自己來，還是要她們餵妳？」

錢老大媳婦瞧見凶神惡煞的那兩個媳婦，又顫起了身子，開口道：「我……我自己來。」

劉嬤嬤側臉不去看錢老大媳婦那張讓人作嘔的臉，冷冷地道：「小櫻，把藥端過去！」

小丫鬟端著藥碗上前一步，錢老大媳婦忽然就撲上來，險些把藥碗給弄灑了，幸虧這小丫鬟素來端慣了這藥碗，知道這些人表面順從，私下裡誰不想著把這藥碗灑了好逃過去的？一開始她確實被人弄灑過幾碗藥，可後來她就學乖了，如何還會讓錢老大媳婦給得逞呢？

劉嬤嬤見錢老大媳婦突然發難，便向身邊站著的婆子使了一個眼色，那兩個婆子頓時就衝了上去，一人一邊壓住了錢老大媳婦，其中一個人伸出手來，將錢老大媳婦的下頜捏開。

劉嬤嬤便轉過身子，拿起盤中那滿滿的一碗藥，順勢灌了下去。藥備得很足量，錢老大媳婦嗆了很久才算把那些藥汁給喝完了，身子也從一開始的反抗變成後來慢慢地癱軟了下去。

劉嬤嬤見藥碗空了，便把空碗放在一旁，拿出帕子擦了擦手道：「太太讓我直接把你們丟到城外去，我發個慈悲，把你們送回鎮上去。記住了，妳以後若是還敢在程家出現，下一碗藥，可就是給妳兒子備著了！」

錢老大媳婦的身子被鬆開，軟軟地癱到地上，她原本想開口說話的，卻發現自己已經說不出話來了，只能發出簡單的、單音節的聲音來。

劉嬤嬤瞥了錢老大媳婦一眼後，往門外走了幾步，轉身吩咐道：「找個下人，把他們丟到餘橋鎮的鎮口就行了。」

錢老大媳婦布滿血絲的眼睛死死地盯著劉嬤嬤。

一旁的錢寶嚇得連聲音也不敢出，終於在瞧見這群人離開之後，哇的一聲大哭了起來。

錢老大媳婦張嘴想要安慰自己的兒子，卻怎麼也說不出話來，只能爬過去，抱著他哭了起來……

第四十九章

這年節因為發生了太多事情，自然過得算不上熱鬧。正月十五原本是打算熱鬧一下的，因楊氏還在坐月子，錢木匠的傷也沒有痊癒，所以一家人只簡簡單單地吃了一個團圓飯，就各自回屋裡了。

趙彩鳳躺在宋明軒的懷裡算帳，前幾日黃老闆託謝掌櫃送了去年八寶樓和九香樓的分成過來，足足有八百兩銀子。趙彩鳳打算拿這銀子再開一家綢緞莊，還打算取一個響亮一點的名字。之前她的綢緞莊主要做下人服飾，雖然薄利多銷，但是忙起來的時候人手不夠，也確實很累。

這京城裡頭，最多的就是權貴，最肯花銀子的，就是那些富太太，那些人一身衣裳二、三十兩銀子壓根兒不算什麼，若是能將這一部分人的生意接一些過來，走上高級訂製服的道路，檔次自然就不一樣了。

不過，趙彩鳳之所以想走這條路，還有很大一個理由，就是想趁著宋明軒唸書的這兩年，多結識幾個富太太，到時候就算幫不上宋明軒什麼，好歹也能混個臉熟。趙彩鳳一想到這有人脈的好處，頓時就興奮了，往宋明軒的懷裡靠了靠，笑著道：「你想想看，等過兩年，這京城的太太們身上穿著的都是我設計的衣服，你多有面子啊！」

宋明軒伸手摟著趙彩鳳纖細的腰肢，讓她緊緊貼在自己的胸口，低下頭親了一口她的額頭，瞧見她那眉飛色舞的樣子，笑著道：「妳這麼說，那我也要好好用功，給妳也長一回臉面才行。」

趙彩鳳見宋明軒這信誓旦旦的樣子，仰頭親了下他的唇瓣，笑道：「我要當狀元夫人，你可要給我爭氣些啊！」

過了二月初二龍抬頭，又到了玉山書院開學的日子了。好在錢木匠的傷已經好得差不多了，如今起床下地也沒啥問題，全家人怕耽誤宋明軒的功課，便趕著他早日往書院去。

如今家裡頭有了盈餘的銀子，趙彩鳳給宋明軒置辦了幾身像樣的行頭。宋明軒原本長得就清秀，這裝束打扮一跟上去，立刻就跟換了一個人一樣。可惜宋家還在孝期，趙彩鳳只找了幾塊素淨些的料子，饒是這樣，宋明軒也被她打扮得玉樹臨風的。

陳阿婆看著宋明軒這樣子，一個勁兒地開口道：「我沒想到自己能有這個福分，也有穿綾羅綢緞的一天。明軒這身衣服是真好看，這手藝便是我們趙家村裡，也找不出一個人能做得這樣好的。」

趙彩鳳笑著道：「這是紅線繡坊裡頭的繡娘做的，她們都是專業的，自然做得好，因為我急著要，原本是要另外加銀子的，可如今她們繡坊大多數生意的料子都是在我們綢緞莊拿的，所以就沒多收我的。」

趙彩鳳上前把宋明軒胸前的衣襟又拉了拉平，抬起頭往他白皙嫩滑的臉頰上瞅了一眼後，不禁噘起嘴道：「把相公打扮得這樣好看，我可真是不放心了。幸好書院裡頭沒女的，不然我可不讓你去！」

宋明軒聽了這話，越發紅了臉頰。他在書院上學的時候，確實有不少同窗向劉八順打探過自己，不過在知道他已經娶親之後，倒是沒什麼想法了。

陳阿婆聽了這話，也幫著趙彩鳳道：「彩鳳這話在理，明軒你可好好聽著，千萬別在外頭尋花問柳的，若是讓我知道了，我打斷你的腿！」宋明軒還沒發話呢，陳阿婆倒是急了。這也難怪，陳阿婆一輩子都被宋老爺子給坑了，自然對這事情敏感得很。

趙彩鳳聽陳阿婆這麼說，又心疼了起來，幫著宋明軒道：「阿婆，您就別說他了，他有賊心也沒賊膽呢！」

宋明軒聞言，連忙表態道：「我連賊心也沒有！」

趙彩鳳聽了這話，很是滿意，噘嘴在他臉頰上親了一口道：「孺子可教也！」

宋明軒紅著臉，滿含柔情地看著趙彩鳳。

這時，外頭打雜的婆子進來回話說：「回爺、奶奶，劉家的馬車已經到門口了，老奴請了劉公子進來坐，劉公子說不進來了，老奴這就先把爺的行李給搬了出去。」

趙彩鳳吩咐道：「妳去回了劉公子，說我們這就出去。」

往日劉八順出門上學，錢喜兒必然是要親自送一程的，今兒趙彩鳳見錢喜兒不在，便多問了一句。「喜兒怎麼今兒沒來？該不是捨不得你，傷心得不想出門了吧？」

劉八順面色微紅，笑著道：「她這幾日感染了風寒，怕出門過了病氣給你們，所以就沒出來。」

這一個年又是楊氏坐月子，又是錢木匠養傷，趙彩鳳是忙得腳不沾地，這幾日又記掛著宋明軒去書院的事，還要準備選夏天要賣的面料，因此趙彩鳳和錢喜兒也當真是許久未見了，此時聽說她生病了，當下就開口道：「我今兒去完店裡，過去瞧瞧她。」

送了宋明軒離去後，趙彩鳳便去了廣濟路上的綢緞莊裡頭。這幾日開春，店裡頭生意倒是不錯，有錢人家已經開始給下人準備夏天的衣服了，沒錢的人家則才剛剛開始準備開春穿的衣料。趙彩鳳看了一眼羅掌櫃遞上來的進料單子，滿意地點了點頭，特意圈出了幾疋面料出來，讓他加量下單。

古人做生意老實，很少有什麼過季大打折之類的促銷活動，這個時候冬天的面料正是進價最便宜的時候，就算她們打折銷售，也能賺上不少利潤，況且最重要的是，這個時候剛過完年，人人手裡還有一些銀子，她若是減價賣這些冬天的面料，必定是有人要的。

趙彩鳳想了想後，開口道：「羅掌櫃，去把去年冬天剩下的面料拿出去，打折銷售，一件不留。」

羅掌櫃頓時就不大明白了，開口問道：「東家，打折銷售可是要虧銀子的，當時我們的進價可不便宜啊！」

趙彩鳳便把單子上的價格指給羅掌櫃看，解釋道：「你看這一批湖藍色的元寶花紋緞子，去年進貨價是十兩銀子一疋，我們按十五兩銀子賣出去，如今進貨價只有五兩銀子，庫裡還剩下兩疋，你再進三疋回來，全部按十兩銀子賣出去，最後還能有十五兩銀子的賺頭。」

羅掌櫃一聽，茅塞頓開，一個勁兒地讚好。

趙彩鳳又選了幾疋便宜的冬天面料，讓羅掌櫃一起進了貨回來，又道：「二月十五梅影庵有廟會，你去那邊租個攤位，我們那一天就把這些面料都清了，多餘的銀子就可以收回來買當季的料子了。」

羅掌櫃猛點頭，心裡嘆服趙彩鳳這做生意的腦子實在是好！廟會上人多，若是有人看見便宜東西，大家就一哄而上了，這些個面料沒準一天就能給清乾淨了！羅掌櫃也算是做了幾十年生意的人，可還是讓趙彩鳳這生意頭腦給比下去了。

趙彩鳳安排好了事情，便從店裡頭剪了幾塊做春衫和夏衣的時興面料，上劉家瞧錢喜兒去了。

錢喜兒素來身子骨好，平常很少有個頭疼腦熱的，所以這一次還病得不輕呢！

李氏見趙彩鳳人來了就算了，還帶了東西過來，笑著道：「妳人過來就好了，還帶這些東西來，真是太客氣了！」

趙彩鳳知道劉家如今富庶，這些面料自然是不缺的，她不過也就是表個心意而已，便笑著道：「每次都是空著手來，又帶一堆東西回去，讓人瞧著還以為我是太太家裡頭來打秋風的窮親戚呢！如今總算日子能過下去了，太太也讓我表個心意吧！」

李氏素來喜歡能幹的閨女，她家就是靠著劉七巧才能有這麼一天的，如今瞧著趙彩鳳也把日子越過越好了，笑著道：「我就知道妳是個能幹的，都說窮人的孩子早當家，辛苦妳了。」

趙彩鳳在正廳裡頭喝過了茶，便謝過了李氏，去錢喜兒的房裡瞧她去了。

這二月裡本就還陰冷，錢喜兒的房裡還生著暖爐，小丫鬟領著趙彩鳳進去，就瞧見錢喜兒下身蓋著毛毯子，正半靠在臨窗的暖榻上做著針線。

見趙彩鳳來了，錢喜兒放下了針線，笑著道：「我病著呢，難為妳還過來，這要是過了病氣給妳，那就不好了。」

趙彩鳳在錢喜兒對面的炕上坐了下來，笑著道：「都是小病，不打緊的。喝過了藥嗎？」

「藥一直喝著呢，大姑爺也來瞧過了，說我是著了風寒，也沒別的辦法，只能慢慢養著了。」錢喜兒說到這裡，臉色倒是有些泛白了，見趙彩鳳沒接著問，反倒自己坦白道：「正月十五的時候外頭有燈會，八順非拉著我出去看燈，在外頭吹了幾個時辰的風，回來頭就疼了，這都大半個月了，還沒好全。」

趙彩鳳聽了，笑著道：「那妳這病得也算值了，我這個年過得可是忙亂至極，一顆心到現在才安穩下來呢！」

錢喜兒聽劉八順說起過趙彩鳳家裡的事情，開口道：「幸好妳家裡頭人都沒事，這便是最好的了。如今世道不好，能安安穩穩地活著也不容易了。」錢喜兒說到這裡，微微蹙眉。

劉家雖然對錢喜兒好，可她畢竟還沒過明路，心裡頭有那麼一些小小的不安也是常理。趙彩鳳和錢喜兒談得來，也敬佩她這份氣度，便小聲問道：「我打算再開一家綢緞莊，設計一些侯門大戶裡富太太們穿的衣服，妳有沒有興趣入個股份？我若是賺了銀子，就給妳分紅，可我若是虧了，妳的銀子我也還妳！」

錢喜兒知道趙彩鳳是一片好意，笑著道：「哪有妳這樣做生意的？那豈不是倒貼自己的銀子來幫我？」錢喜兒低頭想了想後，道：「我手上確實有一些銀子，我從小吃住在劉家，每個月還有月銀，又沒什麼花銷，逢年過節還能收不少禮，自然是有些盈餘的。可這些銀子畢竟也是劉家的，我也不知道該不該動？」

趙彩鳳見錢喜兒這麼說，笑著道：「他們給了妳，自然就是妳的了，難道是給了妳看的？妳就算花掉了，他們也不會來說妳，何況過兩年劉兄弟就又要下場子了，到時候你們肯定是要過明路的，妳的嫁妝還不是劉家來出嗎？難道妳不打算為自己賺些嫁妝銀子？」

這話正說中了錢喜兒的心事，她何嘗不想為自己賺一些嫁妝銀子呢？只是如今她在劉家不愁吃不愁穿的，若是私下裡再賺銀子，倒顯得劉家刻薄了她一樣，她也實在是不好意思開口。

趙彩鳳見錢喜兒為難，笑著開口道：「我瞧著劉夫人很是通情達理，不然一會兒我去跟她說說，若是她應了，妳再應了我不遲？」

錢喜兒聽趙彩鳳這麼說，感激得不知說什麼好，又道：「那咱可說定了，若是真的虧了，那銀子妳也別還我了，哪裡還有做生意不虧銀子的說法。」

趙彩鳳聞言，假裝嗔怪道：「我做生意就沒虧過，妳可別咒我啊！」

錢喜兒連忙呸呸了兩聲，笑著道：「宋夫人大人不記小人過，原諒我這童言無忌的吧！」

有趙彩鳳出馬，李氏果然就同意了錢喜兒入股的事情。不過李氏同意卻不是想著讓錢喜兒也賺錢分一杯羹，只是覺得趙彩鳳年紀輕輕的創業不容易，她也有心幫襯著點，以至於最後錢喜兒封給趙彩鳳的二百兩銀子，其中一半還是李氏出的。

趙彩鳳走後，錢喜兒反倒有些不好意思了，覺得因了自己又讓李氏破費了，顯得有點不自在。

李氏笑著道：「妳別多心了，想當初妳七巧姊姊嫁得這樣好，創業的時候還不是一樣忙得天翻地覆的？我是有心想幫襯彩鳳，她不提，我也不好開口，她既然向妳提了，那自然是再好不過了。」

錢喜兒便笑著道：「彩鳳可聰明了，除了七巧姊姊，她可是我見過最聰明的人了！」

李氏也跟著笑道：「可不是？我瞧見她，就想起了妳七巧姊姊在王府做丫鬟的那些日子，也是這樣的辛苦，幸好如今總算是熬出頭了。見彩鳳這般辛苦，我有些心疼啊！」

錢喜兒知道李氏向來為人和善，笑道：「太太妳是好心，彩鳳心裡必定也是記著妳的好的。便說我，若不是太太那時候收留，我也不知道死在哪個角落了。」

李氏見錢喜兒提起了這些陳年舊事，笑道：「我白得了一個兒媳婦，一點兒也沒虧呢！要不是八順執拗著要等中了進士再大婚，我一早就想把你們的事情給辦了。」

錢喜兒見李氏提起這個來，頓時便脹紅了臉，低頭道：「太太快別這麼說。」

趙彩鳳去了一趟劉家，拉了二百兩的贊助，心情自然是不錯的。回家的時候瞧見李全來了，正在大廳裡頭和錢木匠聊天呢！

趙彩鳳親自送了茶上去，只聽李全說道──

「方廟村那礦洞的事情，如今是真的解決了。新來的知縣是個幹實事的，又給當初死在裡頭的人家每戶分了二十兩銀子，聽說這些銀子是從誠國公府抄家抄來的，皇上這次發了慈悲，撥了上千兩的銀子下來，就分給了那些百姓。」李全說完，又笑著道：「過年家裡頭忙，便沒往城裡跑，也不知道你們家出了這麼大的事情，幸好都沒事，不然的話……」李全看了一眼錢木匠，他年輕時就聽趙老大說過錢木匠不是一個簡單人，但也沒想到錢木匠竟厲害到敢往前線跑去。如今再瞧一眼錢木匠，果真覺得他跟他們這群土生土長的鄉下人是不一樣的。

「其實也沒什麼，我年輕時候也當過一陣子兵，去過前線，正好那地方我熟，就想著過去給他們帶個路，也算是盡一份力了。」錢木匠重傷方癒，說話的聲音比以前柔和幾分，且這些天沒出門，臉也養白了些。

趙彩鳳見他還有些虛弱，笑著道：「叔你要是累了，就先進房歇一會兒，這裡有我照應著呢！」

錢木匠也確實覺得有些體力不濟，便和李全說了一聲，自己先回房去休息了。

李全見錢木匠走了，這才打開了自己手邊的一個包袱，將裡面的一包銀子遞給趙彩鳳道：「彩鳳，這是去年妳家那幾十畝地的租子，不多，才二十兩銀子。年前幾戶人家沒湊齊，年後才給了我，我正好就給妳送了過來。」

趙彩鳳還當真忘了宋家還有這麼一筆收入，笑著道：「難為叔你還記掛著這事情，家裡頭事多，我一早就忘了。這銀子雖然少，但往年也夠阿婆和我婆婆花銷的了，可如今……」想起死了的許氏，趙彩鳳心下還有些難受。再過幾天便是許氏的周年忌，原本宋明軒是想等過了許氏的周年再去書院的，但這樣一來，又要耽誤好些日子，書院那邊功課又緊，趙彩鳳這才勸了他先回書院，過幾天她把生意處理好，自己回一趟趙家村，去許氏的墳頭走一趟。

李全見趙彩鳳難受，安慰她道：「年前我經過宋家的祖墳，看見妳婆婆墳上的那兩株松樹都長得很好，妳也不必太難過了。」

趙彩鳳拿帕子壓了壓眼角，點了點頭道：「叔來了吃頓便飯再走吧，正好我過年的時候從鋪子裡拿了好些布料回來，你帶些回去，給孩子們做些新衣裳。」

李全一直逗留到了未時末刻才離去，趙彩鳳原本想留了他住一宿的，李全說晚上黃老闆約了他喝酒，就往八寶樓去了。趙彩鳳其實心裡挺不好意思的，自從自己開了綢緞莊後，有好些日子沒去八寶樓了，但過年時黃老闆的分紅卻送了過來，趙彩鳳一直想找個時間謝謝黃老闆，又不知道該如何開口。

趙彩鳳收了錢喜兒入股的銀子，沒想到又附帶接了一筆大生意，原來寶育堂裡頭要給服侍的那些婆子、媳婦做夏天穿的衣服，以前這些衣服都是在杜太醫他弟媳家開的繡坊裡頭做的，面料也不拘他們去誰家買，可如今劉七巧聽說錢喜兒也跟著人入股開綢緞莊，她又見過趙彩鳳，瞧著就是一個能幹的小媳婦，便指明了這次做夏裝的料子，要到她家的綢緞莊來買。

寶育堂上上下下百來號的奴才，每人兩套衣服，那就是兩百多套衣服啊！又因為趙彩鳳事先屯了一些面料，如今正是夏裝漲價的時候，她庫裡卻還有夏天的面料，這一下子又省了好些銀子。趙彩鳳撥了撥算盤，心道這要是能把寶育堂裡頭一年四季奴才們的衣裳給拉過來，那也是不小的生意了。

開新店的事情趙彩鳳也沒落下，但是因為這次定位比較高，所以趙彩鳳不想隨便找個地方定下來，朱雀大街上的鋪子又太貴了，且都是豪門大戶人家的產業，等閒也弄不到手，就算是租了下來，一年的租金只怕也不少了。趙彩鳳如今畢竟剛剛起步，實在沒有這樣的資金和魄力，想來想去，也只能退而求其次，在朱雀大街隔壁的一條巷子裡物色了起來。

這條巷子雖然看著比不上朱雀大街，甚至有些偏了，但裡面開的幾家店卻也是京城裡頭排得上名號的。首推的就要算雅香齋了，是京城裡頭奶奶太太、姑娘小姐們最愛光顧的一家製香店鋪，裡面不光賣香，還賣各種保養用的香膏。女人誰不愛美？所以這家店的生意一直好得很。

趙彩鳳一早就關注了這家店，它邊上開了兩個古董鋪子，瞧著就有些冷清了，若是能弄一個下來，應該是很不錯的，可那麼大的店面，她一個人又吃不下來，所以也只是有心無力。

這日，錢喜兒正好身子好了，約了趙彩鳳出門逛逛，兩人逛著逛著就到了雅香齋來。雅香齋裡生意正興隆，從外頭停著的馬車來看，裡面不定是有幾個有頭有臉的姑娘正在買東西呢！

古代賣東西的地方和現代不大一樣，除了把商品陳列出來給客人們看之外，每家店鋪都會有那麼幾個小客廳，專門用來招待貴客，尤其是像朱雀大街這附近的店鋪，如果營業時不讓人進去，那多半是裡面正在招待什麼貴客，這時候就要等了。不過侯門公府的姑娘等閒是不出門的，出門之前肯定也會派人通知一聲，到時候好讓店裡的人做好準備，若是有別家的人也選了同一天來，那就再改一日。

當然，也會遇上一些隨興的姑娘，偏生喜歡不按牌理出牌，就喜歡亂逛的，要是遇上刁鑽任性的，見裡面的姑娘身分不如自己，沒準就這樣闖了進去，這樣的事情也有發生過。

所幸今日趙彩鳳和錢喜兒來得很是時候，並沒有遇上雅香齋不迎客的日子。兩人只是隨常打扮，雖然也穿了綢緞衣服，但終究看著樸實些。

店裡的掌櫃只看了一眼，也料定了她們不算是大戶人家的姑娘，況且其中一個還是少婦的打扮，應該是某家的小媳婦。

掌櫃送了客人離去後，便過來招待趙彩鳳和錢喜兒，見兩人雖然穿著樸素，可身上這衣服的設計卻是京城裡從未見過的。

趙彩鳳還戴著孝，所以只穿了雪青色的緞面裙子，裙襬上用稍微深色一點的繡線繡了半幅的臘梅花枝，裡頭穿著月白色的上衣，外面罩著同樣紫色的半臂，頭上別無冗飾，只有一支銀色梅花簪，雖然都是冷色調的，偏生那一臉的笑意又讓她加分不少，只一眼便覺得嬌俏可人，讓人忍不住親近。

再看另外一位姑娘，身量高䠷，鵝蛋臉形，裡面穿著八幅留仙裙，裙襬上繡的是芙蓉花的樣子，從上到下又是芙蓉花色的衣服，上面淺色，下面深，正好壓得住。外頭穿了一件闊袖的大氅，對襟上的花紋也是芙蓉花樣的，只是從來沒見人穿過那花樣。掌櫃的自認也算是看遍了京城裡頭貴女們的服飾，但這兩身衣裳，還是讓她記住了。

這兩套衣裳要是換上雲錦來做，想必越發壓得住，便是穿在侯門小姐的身上，也是綽綽有餘的。掌櫃的想到這裡，覺得自己當真是小看了這兩位了。

這個時辰正好是雅香齋裡面人少的時候，掌櫃的是一個三十出頭的婦人，梳著時下流行的圓髻，頭上的簪子都是玉石打造的，沒有金銀的浮華，卻特別配這滿殿堂裡頭黑胡桃木的貨架擺設，身上穿著的是秋香色緞面底子紅白花卉刺繡交領長襖，看著就是一派端莊穩重。

掌櫃的上前向趙彩鳳和錢喜兒兩人見過了半禮，這才認出了錢喜兒來。原來錢喜兒以前也經常陪著杜家大少奶奶來店裡頭選東西，只是她以前的穿著打扮，在杜家大少奶奶跟前看著就像個大丫鬟罷了，今兒這一身衣服穿出來，到底有了些變化。

「原來是喜兒姑娘！我差點兒沒認出來，今兒怎麼沒見妳家大姑奶奶呢？」掌櫃的通常都是這般自來熟，既然認出了錢喜兒來，便大大方方地上前招呼道。

錢喜兒倒是有些受寵若驚，要知道，這家店裡頭來往的都是有頭有臉的姑娘小姐，她每次和劉七巧過來，頂多也就是一個陪襯罷了，沒想到掌櫃的居然還記得自己，便笑著道：「大姑奶奶這幾日忙，所以我自己過來了，這位是宋夫人。」

掌櫃的原本就打算問一句錢喜兒身邊的少婦，如今見她幫自己介紹了，便笑著跟趙彩鳳點頭道：「宋夫人好。」

趙彩鳳也跟著點頭還禮。她掃了一眼這店裡面的東西，光是看包裝，也知道必定是價值不菲的，因此不自覺地蹙了蹙眉頭，要在這條街上把生意做起來，只怕還真的有些難呢！

說話間，掌櫃的已經領了錢喜兒去看這邊的新產品。最近天氣越發地熱了，冬天敷面的東西已經不能用了，畢竟這要是出汗起來，臉上可是要花的，姑娘家最怕在人前出醜了。所以，她們新研究了一種玫瑰花露，只要輕輕拍到皮膚上，就可以被皮膚吸收進去。拍過玫瑰花露的皮膚緊實滑膩，富有彈性，白裡透紅，讓人愛不釋手。

不過這樣的好東西，價格自然也是不菲的，就那麼一小瓶就要五兩銀子。趙彩鳳掐著指頭算了算，折合人民幣約兩千五百塊，果然價格比雅詩蘭黛小棕瓶還厲害，自己如今可還沒達到這樣的消費水平。

趙彩鳳隨意在店鋪裡面看了一圈，看見那護手的香膏，便想起了楊氏因為勞累而枯瘦的手指。楊氏剛出月子幾個月，身子還沒好全，最近也只在家養著帶孩子，也是時候讓她保養保養了，趙彩鳳便拿了兩個香膏遞給掌櫃。

掌櫃見了就笑著道：「宋夫人好眼光，這可是我們店裡頭賣得最好的東西了，只要稍微抹一點點塗在手心手背，這手就特別柔滑細膩。」掌櫃說話間稍稍瞥了一眼趙彩鳳的手背，雖然看上去算不得粗糙，但和那些姑娘家養尊處優的手還是不一樣的，想必家裡頭必定還沒到呼奴喚婢的地步。

錢喜兒見這東西不錯，便也給李氏買了幾盒。李氏雖然現在用不著自己做家務，但她素來喜歡下廚，興致好的時候也經常會親自下廚做東西吃，且李氏又常做針線活兒，很是需要保養的。

兩人各自選好了東西後，一時倒是無聊了起來，掌櫃的便留了兩人下來，說是要讓她們試試新品種的熏香。錢喜兒平常也不怎麼用這些東西，大多都是劉七巧送的，反正肯定是些好東西；至於趙彩鳳嘛，前世香水倒是買得不少，究其原因主要還是因為她是個法醫，身上總帶著一股福馬林的味道，家裡人都嫌棄她了，不得已她才會入了香水的坑，說起來那些香水也很冤枉，因為趙彩鳳壓根兒不知道它們好在哪裡，反正從趙彩鳳的角度來看，香水只分兩種，好聞和不好聞的。

不過看著掌櫃的這樣盛情邀請，兩人也不好意思拒絕，便在裡頭的待客廳坐了下來。

掌櫃端著鎏銀百花香爐從外面進來，笑著道：「平常品香的地方都是在後面小花園的聞香亭，不過今日我已經在那裡招待過人了，這會子只怕味道不純淨，不如在這邊來得好，正好這廳裡頭沒什麼雜味。」

趙彩鳳從來不知道點一個香居然這樣的講究，不過這世上越講究的東西，自然越有其讓人趨之若鶩的好處。香爐裡面淡淡的馨香散發了出來，趙彩鳳只覺得心曠神怡，似乎心思都靜了幾分，頭腦也好像比進門的時候清醒了。

趙彩鳳雖然不知道這是什麼香，但已經能確定這一定是個好東西。「這香味道很淡，但是似乎有提神醒腦的作用，敢問掌櫃的，這是什麼香？」

「這是文曲下凡。」掌櫃的說著，彎著眉毛看向錢喜兒道：「聽說劉公子今科備考，喜兒姑娘不如給他買一份回去？這香裡面有冰片、瑞腦、薄荷，尤其提神醒腦，最適合讀書人複習看書之用。」

錢喜兒聽掌櫃的這麼說，亮了亮眼神道：「妳真的沒騙我，這香叫文曲下凡？照妳這麼說，那買了這香回去，要是沒考中狀元，豈不是丟人死了？」

掌櫃的笑著道：「那是我說笑呢，這香的名字叫浮生偷閒，是我們東家取的。」

趙彩鳳點了點頭，浮生偷閒，這個名字確實也很配這個香。看看人家，不過就是賣個香而已，這格調已經高得一般人都不得親近了。不過趙彩鳳也不得不承認，這香確實好聞得很，而且真的有一種能讓人心思沈澱下來的感覺。若是宋明軒在家的時候點上這香，看書也必定事半功倍呢！趙彩鳳一咬牙，開口道：「掌櫃的，給我拿上一盒，等過陣子送去給我相公用。」

錢喜兒也開口道：「我也要一盒，咱倆一起送過去。反正他們住一個房間，輪著點就好了。」

掌櫃的又做了一樁生意，心情很是不錯，便開始誇讚起了兩人的裝束，開口道：「喜兒姑娘身上穿的這件大氅，這對襟上繡的芙蓉花真是好看極了，我竟從來沒見過這樣的紋樣，便是彩衣坊出來的衣服，也沒瞧見有這麼精緻的。」

錢喜兒見掌櫃的說起了這個，笑著道：「是嗎？這繡花樣子是宋夫人畫的，這衣服也是宋夫人設計的，我平常在家還捨不得穿呢！」

掌櫃的笑著道：「這麼好看的衣服，是該穿出來給人看的。這樣的一套衣服，便是手工也不便宜吧？」

趙彩鳳見掌櫃的問起了，便開口道：「這是她自己做的，是不是比一般繡坊裡的繡娘做得還好？」

針黹女紅，這對古代的姑娘家來說原本是算不得什麼的，但是能像錢喜兒這樣做得這麼好的，畢竟也是少有。大多數有錢人家的姑娘家，無非也就是會納鞋底、繡些簡單的花樣，一般身上穿的東西也都是由下人們代勞的，所以錢喜兒能有這麼一手，更是難能可貴了。

「可不是？這針腳也比繡娘做得更細緻些呢！」掌櫃的說著，嘆息道：「可惜這衣服沒處買去，不然弄上一、兩身，逢年過節走親訪友地穿一下，也真是體面了。」

趙彩鳳聽掌櫃的這麼說，頓時眼睛一亮，笑著道：「掌櫃的說的可是真的？若是有這樣的衣服賣，妳會買嗎？」

「為什麼不買？如今的衣服都差不多，前幾日來的安富侯家的姑娘和精忠侯家的二小姐，兩人還穿了一樣的衣服呢，要是碰到一起真是尷尬死了！幸好我這邊有幾個廳，沒讓她們打著正面。」掌櫃的想到這裡，心下也有些戚戚然。這些侯門公府都有自己的針線房，但這些針線房裡面的人哪裡有肯花心思自己想款式的？也不過就抄抄彩衣坊的設計，可京城總共那麼點大，抄得多了，總有遇上的一天。款式一樣也就算了，連料子都一模一樣，這穿在不同人的身上，真是高矮立顯的事情，偏生都是豪門貴女，誰又能丟得起這樣的人呢？

趙彩鳳聽掌櫃的這麼說，心下暗暗高興，忽然就想起了一件事情來，只跟錢喜兒耳語了幾句，便出門去馬車上拿了一本冊子進來。

這冊子裡都是趙彩鳳最近新設計的服飾，因為沒選定門面，這些設計也一直沒有做出成衣來。趙彩鳳將那冊子翻開給掌櫃的看了一眼，開口道：「掌櫃的覺得這冊子上的衣服如何？」

這雅香齋的掌櫃見的大多都是豪門媳婦、公侯小姐，什麼樣好看的服飾沒見過？可看了這本冊子，也忍不住感嘆道：「這真是讓人眼花撩亂，這些繡花的紋樣，我竟然從來沒見過！姑娘啊，妳腦子裡是如何想得出這麼好看的東西的？」

趙彩鳳被她這麼一稱讚，有些不好意思了起來，笑著道：「掌櫃的，不瞞妳說，我正打算在這條街上開一家服飾設計坊，可冷眼看了一圈，也沒瞧見合適的門面，掌櫃的若是喜歡我這些衣服樣子，我們不如談個生意，妳說如何？」

那掌櫃的也是個生意人，在這條街上也打拚了好些日子，本就覺得趙彩鳳不像是池中物，聽她這麼一開口，便也笑著道：「宋夫人倒是說說，這生意應該如何做呢？」

趙彩鳳也是臨時才想起這個主意來的，以她現在的資金實力，要在這條街上開一個鋪子，確實還有點難。朱雀大街上的寶祥綢緞莊是洪家開的，洪家是江南首富，雖然和當今戶部尚書是親家，但來了京城也只能退了一舍之地，在朱雀大街角落的地方弄到了一個門面；而朱雀大街上最大的綢緞莊錦繡綢緞莊背後的東家，趙彩鳳還沒打探出來，只怕普通商家的可能性極小，背後肯定也是有錢有權的人家。

「掌櫃的若是覺得我這衣服不錯，明日我便照樣畫了一本，送來掌櫃的店裡頭，放在店裡，姑娘們坐下來休息的時候，讓她們翻看翻看即可。這後面有我家綢緞莊的位址，若是姑娘們想訂製這上面的衣服，只管讓她們打發下人來找我，我自會親自上門為姑娘量身裁衣。」

掌櫃的一開始以為趙彩鳳會不會說要做幾套衣服送過來讓她擺在店裡，心下正鬱悶這要是開口了，她也不好意思回絕，但這樣華麗的衣服放在她一個賣香的店裡面終究是不合適的，未免有些喧賓奪主。沒想到趙彩鳳非但沒開這個口，反而只是把冊子留下來。掌櫃的又翻看了幾眼上面畫著的衣服樣子，打心眼裡喜歡，便答應了下來。「這等小事，宋夫人只管把冊子送來，有多少送多少。平日裡姑娘們等著我去點香的時候，也素來無聊得很，正好有這個冊子可以欣賞，反倒幫了我的忙呢！」

趙彩鳳便笑著道：「便是小事，也要掌櫃的妳答應才好呢！那我就跟掌櫃的說定了，以後要是從掌櫃的這邊看了我的冊子去的客人，我給掌櫃的一成的紅利。」

雅香齋的掌櫃哪裡知道趙彩鳳是這麼大方的人，笑著道：「宋夫人好爽快，那這生意我便替我們東家作主應下來了！」

的。

錢喜兒見趙彩鳳這樣三言兩語就把生意給談妥了，心裡更是對趙彩鳳佩服得五體投地

兩人上了馬車，過了街口就是朱雀大街，趙彩鳳心下一動，開口道：「我們再去珍寶坊看一看。」

錢喜兒便跟著趙彩鳳去了珍寶坊，結果又同方才一樣，讓珍寶坊的掌櫃答應了在店裡面放趙彩鳳設計的服裝冊子。

珍寶坊的掌櫃見放冊子不過就是舉手之勞，若是促成了生意還有銀子賺，自然也就跟雅香齋的掌櫃一樣，痛快地答應了下來。

趙彩鳳從珍寶坊出來後，也沒急著回家，又拉著錢喜兒去了錦繡綢緞莊。她記性極好，閒逛了一圈便記住了大多數高檔面料的價格，比起原先盤給她綢緞莊的那個東家給自己的進貨價格，還是貴了很多。看來以後這些高檔的料子，自己多多少少也要進一點了。

從朱雀大街離開後，趙彩鳳便直接回了綢緞莊。原本想著給綢緞莊取一個響亮的名字，但趙彩鳳覺得自己喝的墨水有限，便打算等宋明軒回來再取，這時候就暫時還叫原來東家的那個名字：福來綢緞莊。

其實趙彩鳳覺得，福來綢緞莊這個名字挺接地氣的，也很喜氣，這廣濟路上的百姓們應該都挺喜歡的。這條路上繁榮，光綢緞莊也有兩、三家，但如今數來數去就她家生意最好，

當然這主要歸因於趙彩鳳會做生意，但肯定和這名字討喜又價廉物美也有關係。

前兩日正好廟會結束，果然趙彩鳳估算得不錯，那日廟會上因為過季面料打折，銷售場面異常火爆，連同一些沒打折的面料都賣了好多。趙彩鳳看了一眼帳上的銀子，又讓羅掌櫃下單補了好些面料，道：「你過幾日遇見徐掌櫃的時候，問他一聲，他們家的面料能不能不按疋賣？」

從徐家進的面料都是按疋賣的，若是零剪的話，價格會貴很多，但那些很名貴的面料，單買一疋上百兩銀子都不算多，對於現在的趙彩鳳來說，確實有些奢侈了。

羅掌櫃便記了下來。

一時間店裡面也沒有別的事情要打點，錢喜兒便先送了趙彩鳳回家，自己也坐著馬車回劉家去了。

趙彩鳳回去之後，便先擺了顏料出來，然後拿著自己設計的冊子開始臨摹。那本畫冊她在畫之前也是打了好幾次草稿的，如今畫起來倒是輕鬆得很。可惜這個時代沒有彩色印刷術，不然印刷上幾本，也省得她自己這麼辛苦了。

不過趙彩鳳覺得，比起拉麵來說，這個活真是輕鬆很多，況且還是自己喜歡做的事情。她前世怎麼就沒發現自己有繪畫上的天賦呢？不然也不會捨近求遠去做法醫了，一定是小時候電視看多了的緣故。趙彩鳳一邊自嘲，一邊笑著畫畫。

楊氏如今身子好了，也能抱著孩子出來走動走動了。因為是個兒子，楊氏也特別寶貝，想讓錢木匠給好好取個名字，錢木匠之前有傷在身，所以楊氏一直沒提起這話來，如今好不容易提了起來，錢木匠卻笑了。

「妳放著將來能當進士老爺的女婿不去問，反倒問起我這個大老粗來了，我能取出什麼好名字來？」

楊氏便摟著懷中的兒子，笑著道：「他是你兒子，自然是要先問你的，你想讓誰取這名字，那你自己看著辦。」

錢木匠雖然傷好了很多，但抱孩子還是抱不起來，盯著自己的兒子看了半晌後，這才笑著道：「還是等明軒回來了再說吧，取上一個響亮的名字，以後跟小武一樣，送去私塾裡頭，別再上前線打仗去了。」

楊氏聽了這話，抬起頭看了一眼錢木匠還帶著點病容的臉色，心疼道：「這次能撿回一條命來，也算是你命大了。」

不多時，打雜的婆子進了正院開口道：「老爺、太太，飯菜已經備好了，請去前面用飯。」

如今這小院雖說比起之前寬敞多了，到底只有一個正廳，所以吃飯的地方就在廚房隔壁的小飯廳裡面。以前住著的主人家，每逢吃飯是必定要將飯菜都搬到正院大廳裡頭來的，一家人坐著看著好大的排場，但趙彩鳳倒是喜歡在小飯廳裡吃，這樣婆子們收拾起來也方便，況且他們也不是正兒八經的大戶人家，沒必要那樣窮講究。

趙彩鳳聽見婆子進來喊人了，一會兒就要到自己這邊來，便放下了手中的筆。她畫這些也是細緻活兒，若是不靜下心來，只怕畫不好，索性就停了下來，等一會兒大家夥兒吃完了晚飯，她再一個人安安靜靜地畫。

錢木匠受傷後，蕭一鳴恨不得把蕭家放補品的倉庫一起都搬過來，家裡的各式吃食也是不間斷地送過來，不過每次都是派了小廝過來，兩人沒碰上面，自然少了一些尷尬。

杜太醫也給了趙彩鳳一張食譜單子，讓她按照這上面的藥膳做給錢木匠吃。那些藥膳基本上就是補血和癒合傷口用的，吃了一、兩個月，其實趙彩鳳也知道錢木匠膩味得很了，所以今天趙彩鳳特意讓婆子熬了一鍋沒有放任何藥物的雞湯。

錢木匠是很少會動口腹之慾的人，這次也忍不住多喝了一碗雞湯，比起那種放了藥材的湯，能喝到這樣醇正無添加的雞湯真是很不容易。

趙彩鳳前世不怎麼愛喝雞湯，可也不知道為什麼，這古代的雞湯特別鮮美，她也一連喝了兩碗，更別說楊氏了，她還要奶孩子，少不得也要多喝一碗的。

一家人吃過了晚飯，楊老太裝了飯菜給楊老頭送飯去，如今住在一條路上，走出去不過也就幾步路，楊老太非要親自送去，趙彩鳳也不攔著她。

外面天色漸漸暗了下去，趙彩鳳回到自己的房裡，看了一眼方才畫好的、已經風乾的畫冊，指點上了燈，開始埋頭苦幹了起來。

這一畫就是幾個時辰，等她再抬眸的時候，院子裡早已經沒了燈火，外面打更的老漢也已經敲了三記響鑼。趙彩鳳稍微晃了晃腦袋，原本想繼續畫下去的，但想起這身子畢竟不如她前世那個身子好折騰，便去廚房打了熱水，決定先洗洗睡了。

第二天一早，趙彩鳳只先裝訂完了一冊，送到了雅香齋掌櫃那裡。趙彩鳳昨夜靈機一動，忽然想到了「天衣無縫」這個成語來，便在封底落款的地方寫上了「天衣閣華裳訂製」，並把福來綢緞莊的地址留在了下面。

趙彩鳳把所有畫冊都裝訂成冊送出去，都已經是數日後的事情了，再過幾日就是三月三上巳節了。古代規矩森嚴，姑娘家等閒不能出門，也就是過節的時候可以出去瞧瞧，這上巳節便是姑娘家踏春的好時節，京城的貴女們有喜歡風雅的，也會搞個詩會，請了人去參加，到時候盛裝華服，人人都是花團錦簇的，正是一個爭奇鬥妍的好機會。

不過這種事情，按說和趙彩鳳是沒有什麼關係的，可誰知道就在她送了冊子去雅香齋幾日之後，永昌侯府上派了一個老嬤嬤過來，說是他們家五姑娘看上了那冊子上的衣服，想請了趙彩鳳到府上幫忙量身裁衣，順便讓趙彩鳳把一應的冊子都帶上了，讓五姑娘好好選一選。

這永昌侯府聽來倒是有點耳熟，趙彩鳳努力回想了一下，才想起來楊老頭夫婦原本就是永昌侯府的下人，她那個大姨楊大姊可不就是他們家的下人嗎？趙彩鳳見那嬤嬤談吐不凡，比起她那大姨來也不知道勝過了多少。她前世看小說的時候就知道了，越是主子跟前的奴才就越體面，站出來能有半個主子的風範，這樣一瞧，這嬤嬤倒是和蕭家的孫嬤嬤有些相似了，應該也是侯府裡有頭有臉的管事嬤嬤。

既然人都已經上門請了，若是改日再去，難免就托大了一點，況且這還是頭一樁生意，若是不積極些，不能給僱主留個好印象，自然也是不好的。趙彩鳳想到這裡，便央了那老嬤嬤稍坐片刻，自己回庫裡取了畫冊和一些高檔面料做成的布卡，一切準備就緒，這才出來對那老嬤嬤笑著道：「嬤嬤，我把要的東西都帶上了，還請嬤嬤帶路，我跟嬤嬤走一趟。」

來趙彩鳳店裡的這位老嬤嬤是現如今侯夫人的陪房王嬤嬤，年輕時還做過五姑娘的奶娘，所以在永昌侯府上特別得人敬重。五姑娘是侯夫人的掌上明珠，聽說她看不上家裡針線房做的衣裳，要去外面店裡請人做，原本也只當是去彩衣坊那樣的大店鋪，沒料到會是這樣的小門小店，所以才讓王嬤嬤親自跑了這一趟，想著若是店面太寒酸或者東家看著不可信，那就作罷了的。可這王嬤嬤瞧見趙彩鳳就覺得不錯，這小媳婦一股精明能幹的樣子，讓她彷彿見到了自己年輕的時候，王嬤嬤在店裡轉了一圈，便已經打定了主意，請了趙彩鳳過去。

因為永昌侯府離廣濟路有些遠，所以王嬤嬤是坐了馬車來的，這會子兩人一起坐了馬車去侯府，便忍不住攀談了起來。王嬤嬤也不過就是問了趙彩鳳幾句家世，畢竟侯府門第森嚴，不是等閒人能進去的，還是要問清楚一點好。

趙彩鳳倒是不反感這樣查戶口一樣的盤問，畢竟雙方信任要建立起來，第一步就是誠信。

王嬤嬤聽說她是鄉下出來的人，頓時就又高看了幾分，又問道：「那妳一個人可不容易，能在廣濟路上開這樣一家店面，只怕挺累的吧？」

趙彩鳳想起宋明軒好像提起過，那永昌侯府的二少爺似乎也在玉山書院上學的，也不知道能不能套這樣一個近乎？便笑著道：「我家相公前年中了舉人，如今就在玉山書院裡頭唸書，一家人住在鄉下也不方便照應，就都往京城裡來了。」

王嬤嬤一聽不得了了，驚嘆道：「原來小媳婦妳還是舉人太太啊！不知妳家相公高姓大名？」

趙彩鳳見王嬤嬤問起，想起宋明軒來心下又高興了幾分，低頭笑著道：「他姓宋，名明軒。」

其實王嬤嬤也不過就是隨便一問罷了，她一個在深宅大院裡伺候的婦人，能認識幾個外頭的男人呢？可這「宋明軒」三個字一入耳，她還當真就認識了，睜大眼睛問道：「可是那個中了解元的宋明軒？」

趙彩鳳也沒料到宋明軒的名字這麼響亮，連一個侯府的老嬤嬤都能知道，有些好奇地點了點頭，又道：「他就是我相公，只是嬤嬤妳是如何知道的？」

王嬤嬤笑著道：「說來也巧了，我家二少爺和妳家相公是同屆考的，妳家相公中了解元，我家二少爺卻連個舉人也沒中，結果被我家老爺給教訓了一頓。那幾日我常去瞧他，一來二去便聽說了那一屆的解元叫宋明軒，我心裡還想著，能中解元的，肯定也是一個四、五十歲的老爺們了，沒想到他的夫人竟這樣年輕，只怕宋解元也很年輕吧？」

趙彩鳳聽王嬤嬤這樣說，笑著道：「我家相公才剛過弱冠，不過確實也唸了十幾年書了。」

王嬤嬤聽了，越發感嘆道：「沒想到竟然和我家少爺年歲相仿，怪不得我家老爺這樣生氣呢！」王嬤嬤說完，又抬眼看著趙彩鳳道：「看來宋夫人定然是一個旺夫又旺家的，不然怎麼小日子過得這般紅火。」

趙彩鳳只一味謙虛淡笑。

沒過多久，馬車就到了永昌侯府的後角門口了。王嬤嬤怕趙彩鳳不懂這其中的規矩，便小聲介紹道：「平常我們下人辦差事，都是走後角門的，前頭的角門是主子爺們還有親戚們往來走的。」

趙彩鳳點了點頭，這些規矩她倒是懂的，看來前世那為數不多的幾本宅鬥文也並非白看了。

王嬤嬤見趙彩鳳步伐輕緩，也不東張西望，一看就是個懂規矩的，便沒有再多說什麼，只帶著趙彩鳳走，過了春意盎然的後花園，沿著岸邊的鵝卵石小徑一路走下了小橋，來到一處朱紅色的院落門口。

小丫鬟迎了上來，見是王嬤嬤，便笑著道：「姑娘給嬤嬤留了酥酪，請嬤嬤進去吃呢！」話說完後，才瞧見王嬤嬤身後還站著一個年輕的姑娘，但看著打扮，分明是個小媳婦，便小聲問道：「嬤嬤，這位是？」

王嬤嬤便大聲介紹道：「這是天衣閣的趙老闆，來給姑娘量身裁衣的。」

那小丫鬟「哎呀」一聲，笑著道：「我還以為做衣服的大師傅必定是上了年紀的媳婦呢，沒想到趙老闆這麼年輕，瞧著竟不比我們大多少，真是讓人想不到呢！」

那小丫鬟說起話來眉飛色舞的樣子，一看就是尋常會逗人樂的。

王嬤嬤笑著道：「妳能知道多少？這世上妳想不到的事情還多著呢！快去告訴姑娘一聲，就說趙老闆來了。」

趙彩鳳跟著王嬤嬤進去，也沒沿著抄手遊廊走，只繞過了中間一個帶著假山的小花圃，便瞧見裡面雕欄畫棟的三間正房，才到了門口，早已經有小丫鬟上來挽了簾子，那簾子掀開的瞬間，便有一股淡淡的馨香從房間裡面飄散出來，幸而是很清淡的，不然像趙彩鳳這樣聞不慣熏香的人，只怕還要打幾個噴嚏呢！

房間裡靜悄悄的，日光順著窗格子穿進來，見隔開正廳的簾子一掀開，方才那出來迎人的小丫鬟已經走了出來，笑著道：「嬤嬤，姑娘請了您和趙老闆裡面坐，大炕下面，暖熱一些。」

雖然過了嚴冬，但京城的春季還是有些冷，這樣的天氣確實坐在臨窗的大炕上曬著舒服些。趙彩鳳心裡便覺得，這位姑娘倒是挺會享受的。

王嬤嬤應了一聲，帶著趙彩鳳進去，丫鬟便退下備茶去了。

趙彩鳳才進去，就瞧見一個十四、五歲樣子的姑娘，斜倚在炕上的軟榻上，一雙杏圓的大眼珠格外有神，鼻尖小巧挺俏。

瞧見趙彩鳳進來，鄭五姑娘笑著道：「我就知道能畫出這樣好看衣服的師傅，怎麼可能是個老婆子呢！偏生她們還不信我，這回可信了吧？」鄭五姑娘一抬眸，就瞧見趙彩鳳身上穿的衣裳，又笑著道：「妳身上的衣裳真好看，看著簡簡單單的，顏色卻配得特別好。」

其實趙彩鳳今兒倒是隨便穿的衣服，今年開春她個子拔了不少，以前的衣服穿著到底顯小了。她在孝中，也不能穿什麼鮮亮的衣服，無非就是豆綠色、藕荷色、雪青色的，今兒她穿著一件雪青色的衣服，下襬上繡了一些散落的丁香花花瓣，在一群花紅柳綠的丫鬟中，果真是讓人耳目一新。

「姑娘您謬讚了，不過就是隨便穿罷了。」趙彩鳳謙遜道。

鄭五姑娘便笑道：「妳就這樣隨便穿，可把我這一屋子的丫鬟都比下去了！妳看看她們，哪個不是花紅柳綠的，可我就是覺得沒妳好看！」

那小丫鬟聽了這話，雖然知道自家姑娘只是玩笑，可還是忍不住裝作生氣地道：「姑娘說這話奴婢可就不高興了，我們怎麼就花紅柳綠了呢？若論花紅柳綠，誰能比得過二少爺房裡的丫鬟們呢？姑娘您是沒瞧見，跟她們一比，我們就是一群苦哈哈的！」

鄭五姑娘嗔怪地戳了一下那丫鬟的腦門，笑著道：「就妳會說話！得了，等我量好了尺寸，讓趙老闆給妳們也量一下，橫豎接下去應酬多，我拿體己錢給妳們添補兩套行頭，這下可高興了吧？」

丫鬟不過是玩笑話，但聽五姑娘這樣說，自然是高興的，笑著道：「那奴婢就替大家夥兒謝過姑娘恩典了！」說話間已經靠到了鄭五姑娘身邊，將她扶下榻，整理好了衣衫，笑著道：「姑娘的燕窩應該熬好了，奴婢讓小丫鬟去廚房看一眼，好了就給姑娘送來。」

鄭五姑娘名鄭瑤，眼見著就要及笄了。因為大姑娘鄭瑩夭折了，所以府裡都將這個五姑娘鄭瑤視為掌上明珠，對她是掏心掏肺的好。

鄭瑤從小被人捧在掌心長大，自然嬌慣些，難為她嬌慣卻不驕縱，雖然年紀小，到底能壓住上頭另外幾房的堂姊，在姊妹中也是說得上話的，侯府裡面除了世子爺，便是連鄭玉看見這個妹妹也要禮讓幾分的。

鄭瑤站起來，走到一旁的紅木圈椅上坐了下來，見王嬤嬤還站著，吩咐道：「還不快搬凳子讓王嬤嬤和趙老闆坐一會兒？妳也不著急催燕窩，今兒起得早，我在老太太房裡用的早膳，這會兒倒是有些餓了，妳去廚房傳幾樣小吃過來，我正好和王嬤嬤一起嚐一些。」

王嬤嬤連連推說不敢當。

鄭瑤笑了。「在我這邊，嬤嬤有什麼不敢當的？嬤嬤還是我的奶母呢，吃我一些東西算什麼？嬤嬤先坐著，我和趙老闆先聊。」

趙彩鳳瞧這鄭五姑娘倒是一個好相與的，便笑著把自己帶著的冊子拿了出來，推到鄭瑤跟前讓她翻看。這次冊子帶得齊全，還添了幾本新的。

鄭瑤看得津津有味，開口道：「這兩本倒是沒在雅香齋看見過，這幾件也好看。」

趙彩鳳便介紹道：「這是我近日新畫的冊子，還沒送去雅香齋裡頭，讓姑娘先一睹為快了。」

鄭瑤看得起興，又瞧見趙彩鳳手邊還擺著好幾疊面料樣子，問道：「那這些是做什麼用的？」

趙彩鳳便推了過去道：「姑娘選好款式後，直接在這邊選衣服的料子就好了，若是喜歡什麼顏色的，可以直接配出來，喜歡什麼花樣的，我也可以直接幫姑娘畫下來。」

「那真是太好了，難為妳想得這樣周到！」

鄭瑤正要選面料呢，另外一個看著年長些的丫鬟便在她耳邊提醒道：「姑娘，上個月老太太才賞了幾疋料子，說是給姑娘們上巳節做衣服用的，要是到時候姑娘不穿，老太太可要不高興的。」

鄭瑤聞言，略略蹙了蹙眉，開口道：「年年都是一樣的東西，每次出去，二房、三房那幾個穿得都一模一樣，是生怕外頭人不知道我們是永昌侯府的姑娘嗎？」

那丫鬟聽鄭瑤這麼說，面上非但沒有尷尬之色，反倒還笑著道：「這是老太太的一片心意，姑娘心裡自然明白。奴婢瞧著趙老闆這衣服畫得好，不如姑娘就用老太太賞的面料，做幾件趙老闆冊子上的衣服吧？這樣一來，老太太那邊也就交代得過去了。」

這丫鬟話說得沒錯，可趙彩鳳卻是高興不起來了。她訂做衣服，手工費再貴能賺幾個銀子？無非就是多賺些面料銀子罷了。可人家這麼說了，她倒也不好意思推了，想了下後，眉梢一挑，笑著道：「既然這樣，姑娘不妨把那些面料拿出來，我看看給姑娘怎樣搭配一下，才能既穿出心意來，也讓老太太知道妳孝順她的一片心。」

鄭瑤聽了，果真連聲道好，讓那丫頭開了庫房去拿料子。

不多時，兩個婆子便搬進來兩大箱子的綾羅綢緞。趙彩鳳上前看了一眼，見雖然都是一些名貴的雲錦、蜀錦還有緹花緞子，可到底並不是時興的花樣。

古代人雖然沒有趕時髦的說法，並且有的人家還覺得有些年紀的老料子做出衣服來壓得住人，可對於這些年輕姑娘，到底還是喜歡新鮮好看的。

「這面料上的花紋，確實有些年代了，便是朱雀大街上的錦繡綢緞莊，今年也找不出這樣的花紋來了，只怕這是老太太拿了自己的體己貨出來了吧？」趙彩鳳不過隨口說了一句，沒想到鄭瑤的臉色居然微微有些不悅。

原來府上每年老太太那邊賞的面料，都是二房太太家的綢緞莊裡頭拿的，二房太太說得天花亂墜，說是最時興的面料，便是有的面料瞧著真有些年歲了，也只說是特意為老太太留下的，顯得她家有多孝順一樣。

以前鄭瑤便覺得這些面料沒她說的那樣好，可到底也確實是一些名貴的面料，幾兩銀子一丈，這要是她還說不好，侯爺和侯夫人也要說她不懂事的。如今聽趙彩鳳這個行內人一說，才知道這麼多年來她是穿了多少人家穿剩下來的料子做的衣服，這臉上自然就越發沒了光彩。

「店裡都不賣的東西，竟留著孝敬老太太，她還真是孝順呢！」鄭瑤嘀咕了一聲。

趙彩鳳察言觀色的本事也是一流的，聽她冒出這樣一句話，顯然對這些面料很是不滿，忙笑著道：「雖然不是現下最流行的樣式了，可卻都是一些名貴的面料，放著也不會貶價，只是不時興而已。姑娘可以用這些做外面的氅衣，穿著也體面，至於裡面的衣裙，再選別的面料，須比這個面料輕薄一些，穿起來才有層次感。」

鄭瑤原本很是不快，可聽趙彩鳳這麼說，倒覺得有些道理。這些厚重的面料做成貼身的外衣穿，體面是體面了，到底不夠舒服，一身行頭下來，少不得有幾斤的分量。說起來，鄭瑤還是比較喜歡輕薄的杭綢。

至於棉布面料，大戶人家的丫鬟也是不穿的，古代的染色技術不發達，棉布上色不牢固，洗上兩次就跟舊衣服似的，沒有人喜歡穿。

趙彩鳳見鄭瑤的面色緩和了，便開始上前挑面料。年輕姑娘穿戴都靚麗一些，好在這些面料雖然從紡織花紋上看有些老氣，顏色倒是還算鮮豔，應該也是有名的布料坊染出來的，不然放了好些年，不會還有這樣的色澤。

趙彩鳳挑了一塊鴨黃色的、一塊銀紅色的、一塊豆綠色的，還有一塊胭脂色的，都是姑娘壓得住的顏色。鴨黃和湖綠色的料子稍微輕薄一些，可以做衣裙；銀紅和胭脂色的就厚重許多，做鷩衣看著富貴又喜慶。

至於其他的面料，趙彩鳳也有點選不出來了，好些面料確實有了年頭，顏色有些暗沈。鄭瑤瞧著趙彩鳳選出來的這幾塊面料，嘴角微微勾出一絲笑意來。老太太賞下來的時候，她就看著這幾塊面料算是不錯的，其他的那些，壓根兒入不了她的眼。

鄭瑤見趙彩鳳選好了料子，便笑著對她那幾個丫鬟道：「剩下來的，妳們幾個也選一疋吧，我讓趙老闆一併給妳們做了。」

丫鬟們聽聞，其中年長的一個便開口道：「那可怎麼好，我們的衣服，不計是自己做，還是請府上針線房裡的人做一下就好了，怎麼能勞動趙老闆的呢？」

這年長的丫鬟推託了，方才那個年少嬌俏的丫鬟卻笑著道：「那就謝謝姑娘了！姑娘，上回恭王府三少爺帶的那兩個丫鬟，穿的衣服可好看了，奴婢想做那樣的，姑娘可准了？」

趙彩鳳擰眉想了想，去年恭王府丫鬟們的秋裝、冬裝還有今年的春裝，都是紅線繡坊做的，衣服的款式都是趙彩鳳設計的。

「姑娘原來喜歡那樣的？說起來那衣服也是舊年的時候，紅線繡坊的管事請我設計的。

如今大戶人家的丫鬟也越發體面了，她那邊都是一些老款式的，便想著讓我畫幾個新樣子，所以我就設計了幾件，沒想到恭王府的世子妃都給看上了。」

鄭瑤一聽，笑了笑道：「那敢情好，妳幫我這幾個丫鬟做幾件出來，不用太花俏的，只要瞧著比恭王府那幾個丫鬟強些就好了！」

兩個丫鬟聞言，頓時就紅了臉頰，趙彩鳳瞧著覺得有些奇怪，但是既然鄭瑤這麼說了，秉著顧客至上的原則，她自然是答應了下來。

量好了尺寸，選好了面料，確定了衣服的款式，將裡料、配料、花紋、繡樣都定下來後，鄭五姑娘很闊綽地給了訂金，趙彩鳳也就起身告辭了。

王嬤嬤親自送了趙彩鳳出來，又請了幾個婆子幫她搬選好的面料，兩人一邊走一邊閒聊了起來。趙彩鳳這才知道，原來永昌侯府給鄭瑤選的夫婿是恭王府二房的嫡子，恭王府的三少爺，而方才那兩個丫鬟，都是要陪嫁過去的，怪不得提起三少爺都面紅耳赤的，反倒鄭姑娘自己覺得沒什麼好怕羞的，倒是一個豁達的性子。

王嬤嬤送了趙彩鳳到門口，幾個搬面料的婆子也跟著出來了。趙彩鳳方才走在前頭，並沒有注意身後跟著的人，此時一回頭才發現，怎麼楊老太的大閨女，也就是趙彩鳳的姨娘大楊氏，正穿著粗布衣服跟在她身後搬面料呢？

大楊氏正跟邊上幾個一起搬東西的人嘮嗑，她聽說是五姑娘請了外面製衣坊的老闆娘過來量衣服，哪裡料到這老闆娘就是趙彩鳳呢，一下子就愣在當場，手裡打了一個抖，差點兒把面料都給掉到了地上！

王嬤嬤見了，臉上頓時就皺了皺，開口道：「福順家的，妳這是做什麼？難道我還差使不動妳了？」

趙彩鳳的視線和大楊氏稍稍接觸了一下後，便當沒瞧見一樣地避過了，心下卻早已經有了計較。前兩次大楊氏去他們家的時候，哪一次不是穿金戴銀的？看著還當真有那麼一些管事嬤嬤的樣子。可如今瞧著，一身寒酸的粗布衣服，跟在王嬤嬤的後面，這分明就是一個打雜的下等僕婦啊！

趙彩鳳心下微微一笑，這打腫臉充胖子的人，倒是讓自己給遇上了。

第五十章

站在大楊氏身邊的一個中年僕婦忙笑著開口道：「王嬤嬤說的什麼話，這府裡除了正兒八經的主子，哪裡還有您指使不動的人呢？我們這不是好奇嗎？怎麼針線上人做的衣服又不合姑娘的意思了，竟是請了外頭繡坊上的師傅進來量尺寸了？」

王嬤嬤見這婦人倒是老實，也笑著道：「主子喜歡什麼，我們就怎麼做。再說了，針線上的那幾個人也忙得很，這上巳節馬上就要穿的衣服，這會子送去，只怕也來不及趕出來了，不如請外面的師傅做來得好。」

王嬤嬤心裡如何不明白，府上針線房的管事肖嬤嬤是二少爺房裡翠香的娘，從來只對二少爺和老太太房裡的事情熱絡，雖說五姑娘是受寵的，可這一層層地排下來，等輪到五姑娘的時候，只怕這時間也來不及了。再說，五姑娘也看不上她們做的衣服，素來都是從外面訂做的多一些。

那僕婦聽了這話，也沒什麼話要說了，只一味地陪笑。

不多時便到了後角門口，幾個人把面料往馬車上裝上去。

趙彩鳳一邊陪著王嬤嬤說話，一邊又聽見那幾個婦人和大楊氏閒聊。

「聽說你們家黃鶯要升一等丫鬟了，有沒有這回事？」

大楊氏自遇見了趙彩鳳，這臉上的神色一直都僵著呢，尷尬勁兒還沒緩過來，如今聽那人這麼說，總算是找到了有些長臉的地方，笑著道：「這個我也不清楚，不過上回鶯兒倒是說過，她們房裡自從燕兒走了之後，一直就留著一個缺，原本以為老太太要賞人過來的，沒想到老太太一直沒動靜，估計是等著太太賞，可太太也沒發話，二少爺覺得身邊缺人伺候，就提了說是讓鶯兒頂了燕兒的缺，也不知道當不當真。」

話都說到這分上了，只怕就算主子是隨口說的，她們也是當了真的，若是沒當真，大楊氏如何敢這樣光明正大地說出來？

趙彩鳳雖然入了耳，卻也只當沒聽見。那個什麼燕兒的，要是自己沒記錯，應該就是當初那個被侯夫人發賣，又正巧被誠國公府給買下，打算賣到南方的姑娘吧？照這麼說來，那姑娘到底還是被侯夫人給弄走了。

古代的姑娘本就薄命，若是投生在大戶人家也就罷了，總好過一輩子為奴為婢的，若是投生在了窮人家又偏生腦子不清楚的，落得像燕兒那樣的下場，實在也是稀鬆平常。趙彩鳳想到這裡，總覺得黃鶯只怕也是逃不過這一劫的，瞧著她那心高氣傲的樣子，沒準早已經把自己的目標定在了二少爺的床榻上了。

趙彩鳳在心裡嘆了一口氣，見僕婦們已經裝好了東西，便和王嬤嬤打了一個招呼，轉身上了馬車。

馬車才走了幾步，方才和趙彩鳳還有說有笑的王嬤嬤便冷下了臉來，見大楊氏還在那邊高興呢，開口道：「這兒用不著妳們了，回去忙吧！」

大楊氏等幾個僕婦聽了，也只恭恭敬敬地開口稱是。說起來，大楊氏的婆婆以前是在老太太身邊當差的，倒的確是有頭有臉的，可惜生的兒子不成器，有一些喝酒賭錢的癖好。後來太太當家之後，老太太身邊這群老人也就跟著退休了，大楊氏就落得個兩邊不靠。偏她男人也不成器，太太很不喜歡，所以連帶著也對大楊氏沒啥好感。如此一來，別說管事媳婦了，大楊氏連一個上些檯面的差事也沒混到，如今只在府上打雜跑腿。

大楊氏唯一值得驕傲的，也只有生了個閨女黃鶯，容貌比自己年輕時候勝了幾分，雖然算不上什麼美人胚子，到底在侯府那麼多丫鬟中還算是起眼的，不過也就是起眼而已，沒有原來二少爺房裡那幾個丫鬟標緻。那燕兒走了之後，二少爺房裡也確實多了一個缺，眼看著已有些日子沒補上了，這一雙雙眼珠子可都盯著呢！

王嬤嬤送走了趙彩鳳，便去侯夫人的院子裡回話。給閨閣小姐到外面的繡坊做衣服穿，她們自然是謹慎的，深怕混了一些閒雜人等進來，損了姑娘的清譽，所以王嬤嬤才送了人走，就來回話了。

侯夫人約莫五十歲的年紀，長得雍容華貴，因三十好幾才得了鄭瑤這個閨女，更是疼愛非常。她微微靠在了身後的寶藍色緞面大引枕上，聽王嬤嬤讚趙彩鳳好，便笑著道：「我正想說，那老闆必定是好的，不然怎的才讓妳出去看一看，妳倒是把人給請回來了。」

王嬤嬤便笑道：「奴婢也是瞧著這趙老闆面善，年紀又小，又這樣能幹，所以才領了回來，順帶讓姑娘也瞧瞧的。這趙老闆說了，一年半前揣著二十兩銀子帶著相公進京趕考，如今她相公中了舉人，她也在京城這地界上賺了一間鋪子了。」

侯夫人聽了，也有些好奇了起來，笑著道：「二十兩銀子不過就是尋常姑娘家半年的零花錢，她居然能憑著二十兩銀子立足？倒是有些能耐。」

王嬤嬤見侯夫人聽得有些意思，笑著道：「就是這麼一說。終究是窮人家出來的姑娘，到底能幹些。據說她相公還是上一屆的解元，如今和二少爺一起在玉山書院唸書，姓宋來著。」

侯夫人一聽姓宋，頓時也想了起來，擰眉道：「難不成，就是和老二同一屆考上了解元的那個姓宋的？」

王嬤嬤笑道：「便是這位。」

侯夫人本家就是清貴之家出身，對讀書人也敬重幾分，尤其是這樣會讀書的人，等考上了進士，歷練個一段日子，將來的前途可是不可限量的。侯夫人想一想自己那沒出息的二兒子，嘆了一口氣道：「這次若是她們給姑娘做的衣裳好，妳記得多賞些銀子。」

王嬤嬤頓時就明白了侯夫人的意思，見侯夫人垂下了眼皮，似乎是在想事情，便稍微試探著開口道：「說起來，二少爺如今年紀也大了，以前和他玩得好的蕭三少爺也已經訂了親了，老奴多嘴問一句，太太怎麼看著倒是不著急呢？」

侯夫人聽王嬤嬤這麼問了，不禁扶著額頭開口道：「妳以為我不著急嗎？為了他的婚事，我可沒少傷腦筋。」

王嬤嬤見侯夫人蹙眉，忙送了茶盞上去。

侯夫人喝了一口，嘆道：「他是家裡的老二，雖說也是永昌侯府的子孫，到底沒有爵位傍身，只能依靠科舉入仕，可他偏偏不爭氣，連個舉人也沒考中，真是讓人操碎了心。」侯夫人放下茶盞，繼續嘆息道：「妳瞧一瞧如今的二房、三房，就知道以後老二要過的日子了。不正途入仕，便是捐了官，到底不好升遷，不過就是熬日子罷了，還不如人家外放的七品芝麻官。如今是還沒分家，靠著侯府這棵大樹，還能過得體面些，只怕分家之後，還不知道要落魄到什麼樣子呢！我是想著，好歹讓老二考上一個舉人，到時候再求一門好一些的姻緣，有了岳家幫襯，他以後的路也能好走些。」

王嬤嬤聽侯夫人這麼說，也明白了她的一片苦心，擰眉想了想，又道：「太太這樣想是好的，可是如今二少爺畢竟大了，房裡的丫鬟們年紀也大了，太太之前把燕兒給攆了，可那也是一年多前的事情了，老奴是擔心，可別又出個不省心的，把二少爺給教壞了。」

侯夫人聽了這話，有些奇怪，開口道：「燕兒的下場還不夠她們怕的嗎？當初那一碗落胎藥可是當著她們小姊妹的面給灌下去的，我以為那些丫鬟也該老實了。」

「誰說不是呢？奴婢也是這麼想的。」王嬤嬤眼觀鼻、鼻觀心，見侯夫人這麼說，又試探道：「不過燕兒走了也有一年多了，太太怎麼沒想著給二少爺房裡再添補一個丫鬟呢？雖說二少爺如今在書院住的日子不少，可回來的時候，也不能只就那麼兩、三個伺候著，終究不像樣的。」

侯夫人聞言，無奈道：「妳以為我不想嗎？當初那燕兒就是老太太賞的，為了這事情惹惱了老太太，如今有了個缺，自然是等老太太再賞一個過來的，到時候任她賞了誰來，我們慢慢調教罷了，誰知道老太太這回倒是沒有了動靜。」

王嬤嬤聽侯夫人這麼說，這話明顯跟大楊氏說的有出入，她心下便有數了，笑著道：「還是太太想的周到，我竟沒想出來，這裡頭還有這麼一層意思。」

話說大楊氏在侯府遇上了趙彩鳳後，這一口氣一直就沒順下來，抽空去了二少爺的院子外頭，找了黃鶯出來說話。她位分低，在侯府人人都能喊她做事，所以見了黃鶯脾氣就特別大，開口道：「死丫頭，喊妳出來直到這會子才來，在裡面做什麼不要臉的事情呢？」

黃鶯以前不過就是一個二等丫鬟，等閒也是湊不上二少爺跟前服侍的，還是因為燕兒走了之後，那幾個大丫鬟被侯夫人嚇得不行，心裡頭都戚戚然的，所以二少爺回來的時候，也不像以前那樣殷勤了，才勉強輪得到她。

俗話說老虎不在家，猴子稱大王。由於太太還沒給二少爺娶親，之前燕兒和另外一個丫鬟都是老太太賞的通房，尋常在二少爺房裡就把自己當主子一樣，原本就惹得一群小丫鬟們記恨，若是沒個錯處呢，其實太太也就不管了，可誰知道那丫鬟心大，好好的避子湯不喝，竟然跟二少爺暗結珠胎！要知道，大戶人家規矩森嚴，庶子是絕對不能在嫡子之前出生的，更何況二少爺這都還沒娶親呢！這樣一來，原本對二少爺房裡的事情向來是睜一隻眼、閉一隻眼的侯夫人可就生氣了，下令灌了落胎藥後，直接把燕兒給發賣了出去。

這件事情侯府人人知曉，說起來的確也起到了殺雞儆猴的作用，更何況後來燕兒雖然被解救出來了，到底再沒能進侯府，最後去了哪兒也沒有人知道，想來也不是什麼好去處。

黃鶯見大楊氏這樣凶她，心下也有些不高興，橫了橫眼道：「妳怎麼往這兒來了？這裡尋常不讓人進來的，要是被人看見了也不好。」

侯府下人等級森嚴，沒有主子們的傳喚，下等的僕婦是不准在後院裡面亂跑的，黃鶯這話也沒有說錯。可大楊氏如今正在氣頭上，聽了便覺得黃鶯是有意看低自己，氣呼呼地罵道：「別人瞧不起我也就罷了，連妳這個親閨女也瞧不起我嗎？」

黃鶯瞧見大楊氏這一臉怒意的樣子，到底按住了火氣，問道：「誰又瞧不起妳了？二少爺說了，等他下次去書院回來，就跟太太說讓我頂了燕兒的缺，到時候再看看府上有沒有什麼既清閒又有油水的地方讓妳待著，便是去莊子上當管事的，也比現在好些。」

大楊氏聽黃鶯這麼說，急忙開口道：「此話當真？我只當是二少爺哄妳開心的呢！燕兒雖然是一等丫鬟，可她到底是二少爺的通房丫鬟。閨女，妳跟我說說，二少爺有沒有對妳……」下面的話有些說不出口，大楊氏便沒再往下說。

黃鶯睨了她一眼，轉身道：「娘啊，這些事情妳就少管了，橫豎我心裡有數得很。」

「妳能有什麼數啊？依我看，妳那表姊才真是人精呢！當初隔壁那窮秀才才考中舉人，也不顧家裡頭才出了三年孝，就急急忙忙地嫁過去了，白白被她撈了一個舉人太太做。妳姊夫那樣貌我瞧過，將來必定是能當大官的！妳說她憑什麼就能當官太太，妳就只能當個姨娘呢？」大楊氏想起趙彩鳳方才略略瞥了她一眼就收回的眼神，越想越覺得她是在鄙視自己。

黃鶯聽大楊氏說起這些來，鬱悶道：「娘妳又說這些做什麼？我姊夫將來能當什麼我不知道，可我就知道他現在還是一個窮舉人！大婚只辦了幾桌酒水的窮書生，也讓妳羨慕得跟什麼似的，妳可真是越活越回去了！」

大楊氏聽黃鶯這麼說，越發就覺得氣憤，偏生黃鶯說的這話也有道理，宋明軒如今可不就是一個吃軟飯的嗎？她再貪他將來能當大官，那也是將來的事情，這會子他就是一個窮書生！大楊氏一時也不知道怎麼跟黃鶯解釋，嘆息道：「算了，不跟妳說了，反正妳自己爭氣點，得讓二少爺早些點頭，讓妳升一等丫鬟是正事。」

黃鶯笑著點頭道：「娘妳就放心吧，我什麼時候讓妳操心過？二少爺如今可聽我的了！」

趙彩鳳回家後就把大楊氏的事情給忘記光了，一心給鄭瑤做起了衣服來。款式雖然選定了，但是這些式樣都是新的，紅線繡坊的繡娘也是第一次做。趙彩鳳在工藝上面確實不算內行，便請了錢喜兒過來助陣，大家忙活了五、六天，第一套衣服總算是做好了。

紅線繡坊的管事名叫紅姑，平常有什麼大活兒才親自上陣。雖說她們平常也做一些貴婦們的華服，但在這方面的經驗，終究比不上彩衣坊，所以雖然接了這一單的生意，其實心裡頭到底也有些忐忑。

「趙老闆，妳說這衣服要是侯府的五姑娘不滿意，那該怎麼辦呢？」紅姑看著衣服架子上擺好的衣服，就連袖子的邊上都用金線繡了柳枝的圖案，這樣一套衣服，光做工也要五兩銀子，再加上這些面料，一套做下來少說也要三、四十兩銀子，況且這面料還是侯府提供的，這要是做得不合鄭瑤的心意，光這些料子她們也賠不起啊！

趙彩鳳伸手摸了一把那如絲一樣光滑挺秀的面料，開口道：「放心吧，這身衣服五姑娘肯定喜歡。」趙彩鳳前幾日特意讓錢喜兒去了一趟彩衣坊，看了一下時下彩衣坊做的春裝，這時節為了上巳節，彩衣坊裡面自然也是花團錦簇的，但沒有一個款式是和這件衣服相似的。

趙彩鳳之前也曾去觀察過幾次，彩衣坊的衣服做工那的確是沒話說的，面料也是一等一的好，但在配色方面還是矜持了一些，並不講究搭配，衣服穿在身上，貴氣倒是貴氣了，卻體現不出少女的氣息來，總少了些什麼。趙彩鳳配色的這幾套衣服，穿在身上不顯得繁複，難得的是配色也好看得很。

銀紅色的外袍上鑲著月白色的袖口，上面用金線繡花，裡面是一件月白上衣，反過來用銀紅色做衣襟，白色衣裙做成小曲裾若影若現，底下是淺銀紅色的流仙裙，裙裾上繡了桃枝、桃花和花瓣，穿在身上走起來的時候，就像是滿地桃花散落，美不勝收。便是紅線繡坊裡面的年輕繡娘們，看了這樣的衣服，都沒有一個不說好看的。

錢喜兒見衣服已經做了一件出來，上面的繡花樣子和自己給繡坊裡面繡娘的小樣也沒有什麼不同，便也放心了幾分，笑著對一旁的紅姑道：「還有一套豆綠色的，和鴨黃色做成一套，上面繡的是茉莉花，白色的小花，方才我給的樣子，妳們可知道怎麼繡了？」

紅姑一個勁兒地點頭道：「難為姑娘每次都拿了繡花樣子給我們看，不然如何做得這樣快？說起來，我們也是小作坊，以前做做王府裡面的下人衣服，還要被挑三揀四的。」

趙彩鳳也知道她們是沒做慣好衣服，心裡頭沒底，勸慰道：「彩衣坊一開始也不都是做好衣服的，凡事都是一步步來的。我瞧著妳這裡幾個繡娘的繡工都很好，只要以後多做些，經驗多了，自然也就會做了。丫鬟的衣服大一些、小一些不打緊，反正她們沒多少衣服，一年四季也就這幾套，但姑娘家的衣服就不成了。有錢人家沒人稀罕這一、兩套的衣服錢，若是妳做得不合身了，她就不穿了，若是不穿了，自然沒人會說這衣服好，沒人說這衣服好，那咱就做不成下一次生意了，所以紅姑還要在尺寸上多在意些。」

紅姑聽了趙彩鳳這話，覺得有些道理，笑著道：「原來彩衣坊的生意這麼好，是這樣得來的，到底是我見的世面太少了。」

趙彩鳳心道：若妳這樣還叫見的世面少，那我就整一個土鱉了！這些設計還是憑藉了她前世的一些記憶，也不知道能不能討了五姑娘的歡心？要是這套路走不通，趙彩鳳怕也只能安安分分地賣布料了。

這一晃就到了二月底了，因怕鄭瑤覺得有哪些地方不合意，還要修改的，所以趙彩鳳特意提前了三天把衣服送到了永昌侯府上。這樣一來，若是衣服有不合適的地方，還有兩天時間好歹可以修改一下。

趙彩鳳怕把整燙好的衣服給弄縐了，特地拿了紅線繡坊裡頭專門裝衣服的木盤子，將衣服放在裡面，上面還用紅色的綢緞面料蓋著，喊了一輛馬車親自送過去。廣濟路上因為商業發達，馬車來往也勤快，有專門讓人雇傭的驛站，在城裡頭走一趟，倒也花不了多少銀子，趙彩鳳算了一下成本，見這一次還有得賺，這才沒心疼銀子。

才到了門口，請了人通報，便有人迎了出來，這次來的不是王嬤嬤，而是上回鄭瑤身邊那巧嘴的大丫鬟，名字叫什麼趙彩鳳也不清楚，但瞧著她身後跟著的幾個老嬤嬤都規規矩矩的，也知道她在府上必定也是得臉的人。

鄭瑤原本以為那樣複雜的衣服，十幾天若是要做出來也不容易，所以雖然心裡著急，也沒派人去催，只是私下裡想著，這要是趙彩鳳誤了她的事情，那她下次定然是不會再找趙彩鳳做衣服的。誰知道，這衣服送來的日子竟還比自己預想的要早了兩、三天，真是讓鄭瑤喜出望外。

那丫鬟瞧見趙彩鳳把衣服給送來了，笑著道：「我們姑娘才念叨呢，說是也不知道新衣服什麼時候能到，倒是想看看了，可巧趙老闆您就來了。」

趙彩鳳瞧她這一臉歡喜的樣子，笑著道：「姑娘的衣服今兒一早才從針線上下來，我瞧著還算可以，就先拿過來給姑娘試試，若是有什麼不合意的，好歹還能有時間修改修改。」

鄭瑤換上了衣服後，就有幾個老媽子從西邊的廂房裡頭搬出來一個高高重重的東西，放到了鄭瑤的跟前，待那東西放平穩了，便有丫鬟上前，把那東西上的簾子給揭了下來。

趙彩鳳一看，原來是一架落地的穿衣鏡！這東西在古代很是罕見，她也就是在看《紅樓夢》的時候，知道賈寶玉的房裡有這麼一架。這樣一看，這鄭瑤在永昌侯府的受寵程度，也確實可見一斑了。

眾人的視線都落在了鄭瑤的身上，這一身銀紅色衣裳實在是太耀眼了，原本太過豔麗的顏色有著月白色的鑲邊，反倒讓人覺得雅致了起來，尤其是裙裾上帶著漸變色的桃花和桃枝，更是讓人看出設計者的細心。眾丫鬟看了，竟是連眼珠子都移不開了，就連一向會說話的那小丫鬟也閉上了嘴巴。

「這衣服究竟怎麼樣？怎麼妳們都不說話了？」

鄭瑤雖然是詢問的語氣，但趙彩鳳已經在她的眼神中看出了幾分驚喜來。

鄭瑤見眾人都不說話，又開口問道：「春梅，妳先說說，這衣服到底怎樣？」

原來這巧嘴的丫鬟名叫春梅，趙彩鳳一下就記住了。

春梅笑著開口道：「姑娘還問奴婢做什麼？這衣服好看得讓奴婢話都不會說了！」

鄭瑤聞言，哈哈笑了起來，自己抬起頭往那鏡子中照了一下。少女本就是最好看的年紀，又有這樣好看的衣服陪襯著，自然是美不勝收的。

「我也覺得，這鏡子裡的人究竟是不是我呢？」鄭瑤說完，微微有些臉紅，低下頭道：「趙老闆，這衣服很合身，不用改了。」

趙彩鳳聽她這麼說，這才稍稍緩過了一口氣，又道：「還有一套鴨黃色配豆綠的，姑娘要不要試試？」

鄭瑤點了點頭，又跟著丫鬟們進去試了另外一套。雖然配色素淡，但是鴨黃色活潑，鄭瑤又是一個嬌小俏麗的美人，穿在身上當真是好看呢！下頭豆綠色裙襬上繡的茉莉花一簇簇的，難得地用了對稱的圖案，看著活潑中不失規矩，當真讓人覺得清新可人。

春梅見了，稱讚道：「姑娘，這套也好看！」

鄭瑤在鏡子前頭走了幾步，嘴角的笑意也越來越大，開口道：「這套果真也好看，不如上巳節就穿這一套好了，到時候大家都是花紅柳綠的，我穿這個顏色，沒準反而更出挑些呢！」

趙彩鳳見鄭瑤這麼想，倒是和自己的想法不謀而合，笑著道：「姑娘這想法當真好，銀紅那一套喜慶是夠了，但踏春畢竟不是吃酒宴，到底不用那麼喜氣。這一套雖然沒有大紅大紫，但勝在活潑可人，姑娘穿著，讓這身衣服都增色不少。我原先就覺得姑娘會選這一套衣服，所以給丫鬟們做的是水紅色的比甲，這樣就不撞著姑娘的顏色，丫鬟們也不會被別家的丫鬟給比下去。」

鄭瑤聽了這話，越發覺得趙彩鳳想得周到，連連點頭道：「那就有勞趙老闆的，什麼時候把丫鬟的衣裳也送過來吧！」

趙彩鳳忙回道：「丫鬟的衣服明兒就能好了，到時候我派人送過來。」

待趙彩鳳在大廳裡頭喝了一盞茶後，丫鬟們已經服侍鄭瑤去裡面換了衣服出來。

鄭瑤開口道：「春梅，妳派小丫鬟去王嬤嬤那邊說一聲，說天衣閣的衣服已經送來了，我滿意得很，讓她記得去帳房支銀子送過來，我還要留趙老闆說會兒話呢！」

鄭瑤平素也有不少閨蜜好友，但古代姑娘們深居簡出，便是再好的朋友，一個月能見上一、兩回也是不得了的，鄭瑤見趙彩鳳年紀尚輕，倒是有心想跟她交個朋友。

「瞧趙老闆這身打扮，是已經出閣了？」鄭瑤頭一次見趙彩鳳時就好奇得很，像她們這樣的姑娘家，便是商賈家的女兒，也不可能沒出閣就出來招攬生意的。

趙彩鳳原本就長相嬌俏，雖然如今虛歲也有十八了，但看著還是像十五、六歲的樣子，只是待人接物的時候舉止成熟，單單看樣子還真是看不出來。

「我成親都快一年半了。」趙彩鳳說完這句話，覺得時間過得飛快，這一眨眼工夫，居然已經和宋明軒在一起一年半了？趙彩鳳抿著唇笑了笑，又道：「不過我家相公如今在玉山書院上學，我跟他也是聚少離多。」

鄭瑤一聽，好奇地問道：「玉山書院？不就是京郊那個嗎？他們每十天就有一次休沐，我二哥也在那邊唸書，經常回家裡來，怎麼妳家相公平常都不回來嗎？」

趙彩鳳搖了搖頭，無奈地道：「去年就臘八之後回來了，直到今年二月初二龍抬頭之後走的，下一次回來也不知道要什麼時候了。」

鄭瑤見趙彩鳳顰眉蹙宇的，知道她必定是想念她相公了，開口道：「妳相公叫什麼？這兩日我二哥正好在家，我去跟他說一聲，讓他下次回來的時候，帶上妳相公一起，這樣你們也好團圓了呀！」

趙彩鳳見鄭瑤如此熱心，有些不好意思了，笑著道：「我家相公他內斂得很，況且這樣跑來跑去也不利於他複習功課，他喜歡唸書，就讓他安安靜靜地唸書好了。」

鄭瑤還要開口，忽然大廳的簾子一閃，從門外出來一個小丫鬟。

「姑娘，二少爺那邊派了丫鬟過來，說是要借姑娘那架穿衣鏡過去用用，用好了就給還回來，已請了幾個婆子來了，在外頭等著搬走呢！」

鄭瑤聽聞，臉上的笑就收斂了幾分，還沒說話呢，就聽她身邊另外一個大丫鬟開口了。

「二少爺只怕又不知聽了誰的唆使呢！上回問姑娘借的青花白地瓷梅瓶，說是要插梅花用的，這會兒梅花都謝了多久了，也沒見還回來，上次我偶爾提了一下，那邊屋裡的小丫鬟卻說是被鶯兒給摔壞了，二少爺非但沒讓她賠，居然還賞了她半日的假，說是讓她壓驚。」

這丫鬟的話才說完，另外一個丫鬟也開口道：「方才姑娘要搬穿衣鏡，我遠遠地看見福順家的在，就喊她過來幫忙，結果她跑得比老鼠還快，只當沒聽見一樣，真是氣死人了！她還真當自己是二少爺的丈母娘了？真是笑死人了！」

鄭瑤見丫鬟們說得越發不堪了，皺了皺眉頭，但念在鄭玉好歹是自己的親哥哥，他的事情終究輪不到自己來管，便開口道：「算了，妳讓婆子們進來，把那鏡子搬走吧，只告訴她們一聲，當心著點，過兩日上巳節，我這邊還要用呢，讓她們用完了就還回來。」

趙彩鳳坐在一旁沈默不語，沒過多久，果然見小丫鬟領了人進來搬鏡子，那大楊氏分明就在其中。

方才那個數落大楊氏的丫鬟見了她，氣道：「福順家的，方才我喊妳搬東西，妳跑得那樣快，這會子給別人幹起差事來，倒是跑得也快呀！」

大楊氏瞧見趙彩鳳也在廳裡，倒是沒像上回一樣尷尬了，抬頭挺胸地回那丫鬟道：「春竹姑娘說笑了，都是一家人，什麼別人自己人的？說起來見外呢！我方才是沒聽見，若是聽見了，一準跟著妳進來了！」

那丫鬟氣得胸口疼，可當著鄭瑤的面也不敢發作，只好嚥下這口氣來。

鄭瑤見了，開口道：「福順嫂子可要當心著點抬，那東西精貴著呢，可千萬別磕著碰著了。」

大楊氏連忙面帶笑容地回道：「姑娘放心，奴婢知道的。等二少爺那邊用完了，奴婢馬上就給姑娘送回來。」

鄭瑤點了點頭，便示意讓ㄚ鬟帶了她們幾個去屋裡頭搬東西。

二少爺的院中，鄭玉躺在廊下的軟榻上，黃鶯手裡托著一盤新鮮的瓜果，正一口一口地餵給他。

外頭的小ㄚ鬟上前傳話道：「回二少爺，五姑娘那邊的穿衣鏡借回來了，婆子們讓問問二少爺，先放哪兒？」

鄭玉拿起帕子擦了擦嘴，開口道：「就放妳們鶯兒姊姊房裡好了！過幾日上巳節，她要跟了我出門，讓她好好選幾件衣裳。」鄭玉說完，抬眼看了一旁的鶯兒一眼，見她臉頰微紅、眉中帶笑，真是讓人賞心悅目，抓著她的手揉了幾下道：「去吧，把我給妳買的新衣服都試一試！」

黃鶯起身福了福身子，笑著道：「那就多謝二少爺了。」轉身便帶著小ㄚ鬟去看那穿衣鏡了。

大楊氏指揮幾個婆子將穿衣鏡放好了，便放了她們出去，見黃鶯進來，忙迎上來道：「妳這回可算是幫我出了一口氣了！」

黃鶯見大楊氏臉上那得意洋洋的樣子，冷笑道：「這算什麼？二少爺疼我，再好的東西也願意給我。上回我砸了五姑娘的花瓶，他非但沒罵我，還安慰了我好一會兒呢，這回不過就是借一面鏡子而已，也沒什麼大不了的。」

原來大楊氏瞧見趙彩鳳來送衣服，心下不滿，偏生鄭瑤房裡的丫鬟又請她搬鏡子，她怎麼願意在趙彩鳳跟前低聲下氣的呢？所以便過來找了黃鶯訴苦，黃鶯仗著鄭玉疼她，開口說要借了五姑娘的鏡子過來照照。鄭玉自然不知道今天鄭瑤也正用著鏡子，見黃鶯說要，便派人去借了。

鄭瑤房中，那幾個婆子才把鏡子搬走了，去王嬤嬤那邊傳話的丫鬟春梅便回來了，正好在路上遇上了大楊氏等人，進門就瞧著鄭瑤的臉色不好，蹙眉問道：「我怎麼瞧見二少爺房裡的人過來把咱們五姑娘的穿衣鏡給搬走了？這是怎麼一回事呢？」

方才那小丫鬟憋了一股氣沒敢說，被春梅這麼一撩，也憋不住了，氣呼呼地開口道：「那福順家的分明就知道我們姑娘用著鏡子呢，不跟二少爺說一聲也就罷了，還跑來要給二少爺房裡搬鏡子，她這不是明擺著故意的嗎？以為我們姑娘好欺負，我們一群都是傻子呢！」

這話雖然很是撩火，但鄭瑤是大家閨秀，雖然嬌養，名門閨秀的氣度還是有的，放下了茶盞道：「有什麼話一會兒再說，別在這兒讓趙老闆看了笑話。二少爺是我嫡親的哥哥，不過是一面鏡子，別說是借，便是他要了去，我也捨得，這事情就這麼過去吧。」

趙彩鳳低頭聽著鄭瑤這話，倒是在理得很，可稍稍抬眸看她的眼梢，終究是年紀小，那幾分怒意還是沒能收斂得住。趙彩鳳便笑著道：「姑娘說得是，興許二少爺並不知道姑娘您這邊還用著，都是下人不長眼色，姑娘若是生氣了，倒是弄得親兄妹生分，那就不好了。」

幾個大丫鬟正怕鄭瑤動氣呢，這樣的事情便是告到了太太那邊，鄭瑤也占不到好處，聽趙彩鳳這麼勸她，都鬆了一口氣。「趙老闆說的有道理，二少爺十天半個月才回來一次，太太每次都唸著。姑娘的衣服也試好了，借他一、兩天也就罷了。」

鄭瑤面上淡淡地笑了笑，倒是看不出什麼喜怒來，又和趙彩鳳閒談了幾句。

趙彩鳳看著丫鬟們的神色多少有些緊張，也知道鄭瑤只怕沒有面上這般和氣。遇上這樣的事情，說不生氣怕也是難的，便就起身告辭了。

鄭瑤讓春梅送了趙彩鳳出去，正巧遇上了王嬤嬤進門，王嬤嬤便喊了轎子，送趙彩鳳回綢緞莊去了。

趙彩鳳剛走，王嬤嬤便進了鄭瑤的院子，就聽見門外幾個丫鬟在那邊嘰嘰喳喳地說道——

「二少爺一個大男人，要借了穿衣鏡過去做什麼？難道他的丫鬟們不幫他更衣嗎？我瞧著，肯定又是哪個狐狸精唆使二少爺來借的！」

「那房裡有幾隻狐狸精，一隻手都能數得出來。妳說這回會是誰？是翠香還是黃鶯？」

「我覺得是黃鶯，妳們沒瞧見今兒黃鶯她娘過來搬東西那樣子，好像那鏡子是她家的一樣，那得色樣，真是讓人作嘔！連個一等丫鬟都還沒掙上呢，就想著當丈母娘了！」

王嬤嬤聽了覺得實在不堪，便走過去清了清嗓子。

幾個丫鬟嚇得連忙就噤聲了，瞧見是王嬤嬤來了，都恭恭敬敬地上前來行禮。

王嬤嬤找了一個平常老實些的小丫鬟問了話，才弄清楚了今天的事情。

原來方才春梅去找王嬤嬤的時候，她原本是想和春梅一起過來看看五姑娘的新衣服的，可巧有些事情給耽誤了，所以就遲了片刻，沒想到就遇見趙彩鳳出來了。王嬤嬤是鄭瑤的奶娘，自然知道鄭瑤的脾氣，若是沒有什麼事情，必定是要留趙彩鳳多聊一會兒的，哪有這麼快就放人走的道理？王嬤嬤聽那小丫鬟說完，心下也暗暗生氣，可那些人仗著二少爺的名頭，她一個做奴才的也奈何不了她們。

王嬤嬤掀了簾子進去，就瞧見鄭瑤正在那邊修剪盆景，那原本長得正茂盛的一盆金錢草，瞬間就被她給剪禿了。

王嬤嬤見了雖然心疼，卻只笑著道：「聽說今兒天衣閣的趙老闆送來了新衣服，姑娘可試過了？合不合身？可惜我來晚了，也沒瞧見好看不好看，改日姑娘再穿給太太看一眼，順便也讓老奴看看。」

春竹聞言，迎了上來道：「嬤嬤妳可來晚了，那衣服當真是好的，不愧是精工細作出來的。過兩天就是上巳節了，嬤嬤就可以瞧見姑娘穿的新衣服了。」

鄭瑤這時候放下了手中的剪子，撇了撇嘴道：「穿衣鏡被二哥給借走了，不然我就再穿一次給嬤嬤看。」

王嬤嬤見鄭瑤這麼說，安慰道：「姑娘快別生氣了，肯定是二少爺下面的奴才不懂事。

等過兩日，老奴去找二少爺要回來，姑娘不要為了這個傷了兄妹和氣。」

卻說大楊氏在黃鶯的屋裡待了片刻，看著黃鶯一身身地換著衣裳，開口道：「這些衣裳都是二少爺送給妳的嗎？這衣裳可不能在府上穿，要是被太太和老太太看見了，又要挨罵了。」

黃鶯紅著面頰，一臉嬌羞，低頭道：「二少爺說了，就是買了讓我們等他回來時穿給他看的，平常我們這邊也沒什麼人來，一個月也就熱鬧那麼幾天。過幾日就是上巳節了，二少爺說等過了節再回書院去，我們好歹還能多熱鬧幾日。」

大楊氏瞧黃鶯這樣子，倒像是把二少爺吃得死死的，心裡多少也高興了起來，又問道：「那趁著這幾日二少爺在家，趕緊讓他跟太太提一提升一等丫鬟的事情吧，不然等二少爺走了，又要等上十天半個月的，夜長夢多啊！」

黃鶯見大楊氏這樣著急，開口道：「妳急什麼？二少爺答應的事情，自然會辦到的。今兒我一開口說要借鏡子，他就讓人借去了，二少爺對我可比對那雪燕好多了，娘妳大可以放心。」

大楊氏今兒得了甜頭，心裡自然就信了幾分，笑著道：「那就好、那就好，我就等著這一天了！」

趙彩鳳去綢緞莊裡面安排好了事情，便又去了紅線繡坊裡頭監工。還有兩套丫鬟的衣服沒好，雖然王嬤嬤說了會派人過來取，可也不能到時候讓人白跑了一趟。況且趙彩鳳也起了一些八卦的心思，總覺得這借鏡子的事情沒那麼容易就給揭過去。

所幸繡坊裡的繡娘也給力，到晚上的時候，兩套丫鬟的衣裳也做好了，趙彩鳳便帶著衣裳回了廣濟路的家中。

如今麵鋪裡面又請了兩個夥計，小順子已學會拉麵，楊老頭晚上便可以回到家中，和家裡人一起吃飯了。錢木匠的傷還沒好全，所以趙彩鳳不准他出門做木工，此時一家人在家裡吃飯，倒是祖孫三代，其樂融融。

趙彩鳳一邊吃飯，一邊隨口問道：「姥姥，說起來咱家如今日子也算過得去了，怎麼最近沒見大姨過來走動走動呢？」

楊老太聽趙彩鳳這麼說，便想起了楊氏和錢木匠成親時候的那一塊被面，頓時又覺得心口疼，悶悶道：「指望不上妳大姨了，她不愛來，我也不稀罕她來呢！」

趙彩鳳見楊老太對大楊氏的態度從一開始的有幾分熱絡，到現在的嗤之以鼻，到底覺得楊老太還算清醒，笑著道：「其實我最近倒是遇上大姨了。」趙彩鳳挾了一筷子的米飯，放進嘴裡嚼了幾下，這才開口道：「不過瞧著大姨似乎有些看不上我，我去給侯府的五姑娘送衣服，她見了我就跑。」

「她幹麼見了妳就跑呢？」楊老太這下也有些不明白了，問道：「她不是在侯府當管事嬤嬤嗎？她不招呼妳，誰招呼妳？」

趙彩鳳見楊老太這樣說，便知道楊老太也是被大楊氏蒙在鼓裡的，開口道：「大姨她好像不是什麼管事嬤嬤，似乎是打雜的婆子。她大概是怕我瞧見了她會笑話她，所以一直躲著我走呢！」

「什麼？」楊老太聞言，果然就驚得放下了碗筷，問道：「妳說她只是一個打雜的？」這回就連楊氏也驚訝了，忙問趙彩鳳道：「彩鳳，妳會不會是弄錯了？妳大姨不是說她是侯府的管事嬤嬤嗎？怎麼會變成打雜的呢？」

趙彩鳳瞧兩人都用一副震驚的眼神看著自己，也只得放下了筷子，開口道：「我騙妳們做什麼？本來不想說的，她願意在我們跟前打腫臉充胖子，我壓根兒沒必要多事，只是……」趙彩鳳想了想，終究還是沒狠下心思，繼續道：「只是我聽了那府裡一些人的閒言碎語，說是黃鶯跟二少爺之間有那麼點……」趙彩鳳低著頭，朝在座的各位都瞄了一圈，大家頓時也就明白了趙彩鳳的言下之意，趙彩鳳嘆了一口氣，又接著道：「永昌侯府的侯夫人是個厲害的，當初我被誠國公府的人抓起來時，曾遇上一個被發賣的姑娘，就是永昌侯夫人下的命令，那姑娘在被賣之前還被灌了落胎藥，聽說，就是因為和二少爺暗結珠胎了。」

楊老太聞言，嚇出一身冷汗來。她也是在永昌侯府當過下人的人，如何不知道這些高門大戶的規矩？若是被灌了落胎藥再發賣，那能去的地方，也只有那些勾欄妓院了！正經人家誰要這種失了清白的女子呢？

趙彩鳳見楊老太嚇得臉色煞白，知道她必定明白這事情的嚴重性，勸說道：「姥姥您若是有空，還是去勸勸大姨和表妹吧，這大戶人家的姨娘不好當，何況表妹這姿色也算不得頂好的。那些紈袴子弟有什麼正經的，哪裡真能靠得住呢？」

楊老太是過來人，年輕時候也是一個俊俏的姑娘，當時年少的世子爺還一心想著抬她做通房，雖然後來跟了楊老頭過了一輩子的苦日子，心裡面也曾經想過，若是當初從了少爺，是不是就有不一樣的人生？可是想著當年的那些小姊妹們，凡是當了姨娘的，就沒幾個得善終的，楊老太還是忍不住打了一個抖。富貴人家的清福當真不是那麼容易享的，作個小老百姓，保住性命還是第一要緊的事情。

楊氏瞧著楊老太臉上擔憂的表情，也開口道：「娘，不如我們挑個日子，去大姊家走一趟吧？好歹問問到底是個什麼情況，若是真有那麼一回事，大戶人家要納個姨娘，就算沒有明媒正娶，也會雇一頂小轎子抬進去，開了臉才算正經。」

楊老太聽楊氏這麼說，點了點頭道：「妳說的有道理，便是做個通房，那也要太太們發話了才算數的。通房以後若是不能升姨娘，一樣也是要出來配小子的，到時候能配個什麼樣的人，可就說不準了。」

趙彩鳳到底不是很清楚這些事，見她們說得頭頭是道的，想了想，才又開口道：「聽說還沒升上一等丫鬟，只怕如今還不是通房丫鬟呢。」

楊老太越聽越覺得不妥，擰著眉頭道：「那丫頭一看就是一個心比天高的，每次來，瞧她看人那樣子，眼睛都長在頭頂上了！看來我不去敲打敲打她們是不行的，改明兒我就和二姊兒去一趟。」

趙彩鳳聽楊老太這麼說，也算鬆了一口氣，但想起大楊氏那態度，只怕她是連楊老太的話也不肯聽的，便提醒了一句道：「姥姥，您去大姨家，可別說知道她是個打雜的，省得惹她不高興，還以為我在妳們跟前搬弄是非了。」

「妳這孩子，就是心細。放心吧，妳大姨的脾氣我還是知道一點的，就是一個死要面子活受罪的性子，她不說我就不提。也一把年紀了，如今還在侯府打雜，說起來也真是沒臉面的啊……」楊老太想到這裡，忽然覺得楊氏的運氣反而是她三個孩子中最好的了。原本以為趙老大死了，楊氏年紀輕輕的守寡，只怕是最苦的了，可誰知道偏生她還有這樣的運道，如今日子倒是越過越紅火了。

——未完，待續，請看文創風464《彩鳳迎春》6（完結篇）

為流浪貓狗加油

和貓寶貝 狗寶貝 廝守終生(一定要終生喔！)的幸福機會

對人來說，貓寶貝狗寶貝只是生活的一部分，
但妳（你）對牠們來說，卻是生活的全部，領養前請一定要考慮清楚——

▲ 極品玳瑁貓　小玉

性　　別：女生
品　　種：米克斯
年　　紀：約4個月
個　　性：活潑調皮
特　　徵：額頭有菱形花色
健康狀況：尚未施打預防針，眼睛和呼吸道感染已治癒，並已驅蟲除蚤
目前住所：新北市淡水地區

『小玉』的故事：

七月下旬，中途住家的社區保全在鐵蓋下的狹小空間內，發現了3隻近乎脫水的小幼貓，保全因工作性質無法餵養，只能拜託中途幫忙照看。

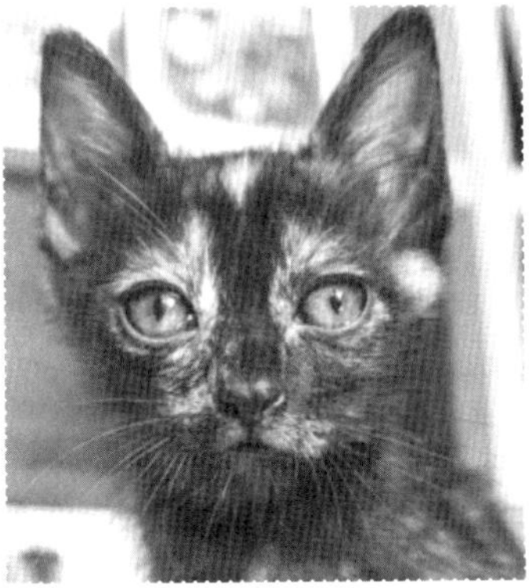

由於母貓是隻不到6個月大的小媽媽，本身營養不良，導致沒有足夠的奶水可以養育小貓，再加上小貓們的健康狀況也不佳，中途只好緊急接手救援。中途先將小貓帶去醫院驅蟲除蚤，並針對眼睛及呼吸道感染的問題做妥善治療，同時也幫母貓完成結紮。

在中途耐心和愛心的照料下，3隻小貓從奄奄一息，長成可以自行吃罐頭、飼料，到使用貓砂；如今更是健康活潑又調皮，每每看到牠們耍萌撒嬌的模樣，再大的辛苦勞累都會消失。目前小玉的兩個兄弟已找到新把拔、馬麻，只有玳瑁花色的小玉還沒有新家。玳瑁貓乍看花色很雜亂，其實更突顯其罕見與獨特性，而且根據很多養過玳瑁貓的貓奴說，玳瑁貓個性溫馴穩定、特別貼心，尤其小玉是女生，又多了份乖巧，可說是難得一見的極品喔！

雖然認為小玉不易送養，但因中途家裡已有4貓4狗，實在無法給小玉全部的關愛，所以還是想給她一個機會，希望牠也能幸運的遇到獨具慧眼的把拔、馬麻，得到充分的愛及更多照顧。如果你也喜歡獨具一格的貓、願意把小玉視為「家人」，同時也有心理準備她將會陪伴你十多年，歡迎來信cece0813@gmail.com（王小姐），主旨請註明「我想認養小玉」；或致電0918-021-185。

認養資格：

1. 不關籠養、不放養門外。
2. 需經全家人同意。
3. 最好有養貓經驗（沒有經驗，但有耐心也歡迎）。
4. 能妥善照顧，絕不讓貓咪因疏忽而失蹤。

來信請說明：

a. 個人基本資料：姓名、性別、年齡、家庭狀況、職業與經濟來源等。
b. 想認養小玉的理由。
c. 過去養寵物的經驗，及簡介一下您的飼養環境。
d. 若未來有當兵、結婚、懷孕、畢業、出國或搬家等計劃，將如何安置小玉？

風 文創

463

彩鳳迎春 5

國家圖書館出版品預行編目資料

彩鳳迎春 / 芳菲著. --
初版. -- 臺北市 : 狗屋, 2016.10-
冊 ; 公分. --（文創風）
ISBN 978-986-328-660-8（第5冊 : 平裝）. --

857.7　　105015127

著作者	芳菲
編輯	黃淑珍
校對	黃亭蓁　許雯婷
發行所	狗屋出版社有限公司
地址	台北市104中山區龍江路71巷15號1樓
電話	02-2776-5889～0
發行字號	局版台業字845號
法律顧問	蕭雄淋律師
總經銷	知遠文化事業有限公司
電話	02-2664-8800
初版	2016年11月
國際書碼	ISBN-13　978-986-328-660-8
原著書名	**《状元养成攻略》**，由北京晉江原創網絡科技有限公司授權出版

定價250元

狗屋劃撥帳號：19001626

網址：love.doghouse.com.tw　E-mail：love@doghouse.com.tw